U0152629

千 里 远 景 ， 如 在 尺 寸 之 间 。

W 　　　　我们捡些木头，我们去山上生火。

三岛由纪夫戏剧十种

「日」三岛由纪夫 著

陈德文 译

下

VOL II

中国工人出版社

目录

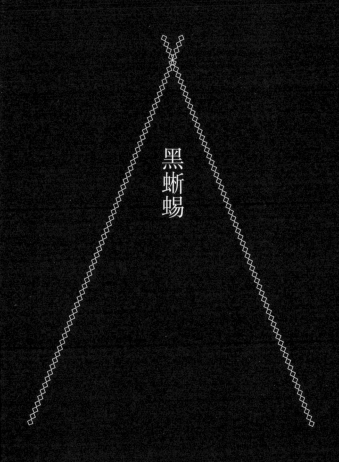

黑蜥蜴

根据江户川乱步原作改编

くろトカゲ

—人物—

绿川夫人，实际为"黑蜥蜴"
岩濑早苗
雨宫润一
客房侍者
岩濑庄兵卫
明智小五郎
明智的部下——堺、木津、岐阜

警察A B
老女佣 阿雏
跟班 五郎

保镖 原口 富山 大川
女佣 梦子
岩濑夫人（声音）
洗衣房
女佣 爱子 色江
家具店 A B C D
侏儒 A B
东京塔众多游客
小卖店老板 老板娘
出租车司机
黑蜥蜴部下 北村
船员 A B C D E
刑警 A B C D
岩濑夫人
早苗未婚夫 早川

第一幕

[大阪中之岛饭店 522 号室与 524 号室。舞台分三部分：上首 524 号室，室内放置着大旅行箱。中央及下首均为套房 522 号室。室中间的起居间最广阔，下首为放有两张大床的卧室。522 号室和 524 号室对面内侧有门，给人连接走廊的感觉。舞台横幕悬一挂钟，幕启时时针指在"8"上。三个房间自下首依次称 A、B、C。八时，幕启。

第一场

[幕启时唯 B 室内有灯光。中央安乐椅上坐着绿川夫人，早苗靠近 C 室一侧面向观众倚窗而坐。两人都身着夜装。

绿川夫人　你对夜间的河水这么好奇？你不是第一次来大阪吧？

早苗　上女校时来过一次。那次是回京都路过这里，只待了一天。

绿川夫人　就一次？

早苗　嗯。这地方是中之岛，河的名字叫淀川，对吧？

绿川夫人　是的呢。像小学生提问题。都十九岁了。

早苗　阿姨，连我的年龄都知道啊？您可真是的。

绿川夫人　我什么都知道。再说，到了你这个年龄，即使被人知道也不会觉得难为情了吧。

早苗　我对阿姨您一无所知。

绿川夫人　这才是咱俩相好的秘诀啊。

早苗　（傻笑）倒也是啊。（再次俯视窗外）到了夜晚，河面上还有船呢。灯火移动，船舱里也住着人哩。

绿川夫人　这个世界有谁能和你相比，宝石富商家的千金小姐，在饭店里住着高级套房。

早苗　哎呀，那么您呢，阿姨？

绿川夫人　是啊，我也算个小小的富人。你父亲店里的贵客，买了一些小宝石，其间同你家成了朋友。啊，这件事倒是无所谓，不过，我不愿意被关进套房里，也不愿意住在小船里。怎么说呢？我想生活在物与物互相亲吻的世界。金钱将人与人、物与物、你与我，分离开来。真是个无聊的世界！你能说不是吗？

早苗　（表示很感兴趣）是的。

绿川夫人　我所考虑的世界是：宝石和小鸟一起在天上飞翔，狮子悠悠然在饭店的地毯上散步，唯有漂亮的人们青春不老，国宝的瓷壶与黄色热水瓶可以互换，全世界的手枪像乌鸦一般群集高飞，使得天空为之暗淡。闪电和焰火，参加庆典的群众，新闻记者们的钢笔，自动叫喊，自动流淌，将白衬衫的前胸染得深蓝一片。那时候，国家就会颁布命令，命令我为女王。人们就会潮水一般涌入他人家里，所有的土壁，所有的城墙，都变得像酥饼皮一样，一戳就破。我们戴着橡皮擦似的戒指，但地铁的吊环坠着的是宝石和白金。到了那时候……

早苗 好厉害！父亲的商店也会破产，我会成为自由人。再也不可能跟随阿姨您到大阪相亲来了。只有青年乞丐才会向我求婚。

绿川夫人 是的，你会成为自由身。不仅如此，你还会永远青春靓丽，婀娜多姿。

早苗 真的吗？阿姨，是真的？

绿川夫人 你以为我在说谎？无论如何，我的梦幻之国总会招待你的来临。只因你既年轻又美丽……你啊，你是排球运动员吧？你长于弹跳，体形匀称，身段幽柔，美丽无匹。你生就一对美乳，新剥鸡头肉，温软如酥，虽然裹着和服，我一眼就瞧得出。

早苗 （脸红）阿姨，您真坏！

绿川夫人 光是脸蛋儿好看，体形不美的女子，我怎么也喜欢不起来。

早苗　阿姨您的肌肤和体形都富有魅力，父亲对您十分着迷。

绿川夫人　说正经的，不许胡扯。每当看到漂亮的脸蛋儿和体形的女子，我就立即打心里为她们发愁。十年、二十年之后，这些美人又会怎么样呢？我真心祝愿她们永远美丽！或许使她们变老的不是肉体，而是精神。精神的忧烦与衰微，从内部反应在身体上，制造出丑陋的皱纹与瘢痕。因而，人如果能够完全剔除心脏，那该多好……

早苗　哎呀，一个大活人，怎么能缺少心脏呢？

绿川夫人　（颇为不悦）所以说，这只是我的幻想。即便是宝石、绿玉，你窥探一下宝石内部，通底透明，没有什么心脏。钻石之所以永远光明洁净，青春不凋，正是这个缘故。

早苗　对不起。（正要拿起电话）

绿川夫人　打给哪里？

早苗　酒吧，我把父亲给叫来，您总会高兴吧？

绿川夫人　不，还是我们两个在这儿说说话吧。回头有使你大喜过望的事告诉你，你父亲在场不方便。

早苗　好吧。（老老实实停下手）请说说大喜过望的事情吧。

绿川夫人 这个等会儿慢慢说。

早苗 好狡猾啊，不讨喜的阿姨。

绿川夫人 不说这些，刚才晚饭前，在大厅里你介绍的那个人叫明智什么……

早苗 您不认识他？他是日本首屈一指的私人侦探明智小五郎啊。

绿川夫人 啊？他就是明智小五郎呀？他为何始终盯着你们呢？

早苗 眼下，爸爸正在酒吧和明智君慢悠悠对饮呢。爸爸最近有点神经障碍症，不喝酒睡不着觉。还有，就寝前要吃安眠药……

绿川夫人 那么，为什么？

早苗 ……好吧，阿姨我只对您说。最近，几乎每天都有人向我们东京家里寄来恐吓信，内容莫名其妙。

绿川夫人 啊呀，太可怕了。都说了些什么？

早苗 内容始终一个样，一字一句我都记得。说什么"你们可要保护好小姐，有个可怕的恶魔，企图绑架小姐"。

绿川夫人 啊，真可恶！

早苗 我忍气吞声，心想可能是有人恶作剧。可父亲很担心，不过要是报警，就会被当作新闻闹得满城风雨，所以就悄悄托付给明智君了。这回幽会，也是因为提起大阪，父亲母亲都很赞成，为了使我避难，就叫我和明智君一起到大阪来了。我出外买东西，明智君也跟着我一起出去。

绿川夫人　有了侦探就放心了。

早苗　他是个很好的人。

绿川夫人　侦探会有什么好人？都是些疑神疑鬼、目光凶险的人。总之一句话，就是一桩见不得人的生意。

早苗　那么，您也是如此看待明智君吗？

绿川夫人　奇怪，他倒有些不一样。

早苗　是吧？

　　　　〔二人相顾而笑。

绿川夫人　说到相亲，你感到中意吗？

早苗　根本谈不上。戴着眼镜，说起话来黏黏糊糊，好奇怪的一个男人。说什么"姑娘，我知道你是运动健将"。到现在还说我是什么"健将"，他用这个词儿到底是什么用意啊？

绿川夫人　总之，你是不满意，是吧？

早苗　根本谈不上。

绿川夫人　我呀，本不愿意麻烦你父亲，不过我发现一位与你很般配的人，他是东京青年实业家，非常优秀。这个人也是我在这家旅馆偶然遇到的，我同他也谈到你的事。我突然想到，我们俩一起同他见面，不是更好吗？碰巧，他就住在我们隔壁，我很熟悉你的爱好，满怀信心为你们搭桥，你看怎么样？那就见见他吧？

早苗　可是一天两次相亲，真有点儿……

绿川夫人　什么相亲，这说法很无聊，只要有了感情，成为伴侣那就好，不是吗？回到东京后，我会帮你们联络，随叫随到。

早苗　还没有见面就这么……

绿川夫人　现在就让你们见面，我打电话叫他过来。

早苗　他现在就在隔壁吗？

绿川夫人　不，他应该在酒吧。

早苗　哎呀，阿姨，您这是预先设计好了的吧？

绿川夫人　其实，你也很喜欢他呀。（说着站起来去摸电话机）

早苗　要是在酒吧，父亲不是也知道了吗？

绿川夫人　没关系，一切都交给我了。喂喂，请接酒吧……酒吧吗？啊，有位青年人请他接电话。应该是一个人吧。嗯嗯……喂喂，是雨宫君吗？这里有一位漂亮小姐，我想让你们见见面。马上过来吧……好，我挂了啊。哎，跑着来！

早苗 我有点儿害怕。

绿川夫人 怕什么呢。你呀，还是个孩子。

早苗 不是的，我打小就有一种预知未来的本事，感觉到令人炫目的美好的世界就要降临了。

绿川夫人 别吹牛，雨宫君可不是这样的人。

早苗 我从小到大，就被父母当宝贝，百般呵护。我呀，不希望卖给人，倒梦想着被什么人抢去。

绿川夫人 哦？

早苗 求我的人，没有窃贼般的热情，我不喜欢。关在厚厚的玻璃窗内、坐在天鹅绒车座里的我，眼睛透过玻璃，观察外面的行人，我厌恶那种妄自尊大、目空一切的强者，不愿看到他们的身影。我只巴望何时能发现一个勇敢的偷儿的目光。

绿川夫人 啊，原来是这样。不过说起来，那个雨宫君还真的显示出一副想把你偷去的目光哩！

早苗 真的，阿姨？

绿川夫人 当然是真的啦。

〔有人敲门。

绿川夫人 请进！（站起身来）

［雨宫润一，穿着整齐地走进来。

绿川夫人　这位是雨宫君。这位是岩濑早苗小姐。

雨宫　您好。

早苗　您好。

绿川夫人　你们都站在那里盯着对方看个没完，这太好啦。用不着说话，你们不必出声，听我继续替你们说说。（二人相向而坐。夫人站起，走向窗边）我喜欢年轻漂亮的人们沉默寡言。出口凡俗，那些寻常话语，必然会损伤自己的青春与美丽。就说你们都穿着衣服，这也是多余的。衣物是为了遮盖人们眼目，不让别人看到变得丑陋的身体。而那些一根根张开的毛穴与微细的汗毛，犹如因热恋而张开的嘴唇，都应该是美丽的。难道不是这样吗？如果说因羞赧而变红的面颜灿若桃花，那么因喜悦的娇羞而潮红的身子更加艳如云霞……眼下是夜晚，我们的时刻逐渐迫近。平凡人们的外围，便是我们陡峭壁立的悬崖般的夜。阖家团圆的夜的周围，围绕着我们可怖的森林般的夜。（她俯瞰窗外，用打火机点着香烟，将打火机的火焰对着窗户旋大）汽车在外面等着，远远离开旅馆大门上的电灯，等待着美丽而厚重的行李。（把打火机的火焰旋小）一切准备齐整。司机仔细察看，以免疏忽马虎。他等待着欺瞒和撒谎的出发，好似柔和掠过油面一般自然"滑出"。最好是稍稍一用力，就能拆下齿轮来。趁此时机，"邪恶"与"伪装"的机器就会愉快地运转，一旦运转起来，就不会刹车。（她熄灭打火机，转过头来）雨宫君，你把那件东西给早苗小姐看了？

雨宫　哪件东西？

绿川夫人　昨天在古董店看到令人骄傲的老古董新娘子偶人呀。

雨宫　那个东西很大啊。

绿川夫人　不一定拿到这里来，我和早苗小姐一起到你房间去。

早苗　……哦。

绿川夫人　你和我一起，总该放心吧？那东西完全值得一看，是个很出色的偶人。是个年轻的少女，脸孔尤其雕刻得好。可不是，简直就像照着早苗小姐的身子制作的。

雨宫　请等一等，你们现在就去吗？

绿川夫人　哎，不行吗？

雨宫　单身旅游者的房间，东西弄得很乱。我很快打扫一下，等我收拾好了，过来叫你们。

绿川夫人　那也可以。早些来喊我们。

雨宫　嗯，好的，请稍候。

　　〔对着早苗行礼离去，立即出现于上首 C 室。点亮电灯，很快刮去胡须，开始伪装打扮。他掏出手帕，裹着钱包，将手帕藏在背后，再把台灯调整一下，使房间里的光线暗淡一些。身子躲在门后。此刻在 B 室……

绿川夫人　怎么了，那青年？

早苗　我第一次见到他那样的人。

绿川夫人　我说得没错吧？

早苗　惶惶恐恐、谨小慎微，唯独眼睛睁得大大的，炯炯有神……

绿川夫人　有的地方显得很神秘，其实，他是个干练的企业家啊。

早苗　我一句话没说，是否不太好？

绿川夫人　他也没说什么，都听我一个人说了。

早苗　啊？阿姨，您说话了吗？

绿川夫人　看样子，我的话根本没进入你的耳朵。

早苗　不……

绿川夫人　你真可爱。真是个讨人喜欢的女孩子。（从背后挽住）我真想这么勒死你。

早苗　（掰开夫人的手臂）宝石商的千金小姐，令人寒碜的相亲，长居于旅馆……这样一个女子没有了。我已经变成一只银色的陀螺，只觉得迅速地旋转不止。

绿川夫人　一旦到我手里，自然就会如此。

早苗　我信任您，阿姨。

绿川夫人　放心吧，只要看到信赖我的人的眼睛，我就感到晕晕乎乎。

　　〔电话铃声响，夫人接听电话。

绿川夫人　哎……哎……好的，马上过去。（对早苗）咱们走吧。新的世界就要在你面前展开。（催促早苗走出屋子）

　　〔与此同时，B室灯光熄灭。

第二场

　　〔C室有人敲门。早苗进来，环顾幽暗无人的房间，一时犯起犹豫，夫人顺手关上房门。雨宫突然出现，从背后搂住早苗，将手帕捂在她脸上。早苗随即昏了过去。夫人和雨宫脱去她的衣裳，打开箱盖，将早苗塞进箱子里。夫人换上早苗的衣裳，雨宫帮她穿好。夫人打扮停当，雨宫拿起电话。

雨宫　喂喂，这里是 524 房间的山川健作。现在结账，请来取行李。

　　〔假扮早苗的夫人，把事先准备好的包裹带出房间。

　　〔C 室变暗。

第三场

　　〔绿川夫人进入 B 室，室内变得明亮起来。进入 A
　　室，关上 A、B 两室之间的门扉。只点亮一盏小台
　　灯。按门铃，不一会儿，B 室有人敲门。夫人用做
　　作的声音回答："请进！"饭店侍者进来。

侍者　您叫我吗？

绿川夫人　（眯着眼望一下门口，脸孔躲在灯影里，只有
　　　　　　身上的衣服被 A 室的灯光照射着。她假装早苗的嗓
　　　　　　音）是的，我父亲可能在楼下酒吧，你去告诉他一
　　　　　　声，现在是该休息的时候了。

侍者　好的，我知道了。

　　〔侍者退下。夫人正欲脱去洋装，转念一想，又从
　　顶头的洋装橱柜里拿出睡衣，做出正要脱掉洋装换
　　上睡衣的姿态，等待着。

岩濑　（醉醺醺欲走进来，在门口同明智小五郎作告别表
　　　　示）哎呀，感谢，感谢。你辛苦啦，请止步吧。今晚
　　　　上很愉快啊。好，回去休息吧……（房门锁着）你一

黑蜥蜴

个人吗？你不是同绿川夫人住在一起吗？

　　〔说着正欲走进 A 室，瞅到女儿正在换衣，随即退
　　　回 B 室，坐在起居间的安乐椅上。

绿川夫人　（假嗓音）哦，我不太舒服，您回来了？我要
　　睡了，爸爸您还不休息吗？

岩濑　你也是叫我为难。我不是给你说了吗，你不能一个
　　人单独待着，一旦出事，叫我怎么办啊？

绿川夫人　所以才叫您回来嘛。

岩濑　那是的。（说罢站起身，从水壶里倒一杯水喝下去。
　　再倒一杯，端着进入 A 室。绿川夫人背朝里躺着。
　　岩濑用杯中的水吃了床头柜上的安眠药，一边换睡衣
　　一边说道）早苗，怎么样啊？好一些了？

绿川夫人　嗯，已经没事了。我太困了……

岩濑　哈哈哈哈，好怪啊，相亲不中意，闹起别扭来了。
　　（说着上床躺下来，看着天花板）你要是太困，不回
　　答也可以。对于我来说，比起店里珍藏的一百三十克
　　拉钻石——“埃及之星”，更需要保护的是你，我的
　　女儿！倘若有人顿生歹心，将你绑架，必定会进一步
　　向我勒索宝石。所以，爸爸每月出资一百万日元，雇
　　用了明智小五郎。啊，可不是？这样，什么都齐全
　　了。日本最漂亮的女儿……日本最宝贵的钻石……日

本最可靠的侦探……即使缺少其中之一，作为父亲我也不会满足。早苗，听我说，宝石隐含着不安的精灵，不安使宝石更加美丽。打从接到那封奇怪的恐吓信，你也变成了真正的宝石……啊——啊，（说着打起哈欠）这回放心了。我困了，但不能老是发困。这么一想，反而睡不着。爸爸可睡不安稳！我睡不着！睡不着！……就说到这里吧。人们都睡了。宝石没有睡。即便全城的人都进入梦乡，信托银行的金库里，上着锁的宝石箱内，宝石们也都在大睁着眼睛。宝石绝对不会做梦。金刚石公司也会全力保护其价值，它也不会没落。正确地适应着自己价值而生活的人，有什么必要非得做梦不行呢？……啊——啊！（伸着懒腰）你说，对不对，早苗？不安取代了梦幻，这是钻石持有的优雅的病症。症状越重价值越高；价值越高病情越重。而且钻石绝不会死亡……啊——啊，宝石全都是疾病，爸爸是在贩卖疾病，那些澄澈的、光亮的、纯粹的小型疾病。那些透明的疾病、绯红的疾病、紫色的疾病……啊——啊，爸爸一心想赚大钱，买它十万条烤雕鱼，百万支鸡肉串！听说美国正在贩卖婴儿……啊——啊，二十万黑奴婴儿，一千万条金鱼……啊——啊，三千万块棉花糖。……啊——

啊。世界首届一指的庙会。都是属于父亲的东西……
啊——啊……啊——啊……啊——啊。

［岩濑终于睡着了。——不久，绿川夫人悄悄抬起
头，慢慢折身坐起来。一旦起来，可以看到她刚才
已经换了便服，实际上那是早苗的衣服。随后自床
底下掏出包裹，借助暗淡的灯光，取出仿照早苗头
型的偶人头来，倚靠在枕头上，巧妙地使之装成睡
眠的姿态。她悄悄走出 A 室，经 B 室离去。

第四场

［舞台昏暗，只有上方大时钟凸显于光亮之中。指
针标示着八时四十分。

［舞台 B 室明亮，突然响起剧烈的敲门声，持续很
久。岩濑慌忙起床，离开 A 室走向 B 室，拉开门
闩，打着哈欠。

明智　（走进室内）来电报了，好奇怪的电报！

岩濑　什么，明智君吗？哦，电报？（半睡半醒正要接过
电报）

明智　（一手夺回阅读起来）"今夜十二点注意！"

岩濑　今夜……十二点？

明智　正是那件扬言要施行绑架的恐吓信将要到期的

时刻。

岩濑 啊——啊，畜生！又要作恶了。喊，趁着人们入睡的时候。

明智 小姐没事吧？

岩濑 没事没事，在我隔壁睡觉呢。（晃晃悠悠地走近A室，略一窥探之后回来）我叫她起床吧。本来说身体有些不适，眼下睡得正香来着。

明智 卧室的窗户没问题吧？

岩濑 从白天起就一直锁着。（说罢，一边走进A室，一边吩咐后面）明智君，对不起，请把门扉锁上，钥匙能否代为保管一下？

明智 不，我还是在这里待一会儿为好。请把卧室的门就那么敞开着。（岩濑点头，任其房门敞开，然后钻入被窝）

　　[明智慢悠悠在B室内转了一圈，锁上房门，拔掉钥匙，放进左侧衣袋。不久，在椅子上坐下来，点上香烟，监视着卧室方向。

第五场

　　[B室有人敲门，片刻乃止。明智从右侧衣袋掏出手枪以待。剥啄声重新响起。

明智　哪一位?

绿川夫人　是我。

　　〔明智收起手枪,站起身子,掏出钥匙打开门锁,
　　重新装进左侧衣袋。绿川夫人一身艳丽和服走入
　　房间。

明智　哦,绿川夫人。

绿川夫人　你在这儿?听说收到了奇怪的电报?

明智　您都知道啦?

绿川夫人　这里旅馆的侍者说的。早苗小姐休息得好吗?

明智　好的。

绿川夫人　他爸爸也好吗?

明智　也好的。

绿川夫人　有你在这里看着,可以天下太平了。

明智　嗯,可以这么说。

绿川夫人　干这行很无聊吧?不过……

明智　危机专门藏在无聊之中。无聊的白纸里,突然浮现
　　火焰般的文字,我等待这一刻出现……您还是别管这
　　些,不必为他人的牵挂而枉费心思,还是早点儿休息
　　吧,怎么样?

绿川夫人　你倒挺会说话的呀。不过,我和岩濑家的交情
　　总比你悠久。我也是因为担心睡不好觉啊。

明智　那就随您的方便吧。

绿川夫人　请容我在这里和你一起待上一会儿，直到关键的零点之前。

明智　对不起。

〔夫人相向而坐，随之掏出香烟。

绿川夫人　借个火。

明智　请。

〔说罢用打火机为她点烟。

绿川夫人　（环视周围）今天不同于寻常夜晚。黑夜很不平静，仿佛呼吸已经停止。精巧的雕花地板式的夜晚。这样的夜晚，越是使人感到身体燥热、跃跃欲试呢。

明智　临近犯罪时，黑夜就会变成野兽。这样的黑夜，我了解得很多。黑夜的脉搏开始加快，浑身充溢着潮润的体温……到头来，这个夜晚往往就会招来犯罪，同罪犯同眠。有时还要流血。

绿川夫人　你是久经沙场的老将。如今，罪犯与你定是变成一张照片的底版和相片。你的眼睛同罪犯一起盯着同一个人物，你的心思和犯人想象着同一件东西。

明智　我要是也能走到那里，啊！

绿川夫人　哎呀，你这话太没有自信了。

明智　不，犯人想的是黑色，而我想的是白色。就像一枚照片，要是色彩完全贴合那就好了，但是我们每每实现不了。这种事我经历得太多太多，不过对于所说的犯罪本身，不论如何，总会有些不太明白的地方。每当有疑难的案例出现，我恨不得将自己看成犯人。假若我是犯人，就会知道一切，不会有难解之疑虑。因此，我一心模仿罪犯，殚精竭虑，想犯人之所想，行犯人之所行……不过，到了这步田地，实在可惜！我不能彻底变成犯人，心里总有些事情给我带来麻烦……

绿川夫人　你心中的良心，将会从世界的某些地方，白昼的街角、法院、高尔夫球场……迅速退出，而给你带来麻烦。

明智　您说得很好。然而，我不会那么单纯。对于罪犯来说，总是具有某种资格。可以这么说吗？只是犯人本身才具有的某种资格。

绿川夫人　资格？

明智　是这么回事，比如这里有一个女子，别人送她一束玫瑰花。她很喜欢玫瑰，于是凑过脸去嗅嗅花的香气。此时，她突然发现花瓣丛里有一条毒虫，她惊叫一声，随之将花束投入身旁熊熊燃烧的炉火之中。这样的女子不会犯罪。

绿川夫人　哦，为什么？

明智　这事儿回头再说。下面再说第二个女子，她也很喜欢玫瑰花。而且，她也在花瓣丛里发现了毒虫。她冷静地抓住毒虫，丢进燃烧旺盛的炉火之中。她再次闻着美丽的花束的香气。还有第三个女子。第三个女子又会如何呢？她既不想杀死毒虫，也不想烧掉花束。因为，她原本就有一颗善良的心。思来想去，您猜怎样？她竟然会绕到送她玫瑰花的男人背后，推了那个人一把，可怜那个男人栽倒在炉火中活活烧死了。

绿川夫人　天哪！

明智　知道吗？这第三个女子，因为具有一副慈悲心肠和易感的神经才会如此。前两位女子，多少有点儿残酷，刹那间无意识发挥出来，将鲜花和毒虫投入炉火，以图拯救自己，进而拯救社会，拯救世界秩序。十分合理地在虫的生命与玫瑰花以及世界秩序、道德之间，明显地标识出一条警戒线来。那么第三个女子，忠实于自我一副善良灵魂之余，还要决心将世界秩序和道德连根拔去……请看，三人之中第三个女子很少具有一等残酷。然而，她却具有不折不扣的犯罪的资格。

绿川夫人　你说得十分精彩，我还没有遇见过你这样的侦探，一个打心眼里热爱犯罪、对于犯罪寄托着罗曼蒂克憧憬的侦探。

明智　问题就是这样。所有的案件之中，都具有某种绫缎、蕾丝一般优雅的因素，同时也有一些陈旧而夸大的东西，仿佛听一个因循守旧的伯母的故事。

绿川夫人　汽车盗贼也一样吗？还有贪污犯，那些贪得无厌、力大无比的强盗？

明智　是的，可以这么说。因为不论多么鄙俗的犯罪，总要盘绕着一种梦想。我们的现代社会毕竟法律强固，这些家伙到底不是玻璃、钢铁与混凝土铸造成的嗜人成性的野兽。这些人的外围，优雅地飘荡着蕾丝、缎带与血的花束。不论哪种凶器，既然名为凶器，比起无害的电动洗衣机[1]具有更加优雅的造型，带有非实用的情绪。难道不是吗？

绿川夫人　我假若表示赞成会怎么样呢？

明智　好的，给您看样东西。（说着，从右侧衣袋里掏出手枪）这不是为了杀您。一旦对过窗户有什么东西出现，这枪口就会喷射火焰。（对准窗户）不过，请看，

1　一般指 1952 年发明的圆筒状电动洗衣机。

这窗外只能望见黑暗的夜空和星辰。手枪里充满黑夜本身庞大的、不可预测的、初春寒冷的空气。它针对着夜的全体。宛如靶子上的人头忽然倒地，早晨的太阳也不会从它的对面露出脸儿。这手枪只是梦幻，它脱离常识，只等待着那个瞬间。——当黑夜进入有节奏的脉动，带着体温，慢慢获得动物特有的气息，凝聚为一个人的身影瞬间出现。

绿川夫人　那么说，当那个身影一旦出现，你就在法律的名义下开火，对吗？

明智　不。（收起手枪）在梦想的名义下。我们私人侦探的作用不同于法官，区别就在这里。用梦想处罚梦想。运用我的理智所描画的梦境，处罚罪犯持有的梦的因素。除此之外，还会有什么生存价值呢？

绿川夫人　这是一种冷酷的生存价值啊。

明智　您是说职业式的冷酷吗？

绿川夫人　不，脱离人性的冷酷。不过，法律处罚犯人，可以说就是人处罚人。然而你所做的一切，偏向于人的梦想的对面，那里张网以待。那或许就是你说的梦想处罚梦想吧。不对，你是把自己置于宿命的立场，用宿命加以裁判。你的傲慢、优美而白皙的额头，就像那少不更事的青年的头颅……

明智　是吗？您用谦虚的目光看待我，反复给予褒扬，不行吗？

绿川夫人　任你怎么说都行。不过，我从你那冷酷的眼神里，感受到一种实现的愿望和胆小怕事的恋情闪闪发光。总之，你正在沉醉于无偿的恋情之中，是对罪犯的恋情。难道我说得不对吗？

明智　这又是一个残酷的诗意的表现。

绿川夫人　当你以为你的恋爱获得实现的瞬间，罪犯已经从你的手底下迅速逃逸，随之潜入警察署与法院议程繁复的密林。

明智　或许是一见钟情，我也可能有这样的感觉。我感到我被罪犯热恋着，罪犯对我隐藏着满腔无偿的情思。

绿川夫人　既单纯又无耻的一对恋人。

明智　说的是。说单纯是指心情激动，自己面对自己，其结果只不过是一对热衷于背叛的不幸的情侣。

绿川夫人　很遗憾啊，在罪犯眼里，你的确具有性的魅力。

明智　哦，在您看来也是这样的吗？

绿川夫人　不，这是非常特殊的魅力，但我们这些外行的女子，看不出它的价值。

明智　哈哈哈……难道我们不能找个消磨时光的好办法

吗？这时候也不便喝酒……

绿川夫人　啊，这时候总会有玩扑克的地方吧？打打扑克
去吧？

明智　行啊。

绿川夫人　（站起身来，穿过明智身边，迅速巧取手枪，
并从橱柜里拿走扑克牌）太好啦，有两副呢。（手握
两副扑克牌）我们玩美式升级比赛[1]。

明智　好的。

绿川夫人　（从纸牌中将所有的 A、K、Q、J、10、9 抽
出来）赌什么呢？

明智　不要赌钱，我和您不同，我很穷。

绿川夫人　我身上的宝石都作为赌注！

明智　您的心情真好，况且我……

绿川夫人　（突然伸手握住男人的手）务必请你拿出赌
注来。

明智　您可不要吓唬我。

绿川夫人　你的……（盯着对方的脸）

明智　哦？

绿川夫人　我希望你用侦探这个职业作赌注。

1　原文为 American Pinocchio。

黑蜥蜴

明智 （他也盯着她的脸。沉默片刻，断然决定）当然可以，那就赌吧。

绿川夫人 啊，太好啦！（兴高采烈）看呀，A、10、K、Q、J，接着是9，平均每六张一组，两副牌共四十八组。从其中取出十二张，你六张我六张。（说着交给他牌，再将余下的作为压底反扣叠起，反转最上面一张横置于其上）这是主牌。

[两人默默争输赢，相互交替取牌反扣一旁。过后翻开牌，依据该牌的等级，一次次决出胜负。输赢只限于同一种牌，假如互相打出同等同分的纸牌来，则以先出的一方为胜。取胜的一方，取牌与手里的牌合在一起，看是否轮到"和"牌。如果是则得分。

明智 我赢了！

绿川夫人 "和"了吗？

明智 （检查一下）没有。

[继续玩牌。

绿川夫人 我赢啦！

明智 什么？

绿川夫人 （摊开牌面）看，普通结婚！

明智 哎呀哎呀，您得了二十分！

〔继续玩牌。

明智　我赢啦！

绿川夫人　你"和"啦？

明智　有可能……

绿川夫人　……真的……

明智　请看！皇家结婚。

绿川夫人　得四十分，还差二十分呢。

　　　〔两人继续玩牌。明智看表。

明智　（急忙打乱纸牌）不玩了。

绿川夫人　你真狡猾，还没有决定胜负呢。

明智　已经快到十二点了，相差不到一分钟。

　　　〔灯光照射着钟表上的时针，差一分钟不到十二点。

绿川夫人　慢慢玩牌吧。不是什么事也没发生吗？

明智　可是一分钟之后又会如何呢？

绿川夫人　你真的很相信罪犯啊！

明智　因为犯人也很要面子嘛。

绿川夫人　你这么一说，连我都担心起来了。说起深夜的
　　　声音，只有附近房间下水道水管子的响声。还有，有
　　　时匾额倾斜了，家具干裂了，所有这些，没有任何动
　　　静，都在沉睡之中。例如，富士山的画匾，突然变成
　　　裸女的画面，洗浴室的护发剂，突然变成色彩美丽的

毒药，墙上的一条木纹隙缝，突然变成人的充血的眼睛……即便这些事情，谁也不敢保证不会发生。所以，我很害怕。我们还是玩牌吧。

明智 现在已经十二点了。

　　　[十二点钟鸣。

绿川夫人 依旧什么事也没发生。

明智 赌牌算我赢了吧?

绿川夫人 这个，怎么说呢。总之，咱们俩仿佛赤脚走进山谷冰冷的溪水，实际上已经踏入时光的河流。怎么样?此种冲刷着我们脚骨的、透明的、时光的冷水!房子在流动，整个旅馆也在流动。铁桥、船只、夜间光亮的停车场、睡眠的人们、信托银行金库里的宝石……所有一切，都在时光冰冷的激流中改变了姿势。听见了吧，那种轰轰作响的时光的鸣声。犯人预告的时间，往往较之国王出巡的时间更加准确，更需要行进在扫除洁净的道路上。

明智 哎呀，我听不见那种声响。犯人的手表难道坏了吗?眼看就要作案的时刻，连我都记得清清楚楚。还不到那种情景。首先，房间里空气的密度蓦然高涨，窗帘的襞褶，变成冰冻的瀑布，彩色吊灯的雕花玻璃，相互撞击，听起来犹如咬牙切齿。这个时候，罪犯不显示身影，悄悄潜入房内。

绿川夫人　如果毫无先兆……明智君，多可怕啊！我们
习惯了，罪犯已经堂皇地站立于室内，而我们毫无
所知。

明智　您的意思是……

绿川夫人　这仅仅害怕，可以说是我的妄想。不过，说起
早苗小姐，她早就……

明智　您是说她被拐走了？

绿川夫人　不知为何，我总是有着这种恐怖的直感。

明智　不过，早苗小姐……

绿川夫人　她在隔壁卧室，正香甜地睡在她父亲的身边
吧。这是肯定的，是这样的，但是……

明智　您在说些什么呀？

绿川夫人　我只是……

　　　〔明智转身奔入 A 室，将岩濑摇醒。

岩濑　（半睡半醒）出什么事啦？一惊一乍的。

明智　请看一下小姐，躺在那里的是不是小姐本人？

岩濑　瞧你说的，是我女儿。她不是我女儿又能是谁？

　　　〔岩濑吃惊地折身而起，转向女儿那里喊叫。

岩濑　早苗！早苗！

　　　〔没有回应。岩濑起身走到女儿床边，打算叫醒她。

明智　猛地打开电灯。

岩濑　啊！

　　　〔岩濑高高揭开模仿早苗面孔的偶人，在颈部包裹着睡衣。

　　　〔A室门口站立着明智和绿川夫人。

　　　〔岩濑推开两人，进入B室。他们两人紧跟其后。岩濑拎起包裹着睡衣的偶人，睡衣拖曳在地板上。岩濑耷拉着脑袋，不久就把偶人头放在地板上。夫人拾起来，入神地凝视着。岩濑颓丧地坐在椅子上，然后又急忙站起来，再度奔入A室。搅乱床铺，撩开毛毯，打开浴室，又关起来，打开橱柜，乱翻一通。他火冒三丈，愤怒地站立在A、B两室的分界线上。

岩濑　明智君，你是怎么搞的？我把女儿交给了你，就这样被盗走了。你不是全日本第一侦探吗？听起来很吓人啊！每月雇佣金一百万日元，结果就是这种样子吗？

明智　您说的每月一百万，其中包括助手工资到调查费全部，我净得到的不是您所担心的这个金额。

绿川夫人　（笑出声来）说得真清楚！不过，论起偶人头我也尽了力的。您知道吗，岩濑先生？

岩濑 说的是。（这才引起注意）啊，您也在这里？

绿川夫人 这里有三个人。（指着偶人头）这也算一个啊。

岩濑 这个还会怎么样呢。我们在咖啡馆该说的都说了。

绿川夫人 见不到尸体就好。也没有流血，只是消失了踪
影……我们都处于日常生活的中心。

明智 是的。我的日常生活就是这些。我早已变得轻松愉
快了。

岩濑 不知是你还是我，咱们总有一个头脑奇特。

绿川夫人 （抬头凝视）犯人似乎比想象的要高明得多。
稍微要个骗孩子的小戏法，我们就上钩了。这个偶
人头四周，有三个大人围绕着它打转。

明智 （摆脱不开夫人的注视）倘若您的指纹被当作证据，
那就麻烦了。

绿川夫人 （瞧着自己的手指）我的指纹？你也没有制止
我呀。

明智 我对美丽的指纹态度很宽大。

绿川夫人 恶心人的侦探！（将偶人头置于桌面上）

岩濑 （蓦然醒悟）在这种场合，你们究竟谈论什么？早
苗不见啦！我可爱的早苗！（哽咽）我活着还有什么
价值？

绿川夫人 用不着如此绝望。

明智　您是说"还有宝石"对吗？

绿川夫人　哎呀，你抢了我的话头。你很明白我的心思。

明智　可以说，这是理所当然的慰藉。

岩濑　（紧抱偶人头）啊，早苗！早苗！你要给我活着啊。你是我一生的梦想，一生的宝石！我十五岁那年，在栃木县一所采石场当小工，偶然在接触的碎石堆里，看到一颗绿色闪光的东西。我偷偷装进衣袋，拿到村公所做鉴定。村公所那个人到底是真懂还是唬人，一口咬定这是绿刚玉[1]。回家的路上，我就像做梦。正巧村里过节，赶上热闹的庙会。那些卖风车、金鱼、棉花糖以及烤鲷鱼的小摊子，我打那里经过时，恨不得把宝石箱砸碎，倾其所有全都买下。我算计着，等我成为富豪之后，手里领着可爱的女儿赶庙会，将整个庙会都给她买下来！这就是我人生传记故事的第一页。早苗啊！早苗啊！那只手领的梦中的女儿就是你。你无论怎样都得活着，为了你的爸爸！

绿川夫人　（佯哭）啊，我很同情。

明智　别再装假啦，这不符合正直的你。

绿川夫人　哎呀，你不同情啊？

1　原文为 emerad，即祖母绿，又名绿宝石、翠玉等。

明智 该同情就同情。但凭我的理智感觉，没有特别同情的理由。

岩濑 哎，您看这家伙，没有人性的东西！夫人，您见过这种品德恶劣的男人吗？我没有眼瞧他。我被这个坏蛋骗了。算了，明智，我送你去坐牢，或许你才会有所清醒。还不如一开始就被警察署欺骗呢。当时我想，首先警察署不要钱，只有出口索要高价的人，才会尽心尽力办事。这是我作为宝石商的千虑一失！啊，宝石和人就是不一样！喊警察，警察。（走向电话机）

明智 哦，请等一等。（伸手制止）

岩濑 你为何要阻挡我？你有这个资格吗？坏东西！

明智 您这样吵吵闹闹，还要抓罪犯吗？根据我的推论，绑架至少就发生在两小时之前，也就是接到电报之前。那不是作案的预告，而是将已经作过案的事件装作将要发生，使得我们十二点之前将全部注意力集中于这座房间内，以便于犯人趁机远走高飞。

　　〔岩濑愤愤不平地坐下来。

绿川夫人 （咯咯笑）这两小时之内，著名侦探就会将偶人头装扮起来了。（说罢又笑）

　　〔岩濑开始对夫人怒目而视。久久沉默。岩濑再次猝然立起，甩开明智的阻挡，走向电话机。这时，一直安静的电话铃响了，岩濑拿起听筒。

岩濑　哎，什么？明智君？你的电话。

明智　啊？（站起身去接电话）啊……啊……是吗？十分钟？太慢了。五分钟跑过来！只等你五分钟，可以吗？

岩濑　（郑重其事地嘲讽）事情办完，不顺便请警察来一下吗？

明智　向警察署报案，不必太着急。先让我考虑一下。

岩濑　除了早苗，你还有什么可考虑的？实在荒唐，那么顽固地接受下来……

绿川夫人　岩濑先生，您说了半天没有用。明智君满脑子考虑的都是赌博。

岩濑　赌博？

绿川夫人　是的。为了赌他侦探这个职业，我把我的全部宝石都做了赌注。他输了，很悲惨，正想着洗手不干呢。

明智　不，没这回事。夫人，使我低头的是看到你很可怜。

绿川夫人　哎呀，为什么？

明智　（和缓地）这是因为，输了的不是我，夫人，是您啊。

绿川夫人　哎呀，你想赖账吗？

明智　您是说赖账？

绿川夫人　嗯。即使想赖账，犯人也不抓了，这样……

明智　啊，那么夫人，您是说我把犯人给放走了，对吗？我呀，已经出色地将罪犯抓住啦！

绿川夫人　不是在做梦吧？你明明睁着美丽、清澈的眼睛。

明智　嗯，好不容易抓住一场梦，这是一个多少引人入胜的梦。从哪里说起好呢？对啦，您的朋友山川健作先生，出了这座旅馆到哪儿去了，那地方我很清楚。

绿川夫人　什么？

明智　当然是在梦中了。山川买了到名古屋的车票，他为何又中途下车？原来他乘上九点二十分的上行列车，到下一站下车。然后又辛苦地同箱子一起乘汽车，折回大阪。这回住进了 M 饭店。要了那里的高级房间，明天同您在那里会合。接着，向山川的大号皮箱里装进了一样东西。到底是什么东西，您很清楚。

绿川夫人　……

明智　对不起，我也很清楚。我的部下三人，作为盯梢的老手，忠贞不二。他们是警犬队的青年人。他们何时来电话，我从刚才开始，就焦急地等待着呢。老实说，关键是如何更好地掩盖这种焦躁的情绪……好吧，夫人，宝石全都归我了。这么一来，岩濑先生即使不付我雇佣金，我也能吃饱饭了。

绿川夫人　哦，那么山川先生呢？

明智　那位留着髭须的绅士，很遗憾，他很巧妙地逃脱了。

岩濑　那么，犯人呢？

明智　就在这里啊。

岩濑　这么说，除了你和我之外……

明智　还有一个漂亮的女人。我来介绍一下，这位就是难得一见的女强盗"黑蜥蜴"，绑架早苗的主犯。

绿川夫人　你胡说八道！岩濑先生，您说说看，这位侦探竟然开这种玩笑，给人造成多大的麻烦！

明智　您摆出个理由，随您怎么说都行。

　　〔这时，有人敲门。明智将手中钥匙插入锁眼开门。钥匙插进去不动，说明室内有证人。当着众人的面，明智的部下堺、木津、岐阜，还有一人肩上扛着疲惫不堪、浑身裹着睡袍的早苗，穿制服的警察官 A、B 等人，从门外进入室内。

岩濑　啊！早苗！（紧抱怀中）太好啦！就像做梦！（让早

苗坐在椅子上）太好啦！太好啦！明智君，你真是个坏蛋，下月起，给你雇佣金涨到一百五十万元。

明智　太感谢了。这事以后再慢慢说吧……来，警官，这女子我交给你了。她是这个绑架集团里的主犯。

　　　〔警官走近夫人。

绿川夫人　明智君，你摸一摸右侧衣袋的钥匙，看还在吗？

明智　（摸摸衣袋）啊！

绿川夫人　（掏出手枪，做瞄准状）这是先前借用的，早就想到会有这种时候。大家听着，举起手来！用力做广播体操。（众皆举手）

　　　〔夫人一个箭步奔到门边，将空闲的左手转到身后拔出钥匙。

绿川夫人　明智君，这是你第二次失败。看！

　　　〔说着，将钥匙在他眼前哗啦哗啦晃动。房门开启，一条腿跨向走廊。

绿川夫人　还有，早苗小姐，你太可怜了。你生在日本首屈一指的宝石巨商家里，命运可就太过悲戚！再说，你十分漂亮，我虽然一心想得到宝石，但比起宝石，我更希望获得你的身体。对你，我绝不放弃！好吧，明智君，早苗小姐我过些日子再上门讨取。（边说边把身子退缩到门后，只突露出两只皓腕与手枪。两只腕子上，颜色鲜明地刺着黑蜥蜴）请记住这个，比起指纹更牢固。这就是我的徽章，腕上两条可爱的黑蜥蜴！

〔臂腕消失，房门关闭。外面响起锁门的响声。众人东一头西一头乱闯一气。明智抄起电话。

明智　喂喂！我是明智。知道了吧？快快，守住饭店所有的出口！绿川夫人，绿川夫人！那人正在外出，立即抓住她！那女人是重大案件的要犯！千万不要叫她逃跑了。快，快转告饭店总经理及店员们，好？啊，喂喂，还有，告诉侍者，叫他把岩濑先生房间的钥匙拿来。同样也要快！

〔打电话的当儿，B室慢慢变暗，等到"同样也要快"这句话，全都变黑暗。

第六场

〔B室全暗的同时，C室徐徐变亮。房间中央，一青年绅士手戴手套，头顶软帽，其实就是女扮男装的黑蜥蜴，高傲而立，斜眼望着镜子。

绿川夫人　这样，我就能成功逃走，谁也认不出是我。确实不大像真正的我。（对镜）是吧，镜中的青年绅士，难道还不够聪敏优秀吗？同那些乌合之众的男人不一样，只有那个男人适合于我。不过，要是她恋上他，那么爱上明智的我又是个怎样的我呢？她没有回答。不过，那就算了。明天再对着别的镜子询问另一个我。好吧，再见！

[脱掉帽子，对镜作一番会话。急忙开门而去。

—— 幕落 ——

黑蜥蜴

第二幕

[装置注:

第一场岩濑宅邸厨房,自中央分裂处左右旋转,转变成第二场上首明智事务所与下首黑蜥蜴密室。这些道具左右分裂,转变成第三场东京塔,进一步落下大幅布幕,转变为第四场桥畔。

第一场 岩濑宅邸厨房

[上一幕半月后,樱花开放时节。

[东京猿乐町岩濑宅邸厨房。窗户全部镶嵌铁格子,上首为通往走廊的门扉,下首为厨房后门。全部设施巨大、豪华。上首大门一侧,设有传声喇叭。幕启,下首远处传来数条狗吠声。下首厨房后门,老女佣阿雏和跟班五郎闲聊。中央背对观众席者,有保镖原口、富山、大川。他们坐在椅子上,默默

吃饭。

老女佣阿雏 哎，还有啊，猪肉（低声）尽量便宜的部分买它三公斤来。

跟班五郎 （在记笔记，随之大吃一惊）你说三公斤？

老女佣阿雏 是三公斤呀。（眼睛继续示意保镖们吃饭）你看，他们吃得有多香！

　　〔这时，年轻女佣梦子，自上首急匆匆出现。

女佣梦子 哎呀，大家正在吃饭啊？（窥视）好可怜！没什么菜肴。（对原口）原口君，托给我吧。

保镖原口 哎呀……

女佣梦子 要吃牛肉罐头吗？（从碗橱上拿下来三个牛肉罐头，迅速打开）原口君，把这个分给大家。

保镖原口 哎呀……这太感谢啦。

老女佣阿雏 （低声对五郎）怎么样？尝尝房东的东西吧。

　　〔传声器里传来夫人的声音。

岩濑夫人的声音 阿梦，阿梦，快来！你想走就走，我可遭罪啦，眼下正忙的时候。

女佣梦子 来了，来了。唉，我实在没有一点儿自由和轻松的时候。（跑向上首下）

跟班五郎 （继续记笔记）好的，鸡蛋二十个、猪肉三公斤，还有，嗯，给狗吃的碎肉块一公斤，就这些，是吧？

老女佣阿雏　是的，就这些。谢谢，你费心了。

跟班五郎　每次劳你驾。（走又走不掉）我说阿雏，今后你能行吗？大阪那家 K 饭店案件在报纸上大登特登之后，已经半个月了吧？

老女佣阿雏　可不是嘛，说着说着半个月了。那时还寒颤颤的，现在樱花都开了。

跟班五郎　"黑蜥蜴"也老实多啦。

老女佣阿雏　管她什么黑蜥蜴白蜥蜴，再也不敢胆大妄为了。现在所有的窗户都镶上了铁格子，满院子都是狗，二十四小时交替值班。大门和内门都有人看守。其中，内院住着这些（目光凝视用餐者们的背影示意）优秀的保镖，一共三人呢。

跟班五郎　我们也受不了呀。（从口袋里掏出证明书）咳，这些贴着照片的证明书上，一一都得给守门人看过之后才能进去。

老女佣阿雏　让我也瞧瞧。（一手夺去）看面孔，倒是个有过前科的人哩。

跟班五郎　去你的，阿雏老婆子！……不说这些，我问你，关键人物那位小姐怎么样了？最近一直没有看到她啊。

老女佣阿雏　（哭泣）好可怜呢，年纪轻轻就被打入牢房。

尽管还未听说发疯，那每天的日子可怎么过？

跟班五郎　自那之后，一直都是这样吗？

老女佣阿雏　嗯。那桩案件之后，从大阪归来时，身边跟着五名护卫。从此每天都一样。听说完全变了一个人，可怜见的，都不敢看人了。那样一个活泼开朗的姑娘，这段时间都不愿开口说话，饭也不想吃。那是的呢，就连到院子里散步，也要跟着三个护卫。

跟班五郎　我们的著名侦探明智小五郎究竟干什么去了？

老女佣阿雏　警察、明智先生都在拼命寻找"黑蜥蜴"，不过先生每天一次面都不露。

跟班五郎　这种状态要继续多久啊？

老女佣阿雏　谁能知道呢。

〔又闻犬吠。

洗衣女　啊，每次谢谢了。（记入账单）

跟班五郎　实在辛苦你啦。

老女佣阿雏　这也是一种因果。我觉得这个家还会出事，总觉得有那样一种气味儿……家里的老爷第一代主人十分优秀，但不论哪个家庭，都有盛衰荣枯。哪怕是不值一提的遭遇，就会以此为开头，像山坡上滚球，一直败落下去。我们家政妇会从前派遣成员去过的家庭，也有这样的人家。那是一户赫赫有名的官僚宅邸，家中的夫人，她可算得上是一位优秀的善于持家的主妇了。有一次，夫人在磨臼里磨芝麻，这时，调皮的最小儿子突然跑来，将父亲的手套扔进磨臼。"吓死人啦，都成了手套芝麻糊了。"夫人十分生气，然后把手套清洗干净，晾晒起来。没想到晾晒的手套和杆子，经风一吹掉落下来，不偏不倚正巧砸在花匠的脑门上。花匠歪着脖子正要躲开，刹那间没有来得及，结果被砸成脑震荡死了……从此之后，这户人家厄运不断，疾病、落选、破产，最后弄得七离五散，各奔东西。

跟班五郎 （听得入迷）唉……太倒霉啦！我该回家了。每次都难为你啦。

洗衣女 每次都感谢你啦。（二人下）

老女佣阿雏 你辛苦啦！

保镖原口 （终于吃完饭）阿雏婆知道不少有趣的故事哩！

老女佣阿雏 你还是跟阿梦那丫头开开玩笑去吧。

保镖富山 老太婆不要动不动犯忌妒，对吗？

保镖大川 啊，肚子都吃圆啦……嗯，刚才那件事啊。

保镖富山 什么？接着饭前说吗？

保镖大川　嗯。俺觉得带个照相机走路挺麻烦，就寄存在那里的咖啡馆了。这么一来，店老板就出来了……

保镖富山　这些我都听过了呀。

保镖原口　是的，阿雏婆，这位有钱人家的小姐为什么一面靠我们的力量保护她，一面又露出对我们似乎瞧不上眼的神情呢？

老女佣阿雏　那是因为花钱买来的保护啊。

保镖原口　但是我们的保护力不同于经常待在他们家的那些人，剑道四段、柔道五段、空手道三段，合起来十二段，此外再加上拳击一套技巧。不过话又说回来，真正崇拜我们为强者的，仅仅是他们家拖鼻涕的小孩子。

老女佣阿雏　你们生得不是时候，要是生在历史剧中那样的时代……

保镖富山　是的啊，俺要是成为三好清海入道[1]那样的人就好了。

老女佣阿雏　你不能像他的原因在哪里，我可以告诉你。

保镖原口　别瞎吹，你说说看。

1　传说中安土桃山时代"真田十勇士"中十位武将之一，以战国武将三好政康为原型虚构的历史人物三好清海入道（miyoshiseikainyuudou）。

老女佣阿雏 　这都是为了使你们更好地发挥自己特殊的力量。不过，当今的世界，所谓善事多少都被污染了。所以你们都是被污染的善事的知己，永远都不可能立即投入。但身临其境的明智先生不一样，那位先生正是当今世界尚未出现的善和正义的朋友。

保镖原口 　哦，为什么？那位先生不是也要雇佣金吗？

老女佣阿雏 　宝石的价值，宝石自身并不知道。

保镖大川 　……就是那里，照相机就寄存在那家店里。他们店里不愿意收留贵重的东西，显得有些不高兴。正在这时候，从里面的房门走出来一个人……

保镖富山 　是店老板出现了。

保镖大川 　你倒挺清楚的。你的脑袋很管用啊。

　　〔此时，自上首远处传来钢琴声。

老女佣阿雏 　哎呀，说很稀罕还真是稀罕。在家里弹钢琴的是……

保镖原口 　只能是小姐，对吧？

老女佣阿雏 　半个月来，这是第一次。今天看样子精神很好。（侧耳倾听）啊，弹得真好，一点儿也不觉得手生。

　　〔三人都在全神贯注听钢琴声。女佣梦子、爱子、色江上。

女佣梦子　请听，那钢琴的声音。

老女佣阿雏　在听呢。

女佣爱子　今天啊，一个劲儿净是好风向。只有夫人依旧有些歇斯底里。

女佣色江　老爷心情很好。因为客厅的家具都到齐了。

女佣梦子　不过，这套家具十分豪华，那种椅子和桌子我是初次见到啊。

保镖原口　那些和钢琴有什么关系？

女佣梦子　说起老爷，还不是想让早苗看看客厅新买的家具，心情会好一些吗。老爷自己光这么想还不行，还要和夫人拌上几次嘴才能实现。结果，夫人偏头疼又犯了，闷在屋子里，像往常一样使唤我们，一会儿要冰块，一会儿要揉腿，不是吗？说着说着就睡着了。于是大家都跑到客厅看家具，老爷乐呵呵地把小姐从屋子里领出来……

老女佣阿雏　那就是高级牢房。

女佣梦子　那些方面还是不要想象得太阴惨了吧。那种宾馆式的牢房，我还想住住看呢。

老女佣阿雏　啊，那也挺好嘛，进去了？

女佣梦子　从房间到客厅，小姐硬是给拉进去的。这种安乐椅很好吧？这种豪华的沙发怎么样？是不是有点儿……

女佣爱子 我们也认为很高级，干吗老是征求我的意见？

女佣色江 怎么样？沙发上镶嵌的全是西阵丝织品，领带也绣着细碎花纹，一千日元呢……

老女佣阿雏 不要马上扯到钱上去嘛。

女佣梦子 小姐也在每张椅子上坐了坐，难得一见地微笑着。

保镖原口 唉，她的微笑想必很好看吧？

女佣梦子 说话别闪了舌头，对你来说千载难逢。

女佣爱子 她很少像这次走近钢琴旁……

老女佣阿雏 她弹了？真是太好啦！

女佣色江 老爷也站在旁边笑嘻嘻地听着，父女俩简直就像一对恋人。

〔大家再次倾听钢琴声。突然传声器响了。

岩濑的声音 我还有急事要办，我得到店里去一次。

女佣梦子 听，是老爷。

岩濑的声音 在我离开后，原口、富山和大川都到客厅门外走廊上站岗，早苗要散散心，不要回客厅去。站岗期间，一秒也不准离开原地。

全体保镖 是！

〔说完自上首下。钢琴声继续。

女佣梦子　我总得送一下吧。

老女佣阿雏　在走廊上站岗绝对可以，客厅就在顶头，窗户一律镶上了铁格子，窗外又有狗。

女佣色江　老爷做了周密的安排，一只蚊子也飞不进去。

老女佣阿雏　不要再说无聊的话了，去吧去吧，赶紧去送行吧。

　　〔众吵吵嚷嚷去上首。钢琴声继续。阿雏倾听琴声。然后一边环顾周围，一边拿起桌上电话开始拨号。

老女佣阿雏　（对着电话）美好的天空，布满晚霞，变成一片紫色。猴子们在牛背上点燃蜡烛，吐露着红泥般的气息。丝绸汽车，小人内阁。男人的脖颈生出了女子。女人的耳朵生出了虾子。山里人着火，人中海燃烧。唉，石榴帽子，变成玻璃碴似的碎块。唉……唉……就是这些。

　　〔切断电话。钢琴声依然继续。上首传来汽车响声。三位女佣回来了。

女佣爱子　简直太可笑了，门外站着三个大男人。

女佣梦子　看来，原口君最性感啊。

女佣色江　你的眼睛有问题了。

老女佣阿雏　打从那个保镖到来之后，这些个孩子全都堕落了。

［此时，钢琴声断绝。

女佣梦子　阿雏婆新来乍到，哪里会知道过去的事情？这座宅邸的人万事都讲究体面，我们在家里只拣主人喜欢的干。夫人一次也未来过厨房，厨房只是我们的城堡。我们在这里待得久了，也把关于男人们的传闻，当作青菜、肉一样，加上调料一锅煮。你呀，从来没有像今天这般眼睛发亮。

老女佣阿雏　随你怎么说吧，我只是守旧，喜欢在那种一切按老规矩办事的厨房里做活计。一旦厨房杂乱，这家就会有不祥事发生。你看，这家里的案子不就是这么回事吗？从屋角到屋角，百般仔细，糖罐盐罐，整整齐齐。盘盘碗碗，一目了然。就像郊外迎风呼啸的高压线上的瓷壶，重重叠叠，窃窃私语。只有那样的厨房，才能将食欲和性感搅和在一起。因此也绝不会发生那种不祥事。那样的厨房很安静，正如小河流水，不断吹起生活的微风。这里的厨房永远都是暴风雨。这样下去，到头来真不知店里的红玉、宝石，会不会和炖菜一锅煮。

女佣梦子　嘘，钢琴似乎停止了吧？

　　　　［众沉默不语。

老女佣阿雏　真的，可不要再出什么不好的事啊。

女佣爱子　不要吓唬我们。我去看看。

[说罢自上首出去。众等待。立即回返。

女佣爱子　那帮人实在太死板啦，命令他们不要进屋，他们就不进屋。一个个肯定都在打盹儿了。

[众沉默。

女佣梦子　我去看看。

[走出。片刻，哭喊，男人们闹嚷嚷一齐奔入房里的声音。爱子、色江急忙走出。只听一个醉汉在怒骂。梦子呼喊："夫人！夫人！"

女佣色江　（立即跑进屋）阿雏婆，糟啦，坏事啦！小姐不见啦！

老女佣阿雏　哎？

女佣色江　到处都没有可逃的路，竟然无影无踪了。到底是从哪儿进来的呢？一位满脸络腮胡子的醉汉，躺在漂亮的新沙发上呼呼大睡。他浑身脏污，新买的沙发被他弄得全是泥，特别镶嵌的西阵丝织也全被他毁掉了。夫人见了更要发病的！

[传声器鸣响。

岩濑夫人的声音　（歇斯底里大发作）快，快！那样脏的沙发还放着干什么？赶紧重新找人嵌镶。去请家具店想办法，叫他们立即换一个。赶快！

黑蜥蜴

老女佣阿雏　我来打电话。

女佣色江　拜托啦。（下）

　　　〔老女佣阿雏刚要拿起听筒又放下，倾听下首。色
　　　江又进来。

女佣色江　家具店怎么样呢？

老女佣阿雏　他们马上来，正巧老板就在附近，只要告诉
　　　一声，就会立马到来的。

女佣色江　太好了。夫人的病叫人难以对付。

老女佣阿雏　是的啊。你能不能和后门的门卫联系一下，
　　　叫他们告诉家具店老板，进来时不要吵吵嚷嚷。

女佣色江　好的。（换穿草鞋）

老女佣阿雏　啊，说是来四个人，四个人都是爷们儿。

女佣色江　好的，好的。

　　　〔自下首厨房后门下。

女佣梦子　（进来）色江小姐呢？

老女佣阿雏　刚才去厨房后门了。

女佣梦子　等她回来，夫人叫她立即去一趟。

老女佣阿雏　好的好的。

　　　〔梦子下，色江自下首上，二人交肩而过。

女佣色江　我说过了。

老女佣阿雏　实在难为你了。哦，夫人叫你呢。

女佣色江　啊——啊。（正要去上首）

老女佣阿雏　哎，色江小姐，刚才那个络腮胡子怎么样了？

女佣色江　原口和富山两人将他扭送给警察署了，走的是前门。

老女佣阿雏　到底怎么回事呢？可真是的。好可怜哪。那位小姐就像烟雾一般消失啦，没有啦……

　　　〔色江去上首。片刻，家具店四人自下首上。

店员A　有人吗？我是山本家具店。

　　　〔阿雏的态度突然转变。家具店四人自厨房后门上，同阿雏相互递眼色。阿雏默默指指上首，四人去上首。

老女佣阿雏　（打电话）黄色狮子、黄色狮子，夜间鬣毛和早晨尾巴。

　　　〔切断电话。稍后，四位家具店店员，郑重地抬着被呕吐物和泥巴弄脏的沙发，慢慢从上首走出。同时，阿雏自厨房后门走出。片刻静场。

女佣梦子　（进来）哎呀，阿雏婆到哪儿去了呀？

女佣爱子　（进来）真是没办法，这婆子不可靠啊，平时说得倒好听。

女佣梦子　啊，我很害怕，心里发慌。

女佣爱子　明智先生怎么样了？

　　　〔这当儿，大门门铃、传声器鸣响。

岩濑夫人的声音　有人吗？大门门铃响了，还不是明智先
　　生来了吗？

　　　〔一女佣急忙去上首。以下因忘记关闭传声器，想
　　　　象中可以听到客厅里的对话。不一会儿，噪音大
　　　　作，客厅开门声、人的谈话声……

岩濑夫人的声音　可是，明智先生……

明智小五郎的声音　"可是"什么呀？夫人，沙发要交给
　　店员？别犯傻啦，从哪儿出去？厨房？我去看看。您
　　好好休息吧。这种地方，吵吵嚷嚷，很烦人的。

　　　〔片刻，明智小五郎与三位部下以及女佣梦子，自
　　　　上首上。环顾周围。

明智　有点儿迟了吧？（看电话）家具店的电话号码是
　　多少？

女佣梦子　在这儿。（拿出电话簿）

明智　（拨号）喂喂，山本家具店吗？这里是岩濑家，刚
　　才打电话叫你们来搬运沙发，已经运到了没有？……
　　嗯，嗯。哎？什么？还没有派人？马上就来？

　　　〔众哑然。狗吠大作。舞台转暗。

　　　〔道具自中间分开，左右各自旋转，收纳道具。

第二场 明智事务所、黑蜥蜴密室

[上首明智事务所，因变换道具而无人。室内有书籍、棚架等，布置简朴。下首黑蜥蜴临时居室，阴森晦暗，没有一扇窗窗。黑蜥蜴身穿便服，坐在豪华的椅子上抽烟，休息。脚边有侏儒二人。面目本色的雨官伫立一旁。乘载这四人的道具旋转到这里，收起。第一场翌日午后。

A 黑蜥蜴密室

黑蜥蜴 请阿雏夫人来。

雨宫 是。

[自下首去叫，并陪伴与前一场相同装扮的阿雏同上。

阿雏夫人 您叫我么？

黑蜥蜴 阿雏夫人，你很出色。你及早住进岩濑家，度过一段难于忍受的辛苦，终于成就一件大业！昨天取得成功的真正的明星是你。充当有力的后援，将事情纳入轨道，缺少你是绝对不行的。

阿雏夫人 不敢当。

黑蜥蜴 暗号电话也是适时的处置。为了表扬你的功劳，奖赏你一颗五克拉的纯蓝宝石。

　　〔眼睛对雨宫示意。

　　〔侏儒捧出宝石箱，黑蜥蜴打开箱盖，赠予阿雏。

阿雏夫人　哎呀，这么贵重的礼物，实在太感谢啦。

黑蜥蜴　我所需要的感谢只有一个，下次有机会，再次对
　　我忠心耿耿，竭尽全力。蓝乌龟！

阿雏夫人　这还用得着说吗？但我想把这颗宝石送给我可
　　爱的外甥，他是我唯一的依靠。他打算在南千住开一
　　家点心店。

黑蜥蜴　正好换成现金给他，蓝宝石化作点心，倒也不
　　错。好，你可以下去了，蓝乌龟。

阿雏夫人　我告辞了。（退场）

黑蜥蜴　叫扮演家具店店员的四位上来。

雨宫　是。

　　〔去叫，并陪同装扮前场家具店店员的四个人上。

黑蜥蜴　你们是这次取得成功的光荣的旗手。论起勇气、
　　胆力、机敏的行动，这一切都堪称模范。不过，正因
　　为这种认真周到的准备，使得你们过早提高了爬虫类
　　的级别。希望你们有一天能够符合这种级别而进一步
　　努力和钻研自己。作为奖励，送你们高级的绿松石。
　　（给侏儒使眼色。侏儒捧出盛有绿松石的小箱子，黑

蜥蜴奖给他们各人一颗。四人畏畏缩缩接受奖品）好啦，可以下去了。（四人恭恭敬敬退下）论功行赏到此结束了。早苗小姐还很好地关着吧？

雨宫 一切都万无一失。她不想吃饭，也不愿开口说话。除此之外，身体很健康。

黑蜥蜴 你要是同早苗小姐见面，一定要像满脸胡须的船员一样。就这么办吧。

雨宫 就这么办。不过，待在你身边的时候……

黑蜥蜴 你想本面本色，那很好。我对别人的自豪感，态度还是很宽大的。

雨宫 我究竟何时才能进入爬虫类呢？

黑蜥蜴 别说啦，你在大阪跌了个大跟头，还好意思要求升格？

雨宫 对不起。

黑蜥蜴 不过这次干得不错。要阴谋要尽量放开胆子，越是像孩子一样傻里傻气越好。要瞅准大人的漏洞，还需发挥小孩子的智慧。犯罪的天才，在于将孩子们的天真烂漫据为己有。你说是吗？

雨宫 确乎如此。

黑蜥蜴 你听着。（对侏儒）你们怎么看？（大笑）啊，你们都是杰出的成年人了……我呀，善于运用孩子们的智慧和孩子们的残酷，瞅准任何一个成年人的弱点，狠命一击。所谓犯罪，就是一个完美的玩具箱。箱子里的汽车倒着跑，小偶人都像死尸一般闭着眼睛，积木房子咯吱咯吱响，野兽们都暗暗眼瞅着点心盒。那些按世界规律考虑问题的人，绝不能进入我的心中……不过……不过，只有那位明智小五郎……

〔黑蜥蜴密室转暗。

B 明智小五郎事务所

〔光线转亮。以明智为中心，周围坐着部下堺、木津和岐阜三人。

明智 （用桌上的电话）哎？又来了吗？岩濑先生。那么上面是怎么写的？就是那封恐吓信。嗯，没关系。就通过电话读一下吧。我叫部下速记下来。哎，堺！（把听筒交给堺）

堺 （接过听筒）好的，请说吧。（将听筒贴近耳朵，进行速记）

明智 （对木津和岐阜）又来恐吓信了，目的还是铆定于"埃及之星"。你们见过这颗钻石吗？

木津/岐阜 （异口同声）没有。

明智 以前曾在大京百货商店宝石展览会上展出过，引起了人们的注意。那时候戒备森严，整个会期，警官带着手枪每天在展览柜旁站岗巡逻。观众畏畏缩缩站在远处瞄上一眼就过去了。日本没有那样的钻石，一百一十三克拉，完美无瑕。南非产，明亮式切工[1]，曾经为埃及王族所持有，后辗转进入岩濑家族之手。据闻当时价格一亿五千万日元……喂，速记下来没有？

堺 是的，记下来了……没有啦。（将听筒交还给明智）

明智 （接过听筒）是我，明智。速记完了。回头讨论一下，制定好对策再给您电话。好，再联系。（挂断电话，对堺）读一遍听听。

堺 好的。（读速记）"岩濑庄兵卫先生：昨天闹腾您一天，实在过意不去。小姐的确在我这里，由于警察搜索，又转到更加安全的场所去了。你有没有从我这里赎回小姐的打算？假如你有这个想法，可以按以下办法商谈。（赎金）所藏'埃及之星'一颗。"

明智 都来啦。

堺 "支付日期为四月四日午后六时。支付场所是东京塔

1　原文为 Brilliant，钻石切割类型之一，通常为 58 面体，即高级明亮式圆形切工。

展望台。支付方法为岩濑庄兵卫只身于上述时间内持实物到东京塔展望台。如果稍微违反上述约定或向警察署告密，再者接受实物之后，我等被捆绑之时，将以小姐之死实行报复。上述条件获得正确履行之后，当夜即将小姐送回府上。以上愿闻尊意，不必回函。明日所定时间、所定场所一旦见不到面，即认定此次商谈无效，将立即转入预定行动计划。黑蜥蜴，四月三日。"

明智　嗯……是吗？（久久沉默，然后打电话）喂喂，岩濑先生，恐吓信的内容都知道了。我现在想问的是您是如何打算……啊……啊……啊……啊……脱手？很遗憾，到这种程度不大可能脱手。恐吓信也不管它……哎？……啊……啊……您既然这么坚决，我也不阻挡您了。先假装被敌方诡计所蒙骗，向她交出钻石倒也是一种计策。从我的侦探技术来说，这样做更便利。但是，岩濑先生，您实在不必担心。我可以明确给您保证，小姐和宝石肯定都能要回来……啊……啊……是这样。再过一会儿，就叫那娘们儿空欢喜一场！

　　〔明智事务所转暗。

C 黑蜥蜴密室

　　[转亮。黑蜥蜴与 A 最后打扮一样。雨宫与侏儒并列。

黑蜥蜴 （对侏儒）给我洒香水。待在没有窗户的房子里，感觉太憋闷了。

　　[侏儒喷香水，黑蜥蜴任其洒在身上。

雨宫 啊，真香，使我又想起那个时候，那是我最幸福的时候。

黑蜥蜴 五月之夜，你一个人坐在公园的长椅上。青春不遇，只想寻死。

雨宫 世情冷酷，贫士孤独，那天晚上，我坐在公园的椅子上，梦想着如何才能死去。这时，一辆豪车停在面前，您走下汽车，在附近散步。不久，站在那里看着我。您身穿玄色洋服，美若天仙，犹如惊鸿一瞥。此刻，正是这香水的香气，静静地飘然而至。

黑蜥蜴 那个时候的你，相貌堂堂，一表人才，凭感觉，你的人生一前一后，都不及刹那间看到的年轻瑰丽！你身穿雪白毛衣，仰躺的面孔承受着街灯的光明。四周绿叶的馨香令人窒息，你好似绘画上那个"苦恼的青年"。微微闪亮的头发，清炯炯的眼眸，应和着内侧的死影，蕴含着水彩画似的迷茫沆荡。一瞬间，我真想将这位青年变为自己的偶人。

雨宫 您对我嫣然一笑，一刹那我变为您的囚徒。您在身边的椅子上坐下来，三言两语的会话，使我坠入梦境，禁不住吻了您。于是，您微笑着用香帕为我揩拭口唇。自那时始，我从此变得一无所知。

黑蜥蜴 库洛洛芬[1]手帕，哪里还有那种罗曼蒂克的手帕！那种手帕犹如剧场布幕，在这世界上最幸福的瞬间，迅速下滑，遮蔽了整个世界……伙计们将你的身体运回密室，当天夜里，你应该变成了我的玩偶……但是，怎么样呢？苏醒后的你，性情暴烈，哀叹悔恨，泪水淋漓……

雨宫 那种事不要再说了……

黑蜥蜴 你的美丽的崩碎犹如齑粉，一心寻死的你，一旦成为渴望生存的你，忽而变得丑陋无比……救你命的我并非为情所系，而是听你誓言之后，深感惊奇。你说过：倘若救你一命，你就会终生做她的奴隶。

雨宫 自那之后，我就在您身边忠实为奴。我不曾背叛过您一次，不是吗？

1　原文英语：chloroform，一种麻醉药（俗称迷魂药）。

64

65

黑蜥蜴 背叛倒是没有，难道没有惨败的经历？哎呀，好啦。我只有过一次，将你看作个香馨儿……不过，倘若你为一些琐末细事背叛我，那好吧，我将把你变成不说话的小玩偶。

［侏儒吓得爬进椅子下面。

雨宫 （仿佛遭受雷击）是……

［密室转暗。

D　明智小五郎事务所

［光线转亮。明智观望窗外晚霞，背向观众席。部下三人，坐在桌前处理公务。

明智 今天的太阳就要平安落山。这座大城市被无数罪犯侵害，犹如遭受白蚁啃食。这座大都会的太阳沉没了。杀人、抢劫、绑架、强奸……说起来是麻木不醒，但细数起来，无一不是由人类的智慧与精力、愤恨与妒忌、欲望与热情，相互倾轧、争斗的结果；无一不是误入狂人之路的疯子全身心的表演。这个案子可以从哪里着手呢？从报案者那里吗？这只能当作自己的事情自行决定。我必须永远面对犯罪本质，沐浴在火焰中最纯粹的物质内里。我可以观察全部犯罪事实，犹如一座世界首屈一指的大工厂，孜孜不倦努力进取。动员全部职工，夜以继日地工作。看到那片晚霞，仿佛觉得那就是工厂里的大熔炉……眼下，黑蜥蜴怎么样了？

堺　那女子简直愚不可及，一味醉心于落后于时代的浪漫之中。当今充斥着贪污和暗杀的俗世，企图借助夜宴晚礼服乔装打扮，掩盖犯罪事实，这个女人过分迷醉于自我妖艳之中了。

明智　对我来说，这正中下怀。现在的时代，不论什么重大的案件，都有可能在我们隔壁发生；不论多么残忍的案件，一般来说，罪犯的身个儿都确实变得十分矮小。罪犯穿的衣服尺寸，都和我们衣服一致。而黑蜥蜴不会强忍，就连女人也可穿蓝色牛仔裤的世界，她作案时所穿的华丽的裙裳，长裙拖曳，拂地五米。对此，我坚信不疑。由此说来，我也看得十分明白。

木津　没有人比得上先生如此耐不住无聊，还不是黑蜥蜴挽救了您的无所事事？

明智　可以这么说。不过这次案件，老实说我很害怕电光石火般的迅速解决。假若有个最终解决，我的富于生命价值的气球，就会立即漏气、扁瘪……更可怕的是啊，此次案件一旦处置完毕，我就会陷入迷惘，心里只想着结婚的事。正如我多次说过的，没有比侦探这个职业同结婚生活更加格格不入的了。所以这一年之前，我极力避免谈及这类事情……

　　［部下三人，面面相觑，傻笑。

明智　干吗傻笑？岐阜。

岐阜　这个不好说，今早我们三个都谈到这事儿……

明智　我对工作之外的话题，发过一次怒吗？

堺　好吧，我说……还是不好意思啊。

明智　那么堺，你说说看。

堺　不行啊，我们都提到先生似乎迷上了黑蜥蜴。

明智　嗯，不能不说有这种心思。（众笑）不过，我喜欢她，也不曾握过她的手，只是一个劲儿将她逼到将要断绝关系的地步。从来没有过这种纯洁这种残酷的恋人。我的爱情，只是将对方推向灭亡的爱情……也就是所有恋人的一面镜子。好吧，诸君，快来吃晚饭吧。我在这里有些事情要处理。

　　［明智事务所转暗。

E　黑蜥蜴密室

黑蜥蜴　没有什么可怕的，你的感情仍然是自由的。

雨宫　您是什么意思？

黑蜥蜴　我的意思是，今后你对我说的话怎么想，那是你的自由。我说我喜欢明智小五郎，你怎么看？

［雨宫因嫉妒脸色苍白。

黑蜥蜴　放心吧，我只是试探你。这么一说，你就吃醋了。即使杀了明智，他也不会背叛我。毋宁说这就是爬虫类的勋章啊！……这是另外的问题。

雨宫　您真的……

黑蜥蜴　我也是女人，喜欢谁是我的自由。（视对方痛苦而幸灾乐祸）自从大阪旅馆第一次见面那天晚上起，我就时常梦见明智。相思难熬，仿佛演戏。那个坏男人，眼前一浮现他的面孔，就使我不得安宁。在那之前，男人的面孔一次也没有搅扰过我的心境。那小子聪明过人的长相，那小子无所不知的神情，他的前额！他的嘴唇！（因悔恨而蹴地。侏儒恐惧）……那小子横站于我的梦前，模仿我的梦影，渐渐地一心想变成我的幽梦！（对雨宫）让我一个人待一会儿，快！快！我有很多事情要考虑。（对侏儒）你们也下去。

［雨宫和侏儒退场。

F　明智事务所　黑蜥蜴密室

［明智事务所转亮。明智一人坐在桌边苦思冥想。

窗外昏暮。

明智　正如弥漫这座房间的广阔的黑暗。

黑蜥蜴　那小子的影像包裹着我。那小子倘若想逮住我。

明智　那女子想逃脱，逃向夜间的远方。但是就像汽车红色的尾灯。

黑蜥蜴　那小子的光芒永远留在我眼里。到底他追我还是我追他？

明智　到底她追我还是我追她？

黑蜥蜴　这种事儿我闹不清。不过，夜间忠实的野兽，能够敏感嗅到生人的气息。

明智　人也知道野兽的气息。

黑蜥蜴　人们熟睡之夜，踏灭的篝火的痕迹以及那双鞋印，都奇妙地留在我的心里。

明智　留下的永远都是不可思议。

黑蜥蜴　法律变成我的情书。

明智　牢狱变成我的礼物。

黑蜥蜴/明智　（共同）我将获得最后的胜利！

　　〔舞台转暗。

第三场　东京塔展望台

　　〔正面是镶着玻璃的展望室。面对这扇窗户，架着

两副收费望远镜。上首是电梯。中央是出售糕点等
的小卖店。这里装饰着纸花樱枝。

[玻璃窗外，一派落日的余晖。

[电梯开启，众人涌出。走向下首，用望远镜观察
风景，然后徐徐走向上首深处。

[此时，身穿华丽和服的黑蜥蜴，独自一人背倚窗
边，看手表，等来人。但她绝不离开窗边。

[电梯再度开启，观众走出来，比起刚才人数略少。
其中有岩濑庄兵卫。观众同上一次一样，沿窗侧走
向上首深处，只有岩濑和黑蜥蜴留下。二人默默
对视片刻。

黑蜥蜴　东西带来啦？

岩濑　（气得浑身发抖）我不想和你说话……女儿的事情，
没错吧？

黑蜥蜴　她很好。

[岩濑胡乱拿出小盒子，黑蜥蜴打开看，久久心性
陶然。

黑蜥蜴　没错……我完全信守约定……好吧，让我先回
去，等会儿再回来。

岩濑　我们乘电梯一道去，不是很好吗？

黑蜥蜴　（微笑）啊……

岩濑 害怕盯梢，对吗？你如此胆小，我要是在这里害你，你怎么打算？

黑蜥蜴 （从腰带里掏出红手帕）拿这个对着窗外摇一摇就行啦。这样一来，我的危险就会传达出去，早苗小姐的生命就将不保。我刚才一直不离开窗边，就是这个原因。（说罢收回红手帕）

岩濑 （慌忙向望远镜里投钱窥视）接收信号的人在哪里呀？

黑蜥蜴 仔细看看。东京城市广大，房顶、阳台、窗户都不能缺少。

岩濑 （离开望远镜）嗯。（揩拭额头汗水）

黑蜥蜴 好，我们下去吧。

岩濑 约定的事没问题吧？

黑蜥蜴 今晚一定实现……

　　　〔岩濑警惕地跟在身后走向电梯，乘载而下。

　　　〔黑蜥蜴不安地环顾周围。窗外暮色降临。

　　　〔黑蜥蜴走向小卖店。

黑蜥蜴 哎，有件事麻烦一下。

　　　〔蹲伏在货柜后边的一对夫妇站起身来。

小卖店老板 您要买什么？

黑蜥蜴 不，我不买东西。请留意，刚才站在那边说话的男子，是个可怕的坏人。我受那人的恐吓，如今大难临头。

小卖店老板娘 （十分好奇）哎呀，很困难啊。

黑蜥蜴 你们救救我吧。刚才说好了，先让他回去，那家伙依然躲在塔下边。请帮忙，做一会儿我的替身。

小卖店老板 您这么一个漂亮女子，她怎能做您替身？

小卖店老板娘 不不，我要是能行，什么都愿意干，夫人。

黑蜥蜴 谢谢。做我替身，在那儿装扮成我，透过望远镜观察一会儿，好吗？只需要咱俩换一下衣服就行啦。

小卖店老板娘 哎呀！

黑蜥蜴 还要请店老板做件事儿。对不起，把扮作你夫人的我，送到出租车停车场。我会给你们很多赏钱……呶，在这儿哪。（从钱包掏出七张面值一千日元纸币，硬塞进老板娘手里）好了，拜托啦，相信一定会救我命的。

　　〔夫妇小声商量片刻。黑蜥蜴不安地环顾周围。游客三三两两自上首远方回来。店老板将黑蜥蜴领进店内，指指里面的门，将老板娘和黑蜥蜴送入房内。然后出来为顾客出售点心。

　　〔房门开启，扮作老板娘的黑蜥蜴和扮作黑蜥蜴的老板娘走出来。丈夫看到此状深感惊讶。老板娘递给黑蜥蜴口罩。黑蜥蜴系上口罩，催促老板一起离开小卖店。老板锁上货柜外出。

[老板娘贴近望远镜，看着丈夫的背影。黑蜥蜴敦促老板一同混入等待乘电梯的人流之中。

[电梯门开启。一起涌入，关门。舞台上只剩下身穿黑蜥蜴服装的老板娘孤独的身影。光线转暗。

第四场　芝浦近旁桥畔

[道具转换期间，一辆汽车听响声似乎从上首驶往下首。车头灯闪亮。

[暮色苍茫之中，有运河木桥、公共电话亭。桥畔码头下边日本船朦胧可见。

[道具布置完毕，上首传来急刹车声响。小卖店老板，实际是明智小五郎出现，他所追击的对象不知在哪里消失了。他仔细环顾四周，注意到桥畔日本船，转向上首，招呼司机。

[司机出现。明智向司机手里塞钱，两人低声商量什么。然后做出将身边巨石投入水中的动作，司机发出哀鸣的动作。此时，将车头灯对准日本船相互映照。司机只得搔首服从。

〔司机进入上首，车头灯消失。汽车急转弯响声。

〔明智窥视一切。捡起巨石，隐身于河岸的黑暗之中。

〔上首突然传来呼救声。

司机 救命啊！救命啊！

〔传来明智将巨石投入水中的响声。日本船上的油漆障子打开，黑蜥蜴面孔一闪，车头灯猝然一亮。黑蜥蜴冷不防一闭眼，连忙闭上障子门。

〔明智悄悄站起身子，进入电话亭，开始拨号码……

—— 幕落 ——

第三幕

第一场　怪船舱内

A　黑蜥蜴居室

[地面铺设波斯地毯，舞台摆放聚光玻璃灯、三面镜、大西服橱柜、百宝橱柜、圆桌及几张安乐椅。这类家具的花纹和样式不同于其他家具，由第二幕第一场出现的相同的沙发上即可明白。留有剜伤的裂口。窗户是小圆窗。下首是通往甲板的门。黑夜。

[黑蜥蜴身穿玄色丝绸绣衣，两耳、前胸和手指，缀满闪光的宝石饰品。

[幕启。黑蜥蜴坐在三面镜前的小凳子上，从首饰盒里拿出"埃及之星"挂在胸前，对着镜子照了照。

黑蜥蜴　（如同和镜子对话）好不容易弄到手，我的长久的愿望！……一心想得到这种死寂而冰冷的石头，就需要花这么大的辛苦、冒这么大的危险！说起来，这都是因为我冰冷、死寂的美艳的肌肤，太适合这类瑰丽、死寂的石头啦！还有，那些已死而美丽的偶人们……啊，活着的，血脉流通的，既不可信用，又使人心烦。警察、富豪、罪犯、作奸犯科者，这些家伙生活在不安之中，跟着你，永远摆脱不掉……唯独宝石不一样。只有宝石可以信赖。这颗"埃及之星"，如此进入我手，闪耀于我的胸前，但丝毫不向我谄媚摆好。纵然戴在女王胸前，一定也是如此吧？宝石自身的光辉，就是一个充足透明的完美的小世界，谁也不能混进去……作为主人的我，也不能厕身其中……人也一样。我讨厌那种不断涌入的人类。如同宝石一样，使我绝不能进入其中的人……这样的人，会有吗？要是有，我就爱上他，进入他心间。为了防止这种情形，只有将他杀死完事……不过，如果对方想要进入我的心里呢？啊，不会有那种事，我的心就是宝石……可是，倘若他硬要进来呢？那时我只能杀掉自己。我的身子也只能像宝石一样，变成一个冰冷的小世界，绝不可让人进来。

雨宫的声音　我是雨宫。

　　〔黑蜥蜴将宝石收在小盒内，放回抽斗锁好。

黑蜥蜴　请进！

雨宫 （留着胡须，一身船员制服走进来）打扰了。

黑蜥蜴 几点到达？

雨宫 海上平稳。如今在大仁洋面行驶了十五海里，预定凌晨四时抵达 S 港。幸好，没有被海上保安厅的监视船及其他船只捕捉到。

黑蜥蜴 春季的凌晨四时，大概也就是日出前一小时，你要极力说服他们趁着黑夜抵达。

雨宫 明白。（站在门口，踌躇不前）……还有……那个……

黑蜥蜴 你要说什么，雨宫？

雨宫 我实在难以开口。这艘船从东京出发时，船员们之间流传着一个谣言。

黑蜥蜴 什么谣言？

雨宫 听说有幽灵出现……

黑蜥蜴 荒唐，有人看到过吗？

雨宫 没有，虽说没有看到过，但似乎听到声音。就在那位客人房间里。

黑蜥蜴 哦，在早苗小姐房间？

雨宫 是的，轮船启航不久，北村从早苗小姐门前通过，听到有人低声说话。早苗小姐的嘴一直裹着那条布带，是不能说话的。

黑蜥蜴　不是听说摘掉了吗？那位小姐莫非是在诅咒吧？

雨宫　不过，北村去取钥匙，回来开门一看，布带裹得好好的，两手依旧绑着绳子。不用说，屋内除了早苗小姐外，没有一个人。看到这番情景，不由感到害怕起来。

黑蜥蜴　自然问过早苗小姐了吧？

雨宫　是的，给她解掉布带一问，她先是一惊，回答说什么也不知道。

黑蜥蜴　奇怪啊，真的吗？

〔沉默半晌，只听潮声浩荡。房门敞开着，蓝乌龟呆立门旁。

黑蜥蜴　（敏感地）谁呀？啊，蓝乌龟。怎么啦，说呀？

蓝乌龟　真是太奇怪啦。好像幽灵偷偷进入了厨房。一只鸡眼看着没有了。

黑蜥蜴　鸡？

蓝乌龟　不是吗，我喜欢在厨房做事，既然事情托付于我，煮饭和人数相比，从来没有不够吃过。您是知道的。

黑蜥蜴　这我知道。

蓝乌龟　丢失的是一只拔毛煮熟的整鸡。晚餐应该有七只，眼下只剩六只，怎么数都少了一只。

黑蜥蜴　越来越怪了。雨宫，分头查看一下船舱吧。

雨宫　那就这样。好吧，这就开始！

黑蜥蜴　越快越好。

　　　[雨宫行礼而去。

蓝乌龟　啊，要说的还有早苗小姐……

黑蜥蜴　你想说什么？

蓝乌龟　刚才我端饭过去，给她解开绳索，摘掉布带，不知为什么，她吃得很香，风扫残云，一下子就吃光了。然后说她不再发脾气大声喊叫了。她请我不要再用绳子绑她了。

黑蜥蜴　（意外地）你是说她变老实了？

蓝乌龟　是的，是这意思。她彻底转换了心情，从昨天开始变得非常开朗，像是完全变了一个人。

黑蜥蜴　好奇怪，好吧，告诉北村，再把她带到这里来。

蓝乌龟　明白了。

　　　[行礼而去。黑蜥蜴起立，心情不安地环顾四周。随即坐在那张安乐椅上。此刻，面颜极度憔悴的早苗，在北村的带领下走进来。

黑蜥蜴　你在门外站岗。

北村　好的。

　　　[行礼闭门而去。

黑蜥蜴

黑蜥蜴 （微笑）早苗小姐，你心情如何？不要站在那儿，请坐到这儿来吧。

早苗 嗯。（走近两三步，看到那张安乐椅，不由一惊，又退回原处）

黑蜥蜴 啊，是那个吗？你怕那张椅子？不必勉强，好的，就坐到那里的扶手椅上吧。

　　〔早苗畏畏缩缩坐在被指示的椅子上。

早苗 我不该那样发脾气，很对不起。今后我听从吩咐，抱歉。

黑蜥蜴 全是些冠冕堂皇的应酬。不用再说了，既然如此，我要试验一下你是否真的老实了……不过，挺奇怪的，你到昨天为止，还是个那般倔强、反抗到底的早苗姑娘，怎么一下子变得这么老实了？发生什么事啦？出于何种原因？

早苗 不，没什么……

黑蜥蜴 我听北村说，他听到你的房间有人说话。是谁到你的屋里去了？你要说实话。这是对你的考验。

早苗 没有，我一点儿也没有感觉，什么也没有听到。

黑蜥蜴 （敏锐地）早苗小姐，你在说谎吧？

早苗 不，我绝不撒谎。

　　〔片刻沉默，涛声频传。

早苗 我想问一下，这条船要驶往何处？

黑蜥蜴 这条船吗？那我告诉你吧。再过三四个小时，就到达 S 港了。说起这个 S 港呀，有我私设的美术馆。（微笑）真想让你早些看到，那是一座多么漂亮的美术馆！……为了把你和"埃及之星"陈列在一起，我们才急匆匆赶往那里。

早苗 ……

黑蜥蜴 要是乘汽车，肯定更快。但你这个鲜活的"货物"，太危险了，所以不能走陆路。虽然速度缓慢，但乘船更加安全……早苗小姐，这是我私有的轮船，很感惊奇吧？连我都有能力任意买条轮船，爱到哪里就到哪里。

早苗 （固执地）……可是，我……

黑蜥蜴 怎么？

早苗 我不愿去那里。

黑蜥蜴 你当然不会愿意。我带你去！

早苗 不，我不去！我坚决不去！

黑蜥蜴 看来，你似乎很有自信。你有信心逃出这条船吗？

早苗 我有信心。

黑蜥蜴 你有信心？依靠谁？

早苗 你不知道?

　　[——片刻。

黑蜥蜴 啊……北村!北村!(站起身)

北村 (进来)来啦。

黑蜥蜴 再把这姑娘原样绑起来,裹上布带,关进那间屋
　　子。你也进去,从里面锁起来,一切都妥当了再离
　　开。可以准备一把手枪,无论如何,都不能让她跑
　　掉。否则,我饶不了你!

北村 明白。(正要押解早苗退场)

黑蜥蜴 等等。然后告诉大家,船上每个角落都要仔细搜
　　查,就像捉虱子一样。幽灵是谁我很清楚,他就是明
　　智小五郎。

北村 哦?

黑蜥蜴 好啦,快去吧。

　　[北村、早苗一同退下。黑蜥蜴陷入可怖的冥想之
　　中。发动机的轰鸣、涛声。黑蜥蜴猝然站起,仔细
　　检点自己坐着的沙发,又坐下。沙发和着心跳有规
　　律地振动,她又站起,重新不安地坐下。终于无法
　　忍耐下去,再次站起来,"啪嗒啪嗒"拍打靠垫。

黑蜥蜴 明智君,明智君!

　　[没有回答。

黑蜥蜴　明智君。

明智的声音　（来自沙发内里）我像影子一样不会离开你的身边。你装配的机关挺管用的。

黑蜥蜴　（声音颤抖）明智君，你不害怕？这里都是我的人哪。这里是警察力不可及的大海，你不害怕吗？

明智的声音　（阴森的笑声）害怕的应该是你，不是吗？

黑蜥蜴　我不害怕，我很感动，你是从哪里知道这条船的？

明智的声音　我不知道船的消息，只要贴在你身边，自然就能抵达这里。

黑蜥蜴　贴在我身边？

明智的声音　从东京塔开始，跟踪你的不止一人。

黑蜥蜴　啊，那家小卖店……（咬嘴唇）

明智的声音　嗯，是啊，你所装扮的和被装扮成你的，都很有魅力啊！

　　〔黑蜥蜴倚靠墙壁，按门铃。

黑蜥蜴　那么说，在桥头发出怪叫，做出投水的声音，也是你……

明智的声音　就像你听到的。（其间，黑蜥蜴在身旁桌子上，用铅笔在纸上写着什么）那时候，你要是不从油纸障子后头露面，事情也许不会闹到这步田地。

黑蜥蜴 果然不出所料，那么后来你是如何跟踪我的？

明智的声音 我租了一辆自行车。（此时两个侏儒走进来。黑蜥蜴将指头压在唇上示意嘘声，随后招手将纸递给他们）为了不失掉这条船，从河岸到河岸再到陆上，一直都在跟踪你，接着再雇用小船划过来，转乘大船。黑暗中玩杂技一般，好不容易登上甲板。

黑蜥蜴 （一边盯着房门，一边在沙发上坐下来）可是甲板上不是有岗哨吗？

明智的声音 有啊，所以进入船舱时遇到很大麻烦。接着，为了寻找早苗小姐的房间，也花费好长时间。好不容易找到了，你瞧，船就启航了。

黑蜥蜴 为何不早点儿逃走，躲在这种地方肯定会被发现的。

明智的声音 这么寒冷，水里哪能受得住，我也不大会游泳。比较起来，还是躺在温暖的靠垫下面最舒服。

黑蜥蜴 ……

明智的声音 对吧？

黑蜥蜴 哦？

明智的声音 自从晚饭后，我一直躺在这里，实在太腻味了。再说，我也很想看看你漂亮的脸蛋儿。我能从这里出来吗？

黑蜥蜴 （颇显狼狈）喊，不行！你不能打这儿出去。你要是被那些人发现，你就没命啦。你再耐心待一会儿看。

明智的声音 哎？你要祖护我吗？

黑蜥蜴 是的，我不愿失去你这个好对手。

〔此时，以雨宫润一为先头，五位船员手持长长的缆绳，不动声息地悄悄走进来。黑蜥蜴对他们使眼色。他们悄悄从沙发一头开始缠裹缆绳。黑蜥蜴冷笑着离开椅子。

明智的声音 喂，怎么啦？谁来啦？

黑蜥蜴 嗯，现在正在裹缆绳呢。

〔缆绳卷裹完毕。

明智的声音 缆绳？

黑蜥蜴 是的，要把日本最著名的侦探紧紧卷裹起来！

〔笑着向那些男人使眼色，叫他们回去。亲自关好门，回到沙发上坐下。

〔将耳朵贴近沙发，听到微弱喘息，没有声音。

〔黑蜥蜴不安地站起身来，走到三面镜前，凝望镜面，舒了口气。过一会儿，面对沙发。

黑蜥蜴 明智君，我们就此告别了。寒冷的春天海洋下，出现一座你的状如沙发的墓穴。（没有应答）喂，怎么不回答？怎么啦？这可是我们两个最后在一起的时刻啊……（两眼盯着房门，再也忍不住了，跑到沙发旁边，跪在地板上，紧紧抱住沙发）好可怜啊，太可怜啦！你吓得说不出话了吧。呀，多么剧烈的心跳！浑身都在颤动。真可怜！我打心里体验着你的暴躁。你东闯西撞，寻找出口……可是，不行啊。你的面前只有死路一条。仅此而已……啊，你气喘吁吁，明知没有用，依旧苦苦挣扎。你在流汗吧？那汗水将立即化作寒冷的春潮。明智君，我现在什么都可以说，你的耳朵即便——全都听到，过会儿海水灌进去就会全部冲洗尽净。（同沙发接吻）我跟你接吻，感觉到了吗？透过西阵绸缎。我在真心亲吻你，明白吗？（逐一亲吻沙发各处）我哪里都吻到了，不留下一处。你懂吗？我的口唇流出的尽管都是冷酷的言语，但唯独对你是热的，你知道吗？你的身子虽然在海底受到冷水浸泡，但我的吻应该像红藻一般将你缠绕。我现在更可以实话对你说。明智君，你千万不要回答我，你就默默等着沉入大海吧。我以前从未见过像你一样的人。我，黑蜥蜴，第一次爱上了你！我一旦出现在你面前，身子就会颤抖，一切都不再听我使唤。这样的我，这样的黑蜥蜴，我绝不容许。所以，我要杀你。不是因为一次不光彩的绑架而杀你，懂吗？而是因为只要你继续活着，我就不再是我。那太可怕了！为此，我要杀掉你……因为喜欢你才杀你，因为喜欢……

　　﹝长时间将脸孔伏在沙发上。

　　﹝不久，决意重新站起，打开房门，向下首喊叫。

黑蜥蜴　来人，举行水葬仪式！

　　﹝雨宫等进入。

雨宫　（大喜）啊，明智小五郎也有今天！

　　﹝黑蜥蜴默默打了雨宫一耳光。

雨宫　（捂着面颊）好吧，你依然……

黑蜥蜴　你不敢背叛我，对吧。你只能看着我自行其是，暗自微笑。我杀死明智，并非因为你，更不是为了考验你。你且不要忘乎所以。好吧，快快搬出去！

　　﹝语气严厉，雨宫一行，像抬棺材一般抬起沙发向下首走去。黑蜥蜴无力地跟随他们退场。

　　﹝片刻，沙发后边的洋服橱柜"哗啦"一声，霍然打开，长满一脸又丑又脏髭须的伙夫松吉，边打量周围边走出柜子。对着三面镜照照脸孔，摘掉假髭须，原来是明智。他环顾四周，悄悄走向下首。

B　上甲板

[舞台向上首回旋，至一半处为上甲板。松吉为不被注意暂时向上首躲去。

[众肃然排列。两根捆绑沙发的粗大缆绳，徐徐将沙发坠向栏杆对面下边。沙发全看不见时，海涛响起，缆绳骤然飞向海里。众一时沉默。

黑蜥蜴　（大声怒喝）快，都给我快点儿下去! 还慢腾腾地想干什么? 按部署进行，按部署……

[众战战兢兢、畏畏缩缩而下。黑蜥蜴一人，背倚栏杆，陷入沉思。

[伙夫——实际是明智，自上首悄然露面。

黑蜥蜴　（凝视）你不是松吉吗?

松吉　对不起。

黑蜥蜴　有事吗?

松吉　我在舱里睡着了，没有听到大伙儿集合……

黑蜥蜴　（倏忽变得亲切起来）这么说，你没有参加水葬仪式?

松吉　是的，我睡着了。

黑蜥蜴　（极度感动）水葬时就你一个没有帮忙。

松吉　是的，非常抱歉。

黑蜥蜴 算啦，这船上的男人，只有你一个人和我站在一起。

松吉 （惊讶）哦?

黑蜥蜴 遵照我的命令，水葬时前来帮忙的人们，不论多么忠诚的部下，已经变成我心中的敌人。只有你一个人除外。你的傻傻乎乎，拯救了你。今后我会关照你的。

松吉 （受宠若惊）嗯嗯，太感谢啦。

黑蜥蜴 还有，你的丑陋，你的脏污和愚蠢，对于如今的你，都是值得高兴的事。到这儿来。

松吉 哎。

黑蜥蜴 我的眼泪，你能看到吗?

松吉 （认真凝视）是的。

黑蜥蜴 为谁流泪知道吗?

　　　　〔松吉摇头。

黑蜥蜴 为一个已经不在这个世上的男人流泪，我比任何人都更喜欢他。明白吗?

松吉 ……（摇头）

黑蜥蜴 你不会知道的吧。是你最佩服的男人。他的名字犹如北极星，永远闪耀于天空一隅，灿烂辉煌！这个名字你读不懂，它像血痕一般将永远留在我的头脑之中。你根本读不懂。我很懂，比谁都懂……所以，我才会如此对你说明。

松吉　是的。

黑蜥蜴　请看大海，一片黑暗。

松吉　（窥伺）是的。

黑蜥蜴　夜光虫多么光亮！

松吉　……

黑蜥蜴　这个世界再也不会出现奇迹了。

第二场　海港废旧工厂

〔前场暗转，绘有广大废旧工厂内部的道具布幕落下。中央大厅顶棚玻璃窗，全都破烂掉落，没有一扇完好。毁坏的机器之类，锈蚀的机械轴、驱动轮、断裂的传送带之间，蛛网缠绕。天窗一面，残月高挂。

〔一行人手持电筒自下首上。以身披斗篷的黑蜥蜴为首，后头跟着被捆绑的早苗、牵着绳索的雨宫、蓝乌龟、伙夫松吉、北村、五个船员、两个侏儒等。五个船员背负着各种行李。

〔汽笛鸣响，由此可知此地位于港口附近。

黑蜥蜴　（站在最佳处）月光依旧那样明亮。黎明前到达，太幸福啦！海潮也还在护卫我。

蓝乌龟 干吗说"还在"呢，像您这般情深似海的女子，大海、我们，未来将会永远护卫您。

黑蜥蜴 是吗？我不想这样。犹如那月亮即刻就会颜色惨淡地溶入朝云，我似乎觉得我不久也会消泯。（笑）我说出了这种丧气话，不像是黑蜥蜴。（振作精神）喂，早苗小姐，这里是什么地方，你知道吗？

早苗 （摇头）……

黑蜥蜴 轮船进入海港小港湾，乘着舢板抵达这里，好不容易到达你的家。这里是你永远的香巢。当年我在大阪 K 饭店曾经同你相约，总有一天我会让你看到一个新的世界。这里就是。你仔细看看吧，看看从那高高天花板铁骨残破的玻璃窗照射进来的月光，淡淡泛白的四周，蝙蝠做窝，扩展着黝黑尖锐的羽翼，以及那往来交飞的身姿……这里的工厂尚未变成废旧工厂之前，职工们经常会被旋床夹挤，切掉宝贵的手指。一百根手指聚合起来，就会变成一百枚戒指的台座，承载着钻石、红玉、蓝宝石。活着的时候，同宝石类汇总无缘分的年轻而无骨的手指，死后可以变作这个世界无与伦比的优雅的手指。不论是旋床、弹子机，还是洗浴场的名牌或典当屋的票证，以及稍显脏污的侮弄过女孩子手掌的指头，全都会变成毫无价值的苍白的指头——嵌镶过宝石的衰微而美艳的指头……

早苗 住口！我不想听下去！

〔呼叫着欲逃离，雨宫极力扼住，两张面孔接近，雨宫不由趁势吻了早苗。

黑蜥蜴 （严冷地）这样子算什么？好，快走吧。早苗小姐，说好了的，给你看看我的美术馆。

〔说着走在最前头，众一同走入上首。

第三场　恐怖美术馆

〔道具幕升起。一派黑暗。上首舞台上方巨大的天盖开启，并缓缓上扬，手电筒光芒从开口处照射进来。

黑蜥蜴的声音 将楼梯照亮！

雨宫 好的。

〔于是，手电光从天盖起照亮数段楼梯，其中出现一处宽广的圆形舞厅。从这座舞厅到舞台地板，有一段曲曲折折的巨大楼梯，逐渐出现于明亮的手电光里。舞台其他部分被黑暗笼罩。一行人默默从楼梯上走下来。

〔这时，楼梯途中又竞相出现第二舞厅和展望台式的建筑。黑蜥蜴转动开关，这个部分霍然大亮。这里是宝石展览场，正巧应对着位于舞台中央宛若铁槛的屋顶部分。灰暗的铁槛，似乎戴上一顶光闪闪的巨大花冠。精心制作的天鹅绒假花缀满宝石，花瓣向四面八方伸展。正中央高耸着最豪华的黑天鹅绒花团，唯有此花展台没有宝石。

黑蜥蜴　早苗小姐，请看，因为有令尊的礼物陪伴，这棵从未开过花的忧郁的黑草开花啦！

　　［说着取出"埃及之星"，放在展台上。"埃及之星"灿烂辉煌，周围千百颗宝石之花顿时失色。众皆惊讶。

黑蜥蜴　啊，还有好看的东西呢，请到这边来。（对随员）你们先到上边房间休息，北村在外边站岗。

　　［众窥视雨官和早苗，又登上楼梯而去。天盖关闭。黑蜥蜴最先起立，熄灭宝石展览台灯光，三人走下楼梯。三人到达楼梯最下边，楼梯和灯光熄灭。黑蜥蜴打着手电，逐一照射着舞台中央的铁槛，继续向下首走去。

　　［下首有一块地方，摆着豪华的桌椅。她走到这里站住。

黑蜥蜴　呶，早苗小姐，仔细看看吧。

［按压下首开关。下首内里墙壁，上下各分为两段，正好凿开四座壁龛。其中一座壁龛，门帘开启，内部灯光明亮。中央一个全裸黑人，臂膀雄健，袖手而立。下面第二座壁龛，门帘开启，灯光明丽，一位妖艳的全裸金发女郎，斜腿而坐。第三座壁龛，门帘开启，一位全裸日本青年，仿佛铁饼运动员，灯光照亮了他浑身隆起的肉疙瘩。

黑蜥蜴　怎么样？这些偶人制作得很逼真吧？不能不说有点儿过于精致了。你再靠近一些看看。（推早苗后背）咦，人体表面还生长着细小的汗毛哩！我没有听说过偶人还长汗毛。（早苗见到可怖的事实，愕然后退几步）懂了吧？好容易弄懂了吧？（微笑着按压开关，第三座壁龛灯光熄灭。分别拉上每座壁龛门帘，打开第四座壁龛门帘，扭亮内部灯光。这座壁龛空无一物）看到吗，那里面？（指着第四座壁龛）我一定寻找一位漂亮的日本姑娘，浑身光洁，素雅靓丽。你懂吗？早苗小姐，你听我说。

　　［早苗惊讶之余伫立不动，瞅准雨宫不注意，随即逃脱。雨宫追击。

黑蜥蜴　快推到铁槛中去！快！

　　［宝石大花冠下边黝黑的铁槛被灯光照亮。黑蜥蜴

打开铁槛门锁。雨宫抓早苗回来，伴作将早苗投入铁槛，猝然夺下黑蜥蜴手中钥匙，将黑蜥蜴推入铁槛中，从外边锁好。牵着早苗的手快速跑回楼梯逃脱。黑蜥蜴在铁槛中呼救。

[雨宫与早苗欲到上面舞厅，此时，天盖稍稍开启，伙夫松吉出现，迎接二人。来到舞厅上面，一拳击倒雨宫，将其打昏。一只手拉起早苗，一只手拖着昏厥的雨宫的身子，走下楼梯，来到铁槛前边。

黑蜥蜴　快打开锁！（说着缝隙间递去钥匙。松吉接住，打开铁槛。黑蜥蜴态度威严地出来，示意松吉将早苗推入铁槛）把他也锁进去！（指着昏厥的雨宫）这家伙背叛了我，我也要把他搞成偶人。改变当初计划，可以做一尊男女交欢的塑像。天一亮就着手制作。

[松吉将昏死的雨宫拖进铁槛，上好锁。

黑蜥蜴　（走向下首）到这儿来，你又救了我的命。这种恩情我不会忘记。

[松吉跟在后，二人向下首走去。随后，下首放置椅子桌子的地方光线转亮，铁槛转暗。

黑蜥蜴　坐在这儿。

松吉　嗯……

黑蜥蜴　不必客气，我教你坐下你就坐下。

松吉 哎。

　　〔畏畏缩缩坐下来。黑蜥蜴脱掉便服，露出豪华装
　　束。以女王的威仪坐在椅子上。

黑蜥蜴 你的功绩伟大，过去你只是一个低贱的伙夫，如
　　今我要你一步飞升，授予你爬虫类之位。

松吉 哦？

黑蜥蜴 不必惊讶，你的价值恰如其分。你从今日起，就
　　叫"黄鳄鱼"，褒奖你一个礼物吧。（摘掉自己一个戒
　　指）送给你一颗钻戒。

松吉 宝石！

黑蜥蜴 你哆嗦啦？放心吧，今天我很慷慨，我感觉这就
　　像是我的遗物。

松吉 哦？

黑蜥蜴 不必在意，黄鳄鱼。（伸手抚摸头发）脑子里时
　　常出现这些不合适的想法，那一定活得太累。你想要
　　的东西都到手了，一旦放松下来就会觉得如此疲倦。
　　这是过分梦想的疲倦无疑。

松吉 太感谢您啦。（欲退下）

黑蜥蜴 等等！我所信任的只有你。此外，谁也不能相
　　信。按照我的命令，那些家伙把明智杀了。我下的命
　　令，杀人是他们干的。

黑蜥蜴 你要理解我，黄鳄鱼。在这个世界上，我孤单一人。那么多的努力和冒险，最后全都聚集于宝物之中。我只是孤独一人。我能依靠谁呢？依靠什么？

松吉 （口气意外坚定）依靠我！

黑蜥蜴 （高声朗笑，时而止住笑声）啊，你说得太有意思啦。黄鳄鱼，所以我喜欢你。喜欢你滑稽的语言，喜欢你那污秽、愚痴的面孔。（亲密地）你使我打心里感到好笑……好，还是睡一会儿。昨夜几乎未能合眼，等太阳出来再喊醒我。将脑袋稍许在枕头上搁一下，什么也不用想，心情自然会恢复过来。就像天真无邪的小孩子的睡眠。（立起身拍手。两个侏儒自舞台上方缒下，着地于黑蜥蜴面前，行礼）像平时一样，给我揉揉腿脚。睡眠时的头发倘若纠结在一起，你们就向里面吹气。就像做了场好梦，睡眠的我如果后悔地咬牙切齿，那就赶紧用指头蘸上香水，悄悄给我咬在嘴里。好似将那颗坚硬的后悔的果子泡软后再咬碎……好，到这边来！

〔黑蜥蜴带着两个侏儒打开下首的房门进入卧室。

〔松吉深深行礼，目送他们。然后刚想朝上首走去，随即止步，从口袋里掏出报纸，比较各处，不知放在哪里为好。最后丢在卧室门前，然后登上上首大楼梯，退下。

[随着松吉的退场，铁槛部分转亮。

[早苗摇醒昏厥的雨宫。让雨宫脱掉上衣，只穿一
件衬衫。

早苗　雨宫君！雨宫君！

[再次将他抱住。雨宫睁开眼睛。

早苗　啊，醒过来了。

雨宫　我……在哪里？

早苗　没在哪里，在铁槛中。

雨宫　铁槛？（环顾周围）

早苗　刚才，松吉把你打昏了，然后把你拖到这里。

雨宫　（依然意识蒙眬）为何我在铁槛和你待在一起。

早苗　你和我将一起被杀。

雨宫　哦？

早苗　刚才黑蜥蜴说的。要把我们雕成偶人，制作一对
"男女交欢"像。天一亮就开始作业。

雨宫　（突然高兴万分，抓住早苗衣襟）哎，你说的，是
真的？是黑蜥蜴说的吗？

早苗　是她说的。那个人说到做到。

雨宫　（强忍欢欣）……是吗……

早苗　你虽然也是恶人，不过至今还是觉得对不起你。因

为你救了我。如此落难之中，你还这么喜欢我？

雨宫 （依旧陶然）……这个嘛……

早苗 你真的那样喜欢我吗？竟然使你舍己救人？

雨宫 没错。（立起）仔细看看我的脸吧。我也是有资格
救你命的人啊！

　　[全部薅掉假髭须。

早苗 哎呀！（呆然而视。片刻）

雨宫 想起来了吗，我？

早苗 想起来什么？

雨宫 你看得那么入神……

早苗 没想到髭须下隐藏着一张好神气的面孔！雨宫君，
你就是真的雨宫君吧？

雨宫 你呀，贵人多忘事。

早苗 你那摘掉假髭须的脸，我可是第一次看到呀。

雨宫 （一副奇怪的神情思索着。突然）……那么说……

早苗 怎么？

雨宫 也就是说，你第一次看到没有髭须的我了？

早苗 是的。

雨宫 是吗？那就说说刚才的打算吧……刚才你说了，我
雨宫即使舍掉自己生命也要救你。你看，我是多么喜
欢你啊！

早苗　我是说了。那么你不会再考虑其他了吗?

雨宫　不过,早苗小姐,我不是因为爱你才救你。我本来就不喜欢那种低俗的布尔乔亚姑娘。

早苗　那么说,为什么呢?

雨宫　至于为什么,以后再说。但有一点还是说清楚的好,那就是为何不喜欢你,今后的生命太短促了。

早苗　你讨厌我哪些方面呢?

雨宫　宝石富商家娇生惯养的独生女儿,一味把自己当作宝石,看谁都是那双轻蔑的眼睛。我讨厌你那浑身充满这种低俗自信的眼神,讨厌那种装模作样的态度。一般地说,我这人,对于你这一类人喜欢不起来。我出身寒微,埋头于这种职业,蠢动于东京大城市的底层,自己的青春也全给毁了。

早苗　(眼睛闪耀希望之光)真的?你说的都是真的吗?你厌恶我这个布尔乔亚姑娘,厌恶岩濑庄兵卫的女儿,就是这个原因,是吧?

雨宫　是的。

早苗　……要是这样……(环顾四周)干脆对你说吧。我和明智先生立下誓死不变的保证,如今,立下誓言的他死了,我的获救的希望也没有了……

雨宫　是的,已经没人救你了。

早苗 雨宫君。

雨宫 嗯?

早苗 我,不是早苗!

雨宫 什么?

早苗 你很惊讶吧?我是替身。简直同早苗小姐达到可怖的相似。我自己开始见到早苗小姐时,也很怀疑自己的眼睛……我被一个男人抛弃,穷困潦倒,正要自杀时,明智先生的部下救了我。当时部下分头在整个东京为早苗小姐寻找替身,虽然这是一种危险的工作,但报酬特别高,命里注定第一次总得舍弃,再次回信,结果被接受了。花了一周时间模仿早苗小姐的行仪表现。一天晚上,还被带到岩濑先生家里,同真身的小姐交替出现。后来不久,就被塞进沙发之中,遭到黑蜥蜴的绑架……

雨宫 是吗?

早苗 是。我也是个贫家女,曾经被逼得差点儿走上绝路。第二次死就会容易得多。你感到很惊讶吧,雨宫君?你已经没有理由再厌恶我啦。你干吗带着那样一副难看的表情对着我呢?……我没有招你厌恨的原因啊。不过,我不是早苗小姐。

雨宫 (严冷地)这些我都明白。刚才我摘掉髭须时,你没有感到惊讶，立即认出了我。真的早苗小姐她绝对不会忘记我，因为她以前见过我。我只是想让你亲口说出你是假的。

早苗 啊！

雨宫 好了，但"你是假的"这个秘密，你至死都要守住，不许泄露。对于我来说，无论如何，我都需要你是一个真实的早苗小姐！

早苗 你好坏，你拿圈套套住了我。看来你还是喜欢布尔乔亚姑娘。

雨宫 真的也好假的也好，对不起。不论真假，我对你本来就不感兴趣。

早苗 那么，你为何救我呢？

雨宫 因为我至死都需要一个真实的早苗。想想看，刚才黑蜥蜴为何要把救你命的我关进铁槛？你明白吗？她这手很高明。因为黑蜥蜴对我很忌妒。只有真实的早苗，才会使黑蜥蜴那样忌妒我。对我来说，最难得的就是她的忌妒。

早苗 你是说，她一旦知道我是替身，就不会再忌妒你了，对吗？

雨宫 确实是这样。

早苗 （思索片刻）……我懂啦，还有个办法救你一命。

我在这里大声喊叫"我是替身""我是假早苗"，这样一来，至少可以救下你的命。你说是吗？我呀，喜欢你！我不愿眼睁睁看着你被杀。我呼叫，行吗？我……

　　[雨宫慌忙捂住她的嘴。

雨宫　行啦，不要再胡思乱想了。为了我，你到死之前都必须是真实的早苗。

早苗　为了你？

雨宫　否则，你就是不成全我的爱。

早苗　你的爱？

雨宫　是的。她一开始就忌妒我。

早苗　那么说，你爱黑蜥蜴。

雨宫　自打我见到她之后，我就不断被忌妒所折磨。她对我非常残酷，一味陷我于痛苦之中。我成了她的奴隶。我的内心很不充实，时时都吹着一股空虚的风。我忌妒她所喜欢的一切。早苗，对你也一样。

早苗　哎呀！

雨宫　那些剥制的偶人，我也非常忌妒他们。因为我看到，黑蜥蜴时常偷偷对着那些偶人接吻。我最深刻的忌妒是当我知道她爱上明智的时候……那个明智如今也死了。是我杀死的。你知道吗？杀他的时候，我是多么高兴啊！……然而，从哪一瞬间起，她就开始对我冷淡了。我下了决心。我的最后的愿望只有一个，就是变成一个剥制的偶人，时时得到她的爱抚。为此，你知道的，办法只有一个，假装已经把你放走，背叛了她……在她的眼睛里，哪怕仅有一次也好，点燃起忌妒我的星星之火……

早苗 （心凉地）就是为了这个，就是为了这个啊。你为了实现你个人的死的方法，临时利用了我……

雨宫 你终于弄明白了？

早苗 ……我明白了。

雨宫 所以，无论如何，你必须是真实的早苗。

早苗 你是说，现在不要再救你的命了，对吗？

雨宫 就让我按照我的愿望死去吧。

早苗 你爱怎么着就怎么着吧，一切随你的便。我早已不再像以往那样喜欢你——即使背叛你也在所不辞。不过，我想让你实现你的愿望，那是因为我对你还有一点眷恋……

雨宫 （抱住早苗）你说得真好，你开始变得可爱了。我们都是伪装的恋人，你是假扮的早苗。

早苗 你是假扮的奴隶。

雨宫 我们因虚假之爱而结为一体，实行虚假的情死。没有任何相思相爱。被杀于同一个早晨，同一个时间。

早苗 然后，我们被剥制……

雨宫 永远活在拥抱里。

早苗 我们是假扮之爱。

雨宫 化作男女不朽的欢乐之像。

早苗 是真爱的欢乐吗？

雨宫 谁看了都不会怀疑，描绘了真爱的形体！

早苗 雨宫君，我们真的不是相思相爱吗？

雨宫 那是错觉，愚钝的错觉！我们活着的时候，绝不会相爱，但是死后……

早苗 是的！再等一会儿，我们就会化作相爱一体！

　　　〔下首卧室房门"吱呀"打开，铁槛即刻转暗。两个侏儒自卧室上，脚绊报纸，拾起叠好，交给黑蜥蜴。

黑蜥蜴 竟然一早就有报纸来。简直就像生活在百姓之家。（打开报纸）哎呀，这不是昨天的报纸吗？怎么回事？《著名侦探明智的胜利——岩濑早苗小姐平安返家——宝石王一家双喜临门——早苗小姐同早川财阀公子喜结良缘——》……啊，还有照片！报纸也在撒谎骗人。不，总不会空穴来风……那么说，铁槛里的早苗……

〔正欲走近铁槛，此时楼梯上方天盖开启，船员五人以及蓝乌龟，吵吵嚷嚷拖着松吉下来。

蓝乌龟 黑蜥蜴女士，这个松吉突然出人意料地向我们发难。看到在外放哨的北村，被捆绑倒在地上，问他怎么回事，他说是松吉干的。所以请您直接发落……

黑蜥蜴 松吉，你！……

松吉 他们都在转嫁罪责，请，请……

黑蜥蜴 （珠泪盈眶）连你都要背叛我吗？

松吉 不，不会的。只是偶人担心……

黑蜥蜴 你说偶人？

蓝乌龟 还不是马马虎虎想抵赖过去？

〔黑蜥蜴掏出手枪后退瞄准，全部打开下首电灯开关，周围霍然明亮。壁龛中偶人已不存在。一座座被警察占领，持枪相向。众皆惊讶。松吉钻出人群，背对下来的警察瞄准。船员五人和蓝乌龟举起手。黑蜥蜴射击松吉，只是"卡其"空响一声。

黑蜥蜴 畜生！抽去了子弹！

松吉 请交出铁槛的钥匙。

〔黑蜥蜴带着恶狠狠的眼神交出钥匙。一位警察打开电灯，舞台全部转亮。众警察将黑蜥蜴和部下一

并制服。侏儒颤抖。松吉打开铁槛，放出雨宫和
早苗。

松吉 （对早苗）呀，让你受苦啦，我如约前来搭救你了。

早苗 哎呀，果然……

松吉 你们这是……

雨宫和早苗 （相拥一体）我们相思相爱在一起。

松吉 想是如此。好吧，你们随便去哪里吧。（对早苗）
别忘了使你的恋人白头偕老。

〔二人欢欢喜喜奔向下首一座壁龛，在那里做出一
副相互拥抱的姿势，然后消失于警察已经打碎的壁
龛破壁的后面。

〔松吉走近黑蜥蜴，摘掉伪装的假髭须，是明智小
五郎。

黑蜥蜴 你还活着。

明智 为我做替身的可怜的松吉，藏身于沙发椅中，被你
们杀死了。

黑蜥蜴 你还活着。

明智 你可以这么想。

黑蜥蜴 （爱恨交织）我恨你。

〔退避身子，打开钻戒盒盖，仰毒自杀。众皆惊悚。
蓝乌龟大声喊叫，将已经倒地的黑蜥蜴抱起来。

黑蜥蜴

明智 你……

黑蜥蜴 我因为被抓，不是死。

明智 我明白。

黑蜥蜴 因为都被你听到了……

明智 听到真实往往是最痛苦的，我不习惯这类事。

黑蜥蜴 男人中你最卑劣。没有人比你更巧妙地蹂躏女人的芳心的啦！

明智 对不起……但我没办法。你是女贼，我是侦探。

黑蜥蜴 然而，在心灵的世界，你是小偷，我是侦探！你很早就在偷窃。我在寻找你的心，找呀找呀，老鼠窟里掏三把，如今终于把你抓到手。谁知一看，才知道你是一块冰冷的石头！

明智 我懂啦，你的心是真正的宝石，真正的金刚钻！

黑蜥蜴 你通过狡猾的偷听，才弄清事情的真相。不过，事情一旦暴露，我就完了。

明智 其实我也……

黑蜥蜴 不要说了。我不愿知道你的真心而死去……然而，我很高兴。

明智 什么事使你……

黑蜥蜴 太高兴啦，你还活着。

〔黑蜥蜴死去。蓝乌龟抱尸哭泣。众警察将五个船

员和侏儒关押在卧室内。明智站立原地默默思考着
什么。

〔突然，楼梯上方的天盖敞开，晨光充分照射进来。
岩濑庄兵卫偕夫人、早苗以及早苗的未婚夫上场，
排列于上首舞台之上。

岩濑 哎呀，明智君，干得好，干得好啊！这下子一了百
了，万事大吉。对你的这一手，我只有敬服！早苗也
很健康开朗。好，我来介绍一下，这位是早苗的未婚
夫早川君。

明智 请您从那里的宝石之花里取回"埃及之星"吧。

岩濑 闪开闪开。（下楼去取"埃及之星"）哎呀，确实
是的，没错，没错！（回到家人之处伫立）

明智 您的东西全部回到了您的手里，我的任务至此也就
完成了。

岩濑 多亏明智君，是你保障了我们全家的幸福与繁荣，
这份恩情永远不会忘记。

明智 您忘记的好。今后您的家族会越来越繁荣，一次接
着一次贩卖赝品宝石，歌颂俗世的芳春。这就很好。
为此，我已经尽了努力。

岩濑 什么？赝品宝石？

明智 是的。真实的宝石（说着，俯视黑蜥蜴的尸体）已

经死去。

—— 幕落 ——

一九五六年七月十五日

萨德侯爵夫人

根据涩泽龙彦《萨德侯爵的一生》改编

サドこうしゃくふじん

第一幕

圣丰伯爵夫人 （身着骑服，一手执鞭，焦躁地来回兜圈子）这叫什么邀请？说等我练马回来，请我路过这里一趟。我初次来到这座宅第，就等了这么长时间。

西米阿纳男爵夫人 不要责怪孟特勒伊夫人嘛，她被她女婿的事情搞得晕头转向。

圣丰 哦，还是为了三个月前的那件事吗？

西米阿纳 时间丝毫不能减少她心中的痛苦，自从那件事情以来，我们再没能见到孟特勒伊夫人一眼。

圣丰 那件事，那件事！我们不管何时何地，只要一提起"那件事"，就挤眉弄眼，意味深长地冷笑，仅此而已。说起来，（鸣鞭，发出清脆的响声。西米阿纳捂着脸）不就是这个吗？

西米阿纳 圣丰夫人，不要干这种可怕的事情！（在胸前画十字）

圣丰 好，就这样画十字，大家都是这么过来的。对于那种事情，每个人的心里，都清清楚楚。哎，您不也是同样一清二楚吗？西米阿纳夫人。

西米阿纳 不，我什么也不知道。

圣丰　撒谎!

西米阿纳　不, 虽说阿尔丰斯从小就和我熟悉, 但是对于那些讨厌的事情, 我既不想听, 也不想看。我只记得他小时候长着一头可爱的金发。

圣丰　好吧, 随您的便。我花了三个多月, 千方百计搜集了好多情报, 这些都是最正确、最可靠的消息, 现在准备披露出来。好, 您可以堵上耳朵了。(西米阿纳犯起踌躇) 喂, 怎么啦? 把耳朵, (鸣鞭) 堵起来! (用鞭梢搔搔西米阿纳的耳朵。西米阿纳惊讶地用两手捂着耳朵) 好, 这就对了。三个月前的六月二十七日, 唐纳蒂安·阿尔丰斯·弗朗索瓦·德·萨德侯爵, 带着男仆拉托尔到马赛去。一天早晨, 他把四个姑娘集中在名叫玛丽艾特·波莱莉的女人家四楼的一间房子里。玛丽艾特二十三岁, 玛丽安妮十八岁, 玛丽阿奈特和劳兹各二十岁。不用说, 她们都是妓女。(西米阿纳继续捂着耳朵发抖) 哦, 您在用眼睛听我说话? 萨德侯爵穿着蓝里子的灰色燕尾服, 橘黄色的丝绸背心和同色半裤, 长着金发的头上戴着一顶插着羽毛的帽子, 腰里挂着长剑, 手里拿着一根黄金手杖。他走进四个姑娘的房间, 从口袋里掏出一把金币, 说要和身价相当的姑娘一起睡觉。玛丽安妮中选了。他把玛丽安妮和男仆留下，其余的女子都被赶了出去。他让他们两个躺在床上，一手用鞭子抽打那姑娘，（鸣鞭）一边将男仆……就这样叫男仆耸立着臀部。他一手对那姑娘，（频频鸣鞭）一手将那男仆……

西米阿纳 啊，我的上帝!（画十字祈祷）

圣丰 光是画十字就行。画十字的时候，就不能捂耳朵了。（西米阿纳赶紧捂耳朵）捂耳朵的时候，就会耽误工作。（西米阿纳又赶紧画十字）结果，还是老老实实听着才符合上帝的意旨。（西米阿纳只得倾听）……接着，阿尔丰斯把自己当成男仆，称那男仆为"侯爵大人"，还让男仆称自己为"拉夫鲁鲁"。然后，阿尔丰斯打发走男仆，拿出一只镶着金边的水晶盒子，将散发着茴香味的糖果给那姑娘，叫她多多地吃下去，那是一种通气的药丸。

西米阿纳 天哪!

圣丰 这实际上是一种媚药，名叫 Cantharis——斑蝥发泡膏。您知道吗?

西米阿纳 啊，我怎么知道?

圣丰 您还是经常吃一吃为好。玛丽安妮连吃了七八粒，吃完之后，这回侯爵……

西米阿纳 阿尔丰斯还要干什么呢？

圣丰 他给了她一个金路易，要求她做一件事情。

西米阿纳 什么事情？

圣丰 就是您所喜欢的"那种事儿"。宽敞的庭院中央站立着维纳斯雕像，朝阳从正面照过来。这时，灿烂的阳光渗进洁白的大理石像的两股之间。整个白天，太阳围绕着庭院转到森林的那一面，渐渐沉落下去。这段时间的阳光一直贯穿着维纳斯身上的什么地方呢？

西米阿纳 （思考片刻）啊，天哪！这是恶魔的作为，可怕的罪孽！应该受到火刑……

圣丰 接着，阿尔丰斯取出他那经常使用，已经沾满血迹的带着钢针的鞭子，让那姑娘用鞭子抽打自己。

西米阿纳 看来那个人还有点儿良心，他想惩罚自己，希望从心里将恶魔驱赶出去。

圣丰 错了，他是想亲身体验一下，这鞭子打在人身上到底有多疼。是的，他做任何事情总想求得个确确实实……下面轮到玛丽艾特了。他先让那女子脱光衣服，跪在床腿旁边，他拼命用笤帚打她，然后再叫那女子打自己。女子打他的时候，阿尔丰斯用小刀把打他的次数刻在暖炉上。二百一十五，一百七十九，二百二十五，二百四十，一共是……

西米阿纳 （掐指计算）八百五十九下！

圣丰 那个人很喜欢数字。唯有数字最可靠，只要数字不断增大，罪恶就会变成奇迹。

西米阿纳 "奇迹"？这个词用在这里……

圣丰 萨德侯爵的"奇迹"就是一个个"确实"的数字的堆积，重点在于追求人类五官的感觉，只有这个时候才能表现出来。这和懒汉只知道等待的"奇迹"不一样。到了马赛之后，他在这方面更加努力。玛丽艾特和他，还有男仆，三个人，你骑着我，我骑着她，重重叠叠，像操纵战船一样吃力。血红的朝霞。时间依然是早晨。

西米阿纳 正因为是早晨，快乐就像劳动一般。

圣丰 不，这是大家去教堂的时间，所以快乐如同祈祷。

西米阿纳 你也要下地狱了。

圣丰 谢谢。玛丽艾特之后该轮到劳兹了。又是鞭打，又叫上男仆，三个人像扑克牌似的做出各种不同的组合。接着，玛丽阿奈特被叫进屋子，又是鞭打，又是给她吃斑蝥媚药。早晨的工作在哭叫声中结束了。萨德侯爵给四个姑娘每人六个里弗尔银币 [1]，把她们打发

---

[1] 法国的古代货币单位名称之一，又译作"锂"或"法镑"。里弗尔最初作为货币的重量单位，相当于一磅白银。

走了。

西米阿纳　啊，终于结束了。

圣丰　不，没有结束。萨德侯爵只是要午睡，为下午的工作做准备。

西米阿纳　下午的工作!

圣丰　他把面向大海一边的百叶窗拉上，像孩子一样沉沉入睡了，那么天真，没有一点儿污秽，也不做梦。好比大海里的漂流物，完全暴露在太阳底下，贝壳被碾成齑粉，海藻干了，死鱼埋在席子般海滩的沙子里……马赛六月里金色的阳光，透过百叶窗的缝隙，散落在他那一起一伏的纯白的胸脯上。

西米阿纳　那么，下午呢?

圣丰　别着急。傍晚，他让男仆拉托尔去找女人，找来一个二十五岁的妓女玛丽格利特。夜里，萨德侯爵到那女人家里，这次他把男仆打发回去，只剩他和妓女两个人。他又拿出那个水晶糖盒子。

西米阿纳　是盛毒药的?

圣丰　毒药和媚药不一样。那女子连吃了五六粒后，他还是不住地劝她，并亲切地问道:"肚子里有何感觉?"

西米阿纳　哦，那个人他还想装作医生。

圣丰　又是干"那件事"。又是鞭打。第二天一大早，阿尔丰斯驾着三头马车，离开马赛，朝着拉科斯特[1]驶去。哪知道，过了两日，那些姑娘到法官面前告发了他，他做梦也没料到会连累自己。

　　［女佣夏洛特上。

夏洛特　对不起，让夫人们久等了。太太马上就来了。

圣丰　请转达你们太太，今天我和西米阿纳夫人一同受到邀请，这可真是最佳搭档啊。

夏洛特　哦……

圣丰　一个恶女人，一个善女人，这正是你家老爷所喜欢的组合，实在难得。

夏洛特　哦……（困惑欲下）

圣丰　不要逃避，夏洛特。你本来是在我家里，后来跑走了，又到这里来帮工。你对我生活里的桩桩件件知道得一清二楚。我这个人到处挨骂，被看作恶魔的化身。我虽然不像侯爵那样使用鞭子和媚药，但是，我却把爱之岛上的花花草草一棵不留地斩除了。孟特勒伊夫人总是着眼于好的地方，她一定认为，只有我会把"那件事"当作自己的事情，对侯爵的遭遇，不会

1　拉科斯特（Lacoste）是法国普罗旺斯 - 阿尔卑斯 - 蓝色海岸大区沃克吕兹省的一个市镇。

袖手旁观。过去她为了避免遭恶名，一直躲着我，这个时候又急忙请我来……

西米阿纳　不要那样说她的坏话嘛。她既然诚心诚意求我们帮忙，那么，我们就应该从善恶两个方面，您站在恶人的立场，我站在圣女的立场，尽力想办法帮一帮她呀。

〔孟特勒伊夫人上。

孟特勒伊　对不起，让你们等了这么长时间。圣丰伯爵夫人，西米阿纳男爵夫人，二位夫人都这么赏脸。（用眼睛示意夏洛特退场）圣丰夫人今天是刚骑马训练回来吧？

圣丰　今天我的马非常暴烈，这是从来没有过的事。我一个劲儿用马刺[1]和皮鞭让它驯服，可是这些都无法扑灭它体内熊熊燃烧的烈火。那镶金的马鞍，随着马纷乱的脚步闪闪放光。马夫说我就像希腊神话里的女英雄。

孟特勒伊　那种刚烈的气质十分难得啊。可是，我正为我家的这匹烈马悲叹不已。

1　一种较短的尖状物或带刺的轮，连在骑马者的靴后根上，用来刺激马快跑。

圣丰 你家这匹烈马是骏马,但同时不也是一匹苍白的病马吗?这个,我很清楚。车夫马夫之辈,稍歇一会儿,就搂着老婆呼呼大睡,像贵族一般高雅。而他,是你们家族中的特权者,他的兴趣是否有点儿过于潇洒了?他只是以裸体的女人为乐。这些女人赤裸的身子,磨砺了你家祖祖辈辈沾满血迹的甲胄和刀剑,透过血迹斑斑的枝叶,映照着金属的寒光。

孟特勒伊 你是说,道德属于车夫马夫,而不属于贵族,对吗?当然,贵族的堕落,最近受到社会空前的责难,不过是因为人们总把贵族看作道德的模范。

圣丰 不,民众已经对道德感到厌倦,想把贵族专用的恶行据为己有。

西米阿纳 你这么一说,今天我们的来访就没有意思了。孟特勒伊夫人,您是一位品行端正的聪明人,背后从来没有受到过世人的指责,不光是我,这谁都清楚。这样一位好人,鬼使神差地让您有了个行为不端的女婿,这真叫人痛心。您有什么话就全说出来吧,我们听一听对您也是种安慰。我们绝不会泄露出去的。

孟特勒伊 您说得真好,西米阿纳夫人。如今再说这些还有什么用。女儿勒妮嫁给阿尔丰斯的时候,我对这位女婿的人品非常满意。虽说他多少有些轻佻,但人很机灵且富有情趣。他也很爱我女儿。

圣丰 凭着这层关系，你们家从此和波旁家族 [1] 结了亲。

孟特勒伊 这且不说，起初女婿对我也很好。新婚不久，在埃绍富尔城演出阿尔丰斯自编的戏剧，女儿和我也被安排了角色，排戏的那阵子，可有意思了。

西米阿纳 是这样的。那个人在童年时代就是个老实可爱的孩子。在玫瑰园玩耍的时候，我因为手指不慎被玫瑰刺扎破出血而哭了。阿尔丰斯对我很好，他给我拔花刺，还用嘴吮吸我的伤口。

圣丰 从那时候起，他就喜欢血的味道。

西米阿纳 （忿忿然）您把阿尔丰斯看成吸血鬼了？

圣丰 吸血鬼都很亲切可爱。

孟特勒伊 不要再争了。如今，不管阿尔丰斯受到何种责难，都是他自作自受，怪不得别人。在大家欢欢乐乐演戏的新婚时节，阿尔丰斯就经常借口有事到巴黎去，这个……教我怎么说呀，他同从事那种职业的女人……

圣丰 您指的是妓女？

1　萨德生于贵族世家，大革命前的萨德家族在南普罗旺斯一带一直居于权要地位，萨德的母亲与孔代家族（波旁王室的一支）又是亲戚关系。

孟特勒伊　好勇敢的夫人，竟然用了这个词。总之，阿尔丰斯成天和这些人一起厮磨鬼混。这是一个双重的秘密，即便泄露出去，人家也只不过说我有个行为放荡的女婿罢了。可阿尔丰斯结婚才五个月，就突然进了万塞讷监狱。说实话，我现在才知道事实的真相。啊，多么可怕！为了瞒住女儿勒妮一个人，我想尽各种办法，熬过十五天的拘留期，坚持到他被释放为止。一方面是为了可爱的女儿，一方面也是指望年轻无知、误入歧途的女婿能认真改悔。再说，勒妮也真心实意地爱着她的丈夫。不过，夫人们，我后来才渐渐明白，阿尔丰斯——他，他绝非因为"年轻不懂事"才干出那些事来。

西米阿纳　我也是这种看法。

孟特勒伊　此后的九年间，我为了维护阿尔丰斯家族的名声，维护女儿的荣誉，坚持着毫无希望的斗争。我放弃自己的快乐，负债累累，到处奔忙，一次次为阿尔丰斯的放荡行为消除影响。而萨德家族又给了我些什么呢？他父亲萨德伯爵，被儿子的行为惊呆了，只是一味发怒，早在五年前就死了。那时候，阿尔丰斯徒然的叹息，打动了我的心。他的内心时时有一种亲切而清醇的情感，像泉水喷涌而出，那态度人人都不会怀疑。正是这些情感，给了人们渺茫的希望。然而，这泉水不久就被他的不良行为搅乱，变得浑浊，真不知何时才能再看见它重新澄澈起来。还有阿尔丰斯的母亲，她做了些什么？作为母亲，她很冷酷，毫无感情，十二年前就进了修道院。阿尔丰斯结婚的时候，她虽然有很多宝石，但一颗都舍不得卖掉。于是，我就成了这对父母的麻烦儿子的奶妈了。阿尔丰斯被那个女艺人弄得神魂颠倒，是我给他泼了冷水，才使他离开那个女人。四年前的阿尔克伊村事件，我千方百计弄到一份国王陛下的赦免书，他只在牢里待了七个月就出狱了。我为消除世上关于他的流言，花了一大笔钱。

西米阿纳　什么是"阿尔克伊村事件"？

　　[圣丰突然鸣鞭。

西米阿纳　啊，又是……

孟特勒伊　（痛苦地）圣丰夫人真叫人佩服，不管什么都能一眼看穿。四年前在阿尔克伊，阿尔丰斯对一个偶然遇到的女乞丐乱施暴行，虽说事情闹得比这次影响要小，但还是被女儿知道了。勒妮也看清了阿尔丰斯可怕的真面目。然而，向来以无与伦比的贞洁心肠，一心爱着自己丈夫的勒妮，并没有因此感情受挫，直到今天。这次，可是这次……啊，我虽然明白事态已经无可指望，但为了女儿，如今也只能为着女儿，还是要搭救阿尔丰斯一把。不过，这回……（哭泣）已经山穷水尽、无法可想了。

圣丰 萨德家族的家徽是一只双头老鹰。萨德侯爵这只鹰总是高扬着两颗头颅，一颗是十二世纪以来作为名门贵族傲视一切的头颅，一颗是来自人性本源的罪恶的头颅。夫人，这九年来，您不断为砍掉一颗头颅、拯救另一颗头颅而战斗。不过，这是一场力不从心的徒劳之战。为什么不能让这两颗头颅都活着呢，明明这两颗头颅本来就长在一个身子上。

孟特勒伊 阿尔丰斯病了。他如果一边对社会略施爱心，一边耐心地治病，总有一天凭借上帝的力量，他会重新获得和平与幸福。勒妮也是这个想法。

圣丰 但是为了治病就得舍弃快乐，那么用什么办法才能说服病人呢？侯爵这个病的特点就是快乐。不管别人如何厌恶，他那病中藏着一朵玫瑰花哩！

孟特勒伊 细想想，事情到今天这地步，实际上很早以前就有预兆了。如今，这枚毒果已经熟透，饱含着有毒的汁液。那时候还只是一枚青色的野果，当时为什么没有把它摘掉呢？

圣丰　要是摘掉了，侯爵就得死。这枚果子已变橘色，其中流溢着侯爵鲜红的血液。对吗，夫人？关于罪恶，臭名远扬的我有一段话，您好好听听。罪恶这东西，从一开始就完整无缺，无所不备。这可是一块属于自己的领地啊！既有牧人的小屋，也有风车。既有小河，也有湖泊。不，不仅限于这种和平的景象，还有喷射硫黄的山谷，也有无尽的荒原。既有野兽栖息的森林，也有古老的水井……不是吗？　这是一块生来就有的上天授予的广阔领土，之后不管遇到什么意外的麻烦，都不可能来自这块领土之外。孩童时代，不，稍微大些之后，我说的都是自己的经历，所以一点儿都不会错。父母和社会赐予的那副望远镜（用鞭子比画），总是这样倒过来使用。老老实实遵照社会道德和风俗习惯的规定，用这副望远镜倒过来一看，自家周围漂亮的鲜花、草地，都变得那般小巧。于是，孩子放心了，安居于这块小巧美丽、无灾无害的领土之上。不知不觉长大以后，就想扩大草坪，增种花木，开始抱有一种希望，打算过着和社会上其他人一样安乐的生活……谁知有一天，夫人，突然出事了！没有任何预感，没有任何征兆，完全是突如其来的，孩子发现过去使用的望远镜是颠倒着看的，本来应该把眼睛对准小的镜头才对啊。这一发现成了人生一大转机。我不知道萨德侯爵是何时发现的，但可以肯定他在某一天发现了这个问题。在那天，他过去未曾见到的情景突然如实地显现了。他看到遥远的山谷喷射着硫黄的火焰，看到森林里张牙舞爪、长着血盆大口的野兽。他知道自己的世界很宽广，具备一切。此后，萨德侯爵再也没有遇到过能让自己觉得意外的事了吧。在马赛发生的事件，如同小孩子见到蝴蝶要拔掉它的翅膀一样，那么自然，没什么奇怪。

孟特勒伊　啊，不管您对我说些什么，我都全然不懂。我只是稀里糊涂东奔西走，战斗到今日。我只知道一点，那就是名誉。但如您所知，现在奔走也没有用了，艾克斯高等法院判处斩首阿尔丰斯。但由于被告去向不明，上个月十二日，在艾克斯广场上，阿尔丰斯的肖像画被当作他的替身焚烧了。啊，那时刻，就在这巴黎，民众的欢呼声，女婿那张笑容可掬、金发闪亮的肖像画，还有那熊熊燃烧的烈火……万般情景，历历如在眼前。

西米阿纳　这是地狱的火焰第一次在人世间闪现。

圣丰　"燃烧吧！""再加一把火！"民众们喊叫着。这种没有实际内容的火刑，就是民众嫉妒的烈焰。是冲着他们自己无法实现的恶行而来的。

孟特勒伊　"再加一把火！"啊，这呼声阵阵逼近这座住宅，怎么办？听说民众当中还有人呼喊女儿和我的名字。

西米阿纳　"再加一把火！"不，这是净化之火。侯爵的肖像被烧了，所有的罪恶都得到了补偿。

圣丰　"再加一把火！"那个人白净丰满的面颊和金发被烈焰的鞭子狠狠抽打！二百一十五，一百七十九……不错，那个人的肖像在微笑。那个人冰冷的快乐，正表现出对烈火的饥渴。

孟特勒伊　您很清楚。在这巴黎，听到的尽是不祥的消息。女婿下落不明。女儿在拉科斯特用眼泪打发日子。还有，她妹妹……那个清纯的安妮·普洛斯帕尔·德·洛奈……那孩子这时候，正需要母亲的帮助，可是她为了摆脱世上的一切罪恶，逃离萨德家族投下的阴暗魔影，寻求一块安谧美丽的圣土，以便守护自身的纯洁，带着随员旅行去了。我孤身一人，无依无靠，没有一人值得信赖。我对上天呼救，连嗓子都喊哑了。（啜泣）

西米阿纳　夫人，请平静一下心情，坚强些。我知道您对满怀自信的我寄予厚望。正好红衣主教菲利普在巴黎

逗留，我明天一早就去访问他，可以请他向法王厅请
求一份赦免书。

孟特勒伊　谢谢。叫我如何感谢您才好？其实，我想拜托
您的，正是这件事。我不好直接说出口来……您真是
个热心肠，西米阿纳夫人。

圣丰　我不想争什么心肠热不热，不过，在这件事情上，
我虽然没有资格讲什么正义、名誉和美德，也不是为
了您，但是为了萨德侯爵，我将努力实现您的愿望。
就是说，我可以对那些床头伴侣一个个顺藤摸瓜，利
用那些妓女的嘴，诓骗那位规规矩矩的法官大人毛
普，迫使高等法院撤销判决。您今天叫我来，不就是
为了这个吗？就是说，您想叫我用自己的身体……

孟特勒伊　啊，夫人，绝不是这个意思。

圣丰　（朗笑）好了。为了成就美德，也可利用邪恶。有
这份用心，天终会放晴。您很清楚，这个世界上每一
样东西都有它自身的价值，甚至连萨德侯爵……

孟特勒伊　这么说，您肯救他？

圣丰　是的。

孟特勒伊　太感谢了。叫我跪倒求您我都愿意。真不知说
什么才好。

圣丰　我不想得到您的感谢。

〔女佣夏洛特上。

夏洛特　哦，太太。

孟特勒伊　什么事？

夏洛特　那个……（踌躇）

孟特勒伊　在这儿说吧。我们家没有需要对两位夫人隐瞒
　　的秘密。再说，我也没力气到那里听你说悄悄话。

夏洛特　是，太太……

孟特勒伊　说呀！

夏洛特　好吧，侯爵夫人现在来了。

孟特勒伊　什么？（一惊。两位女客互相对视）……那孩
　　子怎么从拉科斯特城回来了？预先连个招呼也不打。
　　好吧，快叫她进来。

夏洛特　是。（下）

〔萨德侯爵夫人上。

孟特勒伊　勒妮！

萨德侯爵夫人勒妮　妈妈！

〔二人拥抱。

孟特勒伊　你来得正好，勒妮。我很想你。

勒妮　我只是想看看妈妈，就是为了这个，心情急迫，匆
　　匆忙忙就上路了。住在拉科斯特城，普罗旺斯的秋雨
　　每天下个不停，如果走出城外一步，就在心里暗暗嘀

咕：肯定逃不脱那些想见我的村民的眼睛。回到城内，从早到晚，只我一个人。夜间，广阔的城墙火把闪动，枭鸟悲鸣……妈妈，我只想瞧瞧您，哪怕看上一眼，说说心里话，即使只一句也行。就这样，我乘着马车风风火火赶到巴黎来了。

孟特勒伊 我知道，我非常明白，勒妮。你来得真好。不光你孤单一人，妈妈我也是孑然一身。一想起不幸的女儿，我简直就要发疯！哦，这里的两位夫人，圣丰伯爵夫人，您是第一次见到吧？她就是我女儿——萨德侯爵夫人勒妮。

勒妮 幸会，您好。西米阿纳阿姨，也好久没见面了。

西米阿纳 你受苦了。

孟特勒伊 夫人们已经决定帮助你。有了她们二位的援救，你就会获得无穷的力量。你应该好好感谢才是。

勒妮 非常感谢。我只有依靠两位阿姨的力量了。

西米阿纳 不客气。能为人家做点儿事，是我的快乐。明天一早我就行动。

圣丰 好吧，那我们告辞了。

西米阿纳 就这么办吧。

孟特勒伊 今天实在感激两位夫人了。请务必关照。

勒妮 谢谢，拜托了。

圣丰　临别前，我能问侯爵夫人一句话吗？初次见面就问起这个，有点儿失敬。可这是我的脾气，没办法。

勒妮　啊？什么？

圣丰　侯爵的事，我们从你母亲那儿都听说了。我搜集到的材料，比世上的流言还要丰富得多。照我看来，你们全家如今就像穿着透明的衣服，在世间来回走动。再不会有什么能够使你吃惊的事了。

勒妮　是。

圣丰　在沙龙里提出这样的问题，显得有点儿下流。那么，你就权当种葡萄要施肥那样，作为寻常闲话听着吧。

勒妮　是。

圣丰　我认为，萨德侯爵那种残暴也是种温柔，不通过鞭子和媚药就无法表达心中真正的甜蜜和美丽。（蓦然地）那么，他对你呢？

勒妮　哎？

西米阿纳　我说圣丰夫人！

圣丰　他对你怎么样？

勒妮　我要是回答"温柔"，您一定会认为，这"温柔"就是丈夫的残暴。我要是回答"残暴"……

圣丰　你真聪明。

勒妮　这么说吧。他是我的丈夫，丈夫总是爱妻子的。即使你看看我们的卧室，也发现不了任何不可告人的秘密。

圣丰　哈。（瞠目）好样的。对于这样一对恩爱夫妻来说，什么温柔也不要了，是吗？

勒妮　是的，还有残暴。

西米阿纳　行了，我们该走了。

圣丰　好，打扰了。

孟特勒伊　实在有劳你们了，真不知如何感谢才好。

　　〔圣丰和西米阿纳下。

勒妮　啊。

孟特勒伊　你回答得很好，真是不亢不卑。我为我的女儿感到自豪。毒蛇！那种女人，还要托她办事，可真是……

勒妮　什么也别说了，妈妈。我心里早有数……这么说，她们真肯帮忙了，真的想救他，阿尔丰斯？

孟特勒伊　她们都答应下来了。

勒妮　太好了。只要亲眼看到这个事实，就没有白来巴黎一趟。我那可怜的阿尔丰斯！

孟特勒伊　你来巴黎不就是为了想看看我吗？（若无其事地）……那么，阿尔丰斯眼下在哪儿？

勒妮 （天真地）唔……

孟特勒伊 你真不知道吗？作为他眼下的妻子，他没告诉你他的去向吗？

勒妮 我要是知道，经人一问，就很难否认了。为了他的安全，还不如不知道的好。因为我最大的心愿，就是希望他能平安无事。

孟特勒伊 你真是个坚贞的女子。你就是我的教育和理想培育出的一朵鲜花。可对方……

勒妮 我坚贞的价值并不因对象不同而改变，这不正是妈妈对我的训导吗？

孟特勒伊 话虽这么说，但凡事都要有个分寸。

勒妮 丈夫的罪行要是超出了一定程度，那么我的贞淑也要跟着丈夫一起超出一定程度。

孟特勒伊 啊，看你如此坚忍不拔，我的心都要碎了。幼年时代你那幸福的影像，好像经过翻拍，更加突出了你当前的不幸。你父亲曾是税务法院的名誉院长，作为贵族，虽说地位低下，但家中财产也为萨德侯爵等家族望尘莫及。作为父母，我们精心培育你，使你具有无愧于法兰西王妃般的高贵、美丽和教养。不管多么幸福的生活，你都有资格享受。但是，啊，说起来都怪我看错人了。你结婚了，这是一桩现实社会中最可怕的婚姻！你就是珀耳塞福涅[1]，正在摘花的时候被捉住了，成了一位地狱里的王妃。人所共知，你的父亲和我老老实实活了一辈子，叫人无可挑剔，那么，究竟是何种妖魔作祟，使我可爱的女儿变得如此不幸呢？

勒妮 不幸，不幸，不要再说了，我讨厌这个词。我可不是一个沿街乞讨的麻风病人。

孟特勒伊 是啊，我也一直被你拖累着，一切都由着你，按照你的希望行动。因为你一心想救出自己的丈夫，所以我刚才不得不忍辱负重求人帮助……可是，既然，想不到你今天回来了，那就让我说吧。什么波旁家族，随它去吧。我只要你同阿尔丰斯分手。

勒妮 上帝不允许离婚。

孟特勒伊 那至少要分居。不管什么形式，要彻底分开。上帝不承认离婚这种形式，就是要你用别居治愈不幸，同波旁家族继续维持这份姻缘。

勒妮 （思虑片刻）不，妈妈。不管用什么形式，我都不打算同阿尔丰斯分开。

孟特勒伊 为什么？为什么这样固执？是意气用事，还是

---

1 古希腊神话中主管农业之神得墨忒耳的女儿，被冥王劫持而成为冥后。

顾及面子？……该不是又为了爱情？

勒妮　我也不知道是不是为了爱情。不过，妈妈，绝不是意气用事，也不是顾及面子……啊，不管我怎么说您都不会相信的。妈妈您也明白，通过这次事件，我完全清楚了阿尔丰斯想要什么，他干了些什么，因为这个结果，这世界又如何称呼他。住在拉科斯特城里的那些不眠之夜，我都在考虑我们结婚以来发生的事情。现在，我完全明白了。妈妈，完全明白了。如今，留在记忆里的一桩桩、一件件，就像一条项链，一下子串联起来了。这是红宝石项链，血一般鲜红的宝石！阿尔丰斯，他在新婚旅行途中，在诺曼底原野的百合花丛里停下马车，他说想让那鲜花也醉一醉，于是拎起一桶红葡萄酒，浇在白色的百合花上。他看着那酒液从花瓣上一滴一滴掉落下来……还有，我们俩第一次在拉科斯特城内散步的时候，发现值班人的小屋里堆积着许多用稻草绳捆着的木柴，阿尔丰斯说，假如那不是丑陋的劈柴，而是洁白的白桦木，再扎上金绳子，那该多美呀！……还有，在拉科斯特打猎回来，他光着手从小白兔鲜血染红的胸膛中，掏出小小的心脏。他顽皮地笑着说："看来，这颗热恋之中的心的形状，连兔子也一样。"……那些时候，只以为他是一时高兴或心血来潮，可如今联想起来，那每一件事原来都别有意味。就这样，我产生了一种异乎寻常的感情。坠落在记忆每个角落里的一颗颗红玛瑙，如今要是串成一条项链，我必须倍加珍视，把它当作无价之宝。兴许，在那无可记忆的遥远的古昔，我的项链就断线了，那时散落的一颗颗红玛瑙，今天好容易又恢复原形了吧？

孟特勒伊 你是说，这都是宿命？

勒妮 不，不是宿命。

孟特勒伊 不过，这一颗颗红玛瑙，不是你，而是阿尔丰斯掉落的呀。

勒妮 是他献给我的。

孟特勒伊 正由于你的傲慢和狂妄，才误了你自身。

勒妮 我刚才说过，您不会理解我。不是吗，妈妈？我已经知道了真相。我的贞淑耸立在这真相之上。懂吗？这就是阿尔丰斯的妻子要说的话。

孟特勒伊 真相，就是鞭子和媚药，仅此而已。就是羞愧和耻辱，仅此而已。

勒妮 这是一种知识，妈妈。世间的人们都是这么干的。总会发生一些离奇的事件。像死尸上的苍蝇一般，由此吸取所有的知识。尸体被掩埋了，再写到日记里，标上名字。羞愧，耻辱，还有其他，什么都有。我所拥有的，不是知识。我所碰到的，都不写名字。把自己的丈夫当作怪物对待，这个很容易。我可完全是个普通人，一个谁都无法挑剔的人。

孟特勒伊　阿尔丰斯确实是个怪物，正经人很难理解他。若是硬要理解，就会被烫伤。

勒妮　丈夫要是怪物，我也不是一个安全可靠的人了。

孟特勒伊　勒妮！难不成连你也……

勒妮　放心吧，连妈妈都有圣丰夫人那样的好奇心。那么对于我，丈夫如果是个罪恶的怪物，我也只能成为一个贞淑的怪物。我面对着一个不愿标上名字的人。世人都说阿尔丰斯犯了罪。可是在我心中，阿尔丰斯和罪恶一心同体，他的微笑和愤怒，他的温柔和残虐，他那从我的肩头退下香纱睡衣的手指尖，和握着鞭子抽打马赛妓女脊背的手指尖，也全都一心同体。他那被妓女鞭打过的鲜红的臀部，那高贵的嘴唇，那清亮的金发，所有的一切，联结成一体，没有一丝缝隙。

孟特勒伊　你把圣洁和污渎混在一起，降低了自己的身价。孟特勒伊家的女儿，不论哪一点都不会像马赛那……那……那种职业下贱的女子。仅仅凭这一点就能使自己安心，可我这个做母亲的，丝毫不感兴趣。

勒妮 您还是不明白。一个为搭救阿尔丰斯，和我齐心合力的母亲，在这一点上就是不明白。您知道吗？阿尔丰斯是一首无主题音乐，我誓为这首音乐保守贞节。这同一个主题，可以听到温柔，有时又能听到鲜血和着鞭子的高鸣。阿尔丰斯绝不会对我响起鞭声。我不知道这种关怀对我是尊敬还是侮辱。不过，这次事件使我切实感到，女人的贞淑不是对丈夫亲切言行的报答，而应该同丈夫的本质直接连成一体。被蛀蚀的船只和蛀虫，共同分担着大海的本质。

孟特勒伊 你被欺骗了，我也一样。

勒妮 女人从来都不会被男人欺骗。

孟特勒伊 但是你想想，假如他不是一般的男人呢？

勒妮 但阿尔丰斯是男人！我知道……正如您所说，结婚的时候，我做梦都没有想到他是这样的男人。直到最近，我都没有想到。即便如此，我依然认为我早就了解了他。我不会改变我的这种想法。他不会突然长出一条尾巴，也不会很快生出两只角。我爱他，爱他那帅气的前额，还有那明亮的眸子里隐藏的阴影。热爱玫瑰，也就热爱玫瑰的香气，难道这两者能够分开吗？

孟特勒伊 别胡说了。那是因为玫瑰花讨人喜爱，也具有与玫瑰自身相称的香气。

勒妮　阿尔丰斯想看到鲜血，不能断言，他这种愿望同参加十字军的祖先的荣光不相符合。

孟特勒伊　不过，你应该知道……那是卑贱女子的血啊。

勒妮　啊，妈妈，自然界到最后，桩桩件件都是相符合的。

孟特勒伊　阿尔丰斯似乎借着你的这张嘴，在滔滔不绝。

勒妮　请吧，请吧，妈妈，请救出阿尔丰斯吧。拜托了。阿尔丰斯这回要能获得赦免，我也会竭尽全力。我要融化他的心，抚慰那悒郁焦躁的灵魂。我要努力使他不再为世人说三道四，过去的传言会通过新的善举——消除。这回，啊……（眩晕，欲倒地）

孟特勒伊　（将女儿扶起）看，你都累成这个样子了。到那边躺躺，歇一歇吧。心情安定，就能想出好办法。来，我搀着你。

　　〔孟特勒伊搀扶勒妮到卧室去，下。

　　〔她们退场的同时，勒妮的妹妹安妮·普罗斯佩尔·德·洛奈和女佣夏洛特，由另一口上。

夏洛特　为什么不想见您的姐姐？

安妮　一见面就要谈论一些不愉快的事情。我偶尔到巴黎来一趟，想看看妈妈，你老是让我和姐姐在一起，这到底是为什么？……我不喜欢姐姐那无所不知的眼神。她确实什么都知道，什么都能看穿，好可怕呀！

夏洛特 您对自己的亲姐姐老是爱说这样的话。

安妮 夏洛特，你下去吧，我在这儿等妈妈。

〔夏洛特下。接着，孟特勒伊夫人回到舞台。

孟特勒伊 啊，安妮，你回来了。

安妮 妈妈，好久不见了。

〔二人拥抱。

孟特勒伊 多么令人高兴的日子。在这同一天里，两个女儿都来了。

安妮 刚才从夏洛特那儿都听说了。姐姐在哪儿？

孟特勒伊 在卧室里休息。让她睡一会儿吧，她太劳累了。哎，旅行怎么样？都玩了些什么地方？

安妮 意大利。

孟特勒伊 意大利的哪里？

安妮 主要待在威尼斯。

孟特勒伊 跑得很远啊。

安妮 这次旅行要避人耳目嘛。

孟特勒伊 你有什么必要避人耳目呢？一个干干净净的孟特勒伊家的姑娘。

安妮 同行者必须这样，没办法。

孟特勒伊　"同行者"？是和朋友一起吗？

安妮　不，是姐夫。

孟特勒伊　哦？

安妮　阿尔丰斯。

孟特勒伊　咳！（踉跄欲倒）这……这……这么说，你，你旅行中一直和阿尔丰斯在一起喽，是吗？

安妮　一直在一起。

孟特勒伊　你，你竟然……

安妮　不，这不怪我。我应邀去拉科斯特城，第一个晚上姐夫就闯进我的房间，不由分说他就……正在这时，追捕的人跟踪而至，姐夫要我同他一起逃走。然后，我们两个就在意大利到处转悠。

孟特勒伊　啊，多么可怕。你都干了些什么呀？他是个魔鬼！他把我的宝贝女儿，一个，两个都给毁了。（稍稍恢复平静）可怜的勒妮！为了自己的丈夫极尽贞淑，到头来，却……好吧，安妮，我要你保证。这件事，只是你和我两个人之间的秘密，绝不能让勒妮知道，懂吗？要是她知道了，啊，可怜的勒妮，她会死的。

安妮　姐姐已经知道了。

孟特勒伊　啊？

安妮　她什么都知道了。

孟特勒伊　你说什么？她知道？知道什么？

安妮　我和阿尔丰斯在拉科斯特城发生的事。

孟特勒伊　啊，勒妮她……

安妮　她也知道我们去了意大利，还有现在阿尔丰斯躲藏
　　的地方。

孟特勒伊　你说都知道，都知道？原来她一直瞒着我。怎
　　么会这样……（突然想起）哎，安妮，现在阿尔丰斯
　　藏在哪儿？你知道吗？

安妮　知道。

孟特勒伊　哪儿？

安妮　撒丁王国[1]的尚贝里，他就躲在郊外的一家农舍里。

孟特勒伊　撒丁王国的？

安妮　尚贝里。

　　〔孟特勒伊夫人在思考着什么。

孟特勒伊　（突然）夏洛特！夏洛特!

　　〔夏洛特上。

孟特勒伊　我马上写三封信，你立即送去。

1　19世纪中期意大利境内唯一独立的王国，位于意大利西北部。在它的
基础上后来实现了意大利统一。

夏洛特　是，知道了。（欲退）

孟特勒伊　就在这儿等着！要分秒必争。

　　　〔夏洛特站在舞台上。孟特勒伊坐在书案边，拉出
　　　抽屉，迅速写好三封信。封口时，安妮和夏洛特在
　　　对话。

夏洛特　威尼斯的夏天怎么样，小姐？

安妮　太美了。（梦幻般地）危险，温柔，死亡，污浊的
　　　运河，涨水时无法通行的教堂广场……

夏洛特　多想看看啊，一生哪怕去一次也好。

安妮　每晚都有喧闹的决斗，早晨雾霭缭绕的小桥上残留
　　　着血迹。成群的鸽子满天飞舞。安静的时候，圣马可
　　　广场满是鸽子，似乎在不安地散步。一旦受惊，嗖啪
　　　而起，翅膀发出巨大的响声……那个人的肖像正在某
　　　个地方燃烧。

夏洛特　哦？您说谁的肖像？

安妮　钟声，掠过沉沉水面的钟声，多得像鸽子一般的桥
　　　梁，还有月亮。艳红的月亮从运河上空升起，照亮了
　　　我们的睡床。于是，这睡床变得像百名处女的新床似
　　　的鲜红耀眼。百人……

夏洛特　冈朵拉，船歌，想必玩得很开心吧？

安妮　冈朵拉？船歌？……噢，那是一般世俗凡人的威

尼斯。

〔孟特勒伊夫人，手里拿着三封信站起身。

孟特勒伊　夏洛特！

夏洛特　哎。

孟特勒伊　一封送给圣丰伯爵夫人，一封送给西米阿纳男爵夫人。要是她们不在，就告诉管家，就说这信是请她们立即撤销之前所拜托的事情。知道吗？（将两封信交给她）

夏洛特　是。（接信）

孟特勒伊　还有一封是呈送给国王陛下的，（持信思索）好吧，这封信由我亲自送到宫里去吧。

—— 幕落 ——

第二幕

[一七七八年九月。即第一幕六年后。

[勒妮自右首、安妮自左首，同时上场。

勒妮　安妮!

安妮　姐姐! 好消息!

勒妮　哦，安妮，怎么突然……

安妮　（高高举起一卷纸）你要，我就给。

勒妮　不要急我了，安妮!

安妮　看，这个。

勒妮　真调皮!

[二人身穿宽大的衣服转圈，勒妮好容易夺过卷纸。

勒妮　是什么?（终于静下心来阅读）《普罗旺斯地区艾克斯高等法院判决书》"本年五月，国王颁发金印书，要求对万塞讷城在押犯唐纳蒂安·阿尔丰斯·弗朗索瓦·德·萨德侯爵实行复审。本法院予以认可，撤销一七七二年判决，经重新审理，对该侯爵作如下判决：被告唐纳蒂安·阿尔丰斯·弗朗索瓦·德·萨德，因鸡奸和败坏风俗罪，应受到训诫处分，罚金五十里弗尔，另三年之内不能旅居马赛。支付罚金的同时，应将其姓名从囚犯名册上予以抹消。"啊！

（片刻放心之余，感到茫然）

安妮　是好消息吧？姐姐。

勒妮　像做梦一样。

安妮　不，是噩梦醒来了。

勒妮　这下子，阿尔丰斯自由了，我也……六年里，安妮，还记得吗？六年前的秋天，就在这个家，就在这个沙龙里，大家都在为阿尔丰斯的事动脑筋，想办法。那是在可怕的马赛事件之后，为了抚慰阿尔丰斯的心灵，你陪他到意大利旅行刚回来那阵子。

安妮　什么"为了抚慰心灵"，这些客套话不要说了。一切都过去了。

勒妮　是的，都过去了。自那以后六年来，为了使阿尔丰斯恢复自由，围绕这一根经线，大家都在精心编织五颜六色的纬线。六年来，我一直不停敲击那扇紧闭的石门，指甲剥落了，拳头也磨出了血。可是，不管我多么用力，那扇石门始终没开。

安妮　可姐姐您做得很对。

勒妮　单凭我的力量是不够的。如果说，耸立于阿尔丰斯和我之间的那扇石门，是凭借母亲的力量紧紧关闭的话，那么，这次也同样是借助母亲的力量才出乎意料地打开的。

安妮 您终于明白了。

勒妮 这就是我逗留巴黎期间，又待在母亲身边的缘由。和母亲敌对那阵子，我即使来巴黎，也住在宾馆里。

安妮 现在，我们母女三人应该没有什么隔阂了。

勒妮 你也长大了。而且，我也……上了年纪了。

安妮 不，看到姐姐满面春风的脸庞，比起六年前更年轻、更漂亮了。

勒妮 所谓幸福，安妮，你知道，就像泥土中的金沙，哪怕在地狱底下，也会放出光彩。对于我，幸福是什么？在世人的眼里，我是个不幸之中的不幸女人。几次被丈夫背叛，丈夫坐牢之后，又被流言蜚语所缠绕。我自己也想生活得好一点，可在拉科斯特城，钱也花光了，冬天连烤火的木柴也没有，只得钻进被窝里取暖。正因为如此，今年的春天才是最快乐的春天。城外的小草绿了，冰冻之城的地面上，透过高耸的圆窗照射下来的阳光和小鸟的啼鸣，宛如一只巨大的黄铜喇叭笼罩着我。这时候，我巴望着阿尔丰斯得救的一天快些到来。这时候，阿尔丰斯的恶行和我的不幸，可以说结为一体了。这两者实在太相似了。安妮，你不这样想吗？恶行和不幸像传染病一般为人所害怕，一旦靠近，就会受到传染。而且，这两者是人们永远谈不完的话题。我认为，这六年之间，我的不幸终于到达阿尔丰斯恶行的高度了。阿尔丰斯令人恐怖的孤独，是在他入狱以后才有的，这一点我非常清楚。我知道——他作恶多端，他所要求的都是不可能的事，多少女人和男人想参加他的游戏，只有他一个人尝到了"不可能"的滋味。阿尔丰斯谁也不爱……包括你。

安妮 也包括姐姐您吗？

勒妮 这也许就是我们言归于好的主要原因。

安妮 那么，真正的意思是，姐姐只相信唯有您一个人被他所爱，是吗？

勒妮 空想是自由的。我也从阿尔丰斯那里学到了空想的力量。

安妮 那么，幸福呢？

勒妮 这是我的发明。阿尔丰斯绝不会教给我的，正是这个。所谓幸福，怎么说才好呢，它好比是那些肩膀疼痛的女人的手工活儿，就像绣花。孤单，无聊，不安，寂寞，凄清的夜晚，可怕的朝霞，将所有这些花工夫一针一线地织进去，制作出一块带有平凡的玫瑰花的小挂毯，就安心了。就连地狱里的痛苦，凭借女人的双手和耐力，也能变成一朵玫瑰花。

安妮 然后，阿尔丰斯每天早晨将姐姐精心制作的玫瑰酱，抹在面包上，吃下去。

勒妮 你真会讽刺人，安妮。

〔孟特勒伊夫人由右首上。

孟特勒伊 勒妮，这回好了，祝贺你。我特地让安妮做使者，悄悄拿来这份文书，给你一个惊喜。

勒妮 谢谢。这些都是托妈妈的福啊。

〔跪下来，吻孟特勒伊夫人的裙裾。孟特勒伊夫人有些不好意思，同安妮交换眼色。

孟特勒伊 （将勒妮扶起）用不着这样郑重其事地感谢。走了些弯路，我也被你的真心所打动，终于为你了却这桩心愿。只要你想到母女间自然的感情又复苏了就好。在这之前，你好像一直在怨恨我来着……

勒妮 提起这些，我就脸红。今天，一切都有了归结。他将回到拉科斯特城，我也该早点儿回去……

孟特勒伊 （迅速同安妮交换眼色）不要那么着急，勒妮。

安妮 越是这个时候，越要让阿尔丰斯等得着急一些才好哪。

孟特勒伊 在这里再待上一天。我们过去一直很亲密的母女三人，聚在一块儿互相谈谈长期以来所受的苦难也好嘛。今天可以笑着说了。包括五年前的那些事情：那年春天，凭着你的指引，阿尔丰斯巧妙地逃出监狱，真让我吓得要命。

勒妮 那时候，我一味地埋怨妈妈，一心认为，只有凭着自己的力量才能把丈夫救出来。

孟特勒伊 那时候，说真的，我又重新看待你了。你那老练沉着的思考，这让我感到不愧是我的女儿。这一切，都包含在那细致周密的计划和决断的勇气之中。但是，我不得不说的是，勒妮，要拯救恶，只能依靠法律和正义的力量。我和你父亲都是始终一贯这么过来的。因此，才会有这样的好报。这和借口神明、远离浮世、临死也不肯舍弃一颗钻石的阿尔丰斯的母亲，是大不一样的。

安妮 不过，那位冷酷的母亲死去时，阿尔丰斯不也每天啼哭吗？

勒妮 他虽然东躲西藏，但还是去巴黎参加了母亲的葬礼，结果又被捕了。

孟特勒伊 他父亲去世的时候，也是一样。他发出令人心碎的悲叹，连我都不由得受到了感动。

勒妮 我死的时候，他也会哭吗？

孟特勒伊 咳，你要是母亲，那另当别论……不过这几年，你一直关怀牢狱里的阿尔丰斯，胜过任何一个母亲。

安妮 我对他从未想过做一次母亲。

勒妮 我不喜欢做他的母亲。

孟特勒伊 好了，好了。你们在我这个高贵的母亲面前，公然莫名其妙地轻蔑母亲的作用。不论如何，对我来说，阿尔丰斯如此轻视我这两个亲手养大的可爱的女儿，对于这样的男人，我的怨恨不会消除。这一点，只好请勒妮原谅。

勒妮 他没有轻视我。

安妮 对我也是。

孟特勒伊 （强忍苦涩）这倒有意思。怎么回事？

勒妮 他的欲望因冒渎而燃烧，正如马踏寒霜，勇往直前。为此，他总是循规蹈矩，使得污秽的土地上渗出的水，在早晨寒冷的空气中结晶成为险峻而圣洁的霜柱，而这样做只是为了之后要踏碎它。因为他，那些娼妓和女乞丐一时成为圣女，只是为了之后被鞭打。紧接着，她们的梦碎了，他把这些女乞丐和娼妓，对着屁股一脚踢出了大门……他从这些快乐的瞬间里渐渐积聚起来的满肚子蜜糖，找不到一个赠予的对象，最后回到我的身边，为我注入他的全部温柔。他是一只快乐的工蜂，在夏天强烈的阳光下，流着汗水采集温馨的花蜜，送给等待在荫凉窝巢里的我。那些能酿出蜂蜜、染着血色的花朵，绝不是他的恋人。只是为了被神圣，被践踏，被采蜜……仅此而已。他瞧不起的，不正是这些吗？

安妮 姐姐在一切方面，都用理解和诗打扮起阿尔丰斯。用诗理解。理解那种神圣，理解那种污浊，就用这一种办法，这至少不是女人的办法。我根本不打算理解他。所以，他能放心地作为一个男人爱抚我，我也能作为一个女人回报他。

勒妮 你既然谈起这些，我也不妨说一说。我把你当作工具使用了。阿尔丰斯时常想变成一个凡人。但我知道，他不是凡人，所以他在我面前很难做到这一点。于是，我选择了你。

安妮 姐姐的回忆里，没有我的威尼斯。好可怜呀！没有从雾气笼罩的运河上升起来的火红的月亮。男人在桥上弹着曼陀林，他那甜美的歌声包裹着小窗边纷乱的寝床。看过去，宛如那被海风漂起的带着温润潮腥的海藻，祖露在白色的沙滩之上。他虽然没有说出任何血的回忆，但他眼睛里闪现的血光，正是我们无限温馨的源泉。

孟特勒伊　多么无耻下流！快给我住口！六年前，姊妹俩就为此争吵不休，又拿到欢乐的今天重演，真是选错了场合。我抑制着愤怒，也来平静地讲讲阿尔丰斯的事吧。就在他的罪行得到昭雪的今天，找一找他的优点吧。那种进入信仰生活的传说，究竟有多少根据？

勒妮　有时他在信里，会插入一段对信仰的渴望，犹如一丝淡淡的阳光。

孟特勒伊　接着下一封信就以自杀相威胁，再下一次，就用卑劣的语言骂我老奸巨猾。我知道，我全都知道。这些，也许就是阿尔丰斯的优点吧？他没有长久持续的热情，隔着窗户瞟一眼地狱，又奔向天国，又下到厨房。满嘴车夫马夫般的恶言秽语。此外还有一个能够著书立说的宏大计划。啊，好可怕呀！不是把我说成魔鬼，就是把他自己推上地狱的王位，乔装打扮一番。这种书谁会去读！

勒妮　他的感情虽然激烈，但他却是一个不忘感谢和恩义的人。这次母亲的努力，他要是知道了，一定会献上终生难忘的感谢之情。

孟特勒伊　但愿他能这样。

〔夏洛特上。

夏洛特　圣丰伯爵夫人来了，听说是散步路过这儿。

孟特勒伊　是吗？（考虑）好吧，这个人，什么事情也瞒不了她呀。快请她进来吧。

夏洛特　是。

　　〔夏洛特退场的同时，圣丰上。

圣丰　没有人引领，我就进来了，可以吗？我可不是骑在扫帚上从窗户潜入的呀[1]。

孟特勒伊　看您说的！（画十字）

圣丰　您即便画十字，也学不会西米阿纳夫人那副样子。看起来很勉强，不过是为了挣个面子罢了。

孟特勒伊　随您怎么说吧。

圣丰　今天我来，是因为有件事务必要告诉您。昨晚，我干了一件路易太阳王[2]时代蒙特斯潘夫人[3]做过的事情。

孟特勒伊　您是说做了国王的陪房？不过，现在的国王陛下……

圣丰　不是，一件一件地说吧。我必须有您这样优秀的听众。您不像西米阿纳那样胆小、怕事。您有勇气，有

1　一月六日是意大利主显节（儿童节）。传说前一天夜里，有一位骑着扫帚的老妇会从各家壁炉的烟囱里爬出来，给孩子们送礼物。

2　路易十四，是波旁王朝的法国国王，他自号"太阳王"，是在位时间最长的君主之一。

3　法国国王路易十四最著名的一个情妇。

魄力，在任何地方，都是充任美德的代表。

孟特勒伊　我感到很光荣，圣丰夫人。

圣丰　恋爱的手段，恶毒的伎俩，模仿玛戈皇后的假面戏剧，以及暗暗到商业闹市游乐，所有这些，我早已厌倦。我甚至对自己的恶名也厌倦了。要说罪过，只能在闺房里开始，也在闺房里终结。要说恋爱，只有混合着蜜糖的灰土的味道。假如这里面加一点儿神圣……

孟特勒伊　您信仰的生活里，果真……

圣丰　这些请放心。夫人，快乐是要渐渐加点佐料的。人们想起儿童时代受处罚的快乐，谁都会认为不受处罚是一种不足。因此，都踊跃地向看不见的天主吐唾沫，挑战，总想激起它的愤怒。尽管如此，然而神圣却像一只懒狗。它躺在太阳底下睡午觉，你揪它的尾巴，拽它的胡子，别说让它狂吠，它就连眼睛也不会睁一下。

孟特勒伊　您把神说成是一只懒狗？

圣丰　是的，它也老得不像样子了。

孟特勒伊　女儿们都长大了，对成年的女儿说这样的话……

圣丰　可是夫人，我要您听的还在后面。我多半误解了萨德侯爵。我一直以为他是素手金发的打手、执鞭者、神的代理人。今天我明白了，这是误解。侯爵只不过是我的伙伴，我的同党。在睡午觉的懒狗周围，有执鞭者，也有被鞭打者，有处罚者，也有受罚者，只不过都是同样可怜的挑战者。一个用鞭子挑战，另一个用挨打挑战。一个使人流血，另一个自己流血。然而，狗还是不睁一睁眼睛。萨德侯爵和我都是一帮党徒。

孟特勒伊　您是怎么知道的？

圣丰　我不知道，仅仅是凭感觉……

孟特勒伊　什么时候？

圣丰　您是问我何时感觉到的吧？那是我变成桌子的时候。

孟特勒伊　变成桌子？

　　　〔两个姑娘怪讶地窃窃私语。

圣丰　人总不会成为桌子的。明白地说，我是被光裸着身子，当作弥撒的祭坛使用。

　　　〔在场的三个人大为震惊。勒妮战栗着身子听着，下面的话使她显露出不寻常的表情。

圣丰　我不说地点和人名。路易十四世时代的基布尔已经不是这个世界上的人了，我也根本够不到蒙特斯潘夫人的脚跟。可是，我也和蒙特斯潘夫人一样，主动将身体让人当作弥撒的祭坛使用。黑色的棺材布上，仰面躺着我洁白的裸体。我闭上眼睛，感到自己的裸体是那么纯洁、美丽和光芒四射。我闭着眼睛，用裸体所能感觉到的，同世上一般女人谁都知道的那种感觉一点儿都不差。我的乳房和腹部盖着一块小方巾，那种感觉和在刚洗过的冰凉的床单上的感觉一样。我的乳沟里立着银制的十字架，那感觉犹如调皮的男人事后放的一片梨。我的大腿之间正好放进一只神圣的银杯，那冷然的感觉和塞夫勒[1]烧制的瓷器完全相同。……我丝毫感觉不到那种令人浑身颤抖的亵渎神明的喜悦。祝圣的时间临近了，我的两只手捧着点燃的烛台，可以感到远远的火焰和朦胧的蜡滴。太阳王时代的黑色弥撒，听说是用活婴儿作祭品，如今黑色的弥撒堕落了，我身上使用的是一只小羊羔。司祭者唱着耶稣·基督的名字，我头顶上羊羔的啼叫立即变成异样的呻吟。这时，就在这时候开始了，我的身上流淌着羊羔的鲜血，比哪个男人的汗水都要热，比哪个男人的汗水都要多。羊羔的血顺着我的胸脯，我的

1　塞夫勒是法国最著名的瓷器产地之一，在那里曾经有许多著名的画师创作精美的陶瓷绘画。

腹部，滴到我的两股之间的圣杯里……我那颗半是游戏、半是好奇的冰冷的心，这时候才开始燃起火一般的喜悦。用力伸展着摆出糜烂的十字架形状的两手，以及摇曳的烛火滴下灼热的蜡泪，使我如实地了解了两手上的烛火代表磔钉的秘密仪式。我不是在这里得意扬扬地宣讲那件事情，不过我想告诉您的是，我是在阿尔丰斯的正对面，将阿尔丰斯的颤抖化为己有。阿尔丰斯专心地看着我，我专心地被他看着，各人的体验都不一样。然而，当羊羔的血在我的裸体之上潇潇如雨注的时候，我明白了阿尔丰斯是个什么人。

勒妮　您说他是什么人呢？

圣丰　阿尔丰斯就是我。

孟特勒伊　哦？

圣丰　他就是我。是那血肉模糊的桌子，是那眼睛看不见、手足萎缩、神那三个月流产的胎儿。是的，萨德侯爵摆脱自己的时候，只能又变成自己——神的血淋淋的早产儿。在场的阿尔丰斯以外的人，那些受到阿尔丰斯欺侮的女子，就是阿尔丰斯，那些鞭打阿尔丰斯的女子，也是阿尔丰斯。你们所称呼的阿尔丰斯那个人，只不过是个影子罢了。

孟特勒伊　您是说阿尔丰斯他没有罪？

圣丰 用您的话说，就是这样的吧。

安妮 （扑哧笑出声）哈，圣丰夫人和艾克斯高等法院铁面无私的法官意见一致。

勒妮 （突然着魔似的）他没有罪。他是冤枉的。他是洁白无瑕的。（掏出纸来）夫人，为我高兴吧，由于母亲的尽力，看，他终于成为自由的人了。

圣丰 真奇怪啊！六年前，您母亲执意请求我帮助撤销判决，可是不久就又一口谢绝。这回又亲自出马。是几月几日？

勒妮 您问几月几日？

圣丰 嗯，新的判决日期。

勒妮 我没注意。刚才高兴之余一下子读过去了。（安妮和孟特勒伊夫人退到后景）可是日期在哪儿？……字这么小。难怪没看到。"一七七八年，七月十四日"……七月十四日？今天是九月一日，一个半月前的判决！我夏天一直待在巴黎，什么也不知道。全被蒙在鼓里。（尖锐地）安妮！这是怎么回事？怎么现在才……

安妮 ……

勒妮 妈妈，这是为什么？这样的好消息，竟然隐瞒了一个半月！

孟特勒伊　……

勒妮　阿尔丰斯在拉科斯特城，该多么着急地等着我。可是……可是，这段时间，一点儿音信都没有。（急不可耐）我，我要马上回拉科斯特。

圣丰　回去也没有用。

勒妮　为什么？

孟特勒伊　夫人！

圣丰　现在，萨德侯爵大概又被关进监狱了，不过不是从前那个监狱。你妈妈估计可以放心了，这时候才告诉你。

勒妮　那怎么会呢，阿尔丰斯已经自由了，哪里会这样呢，对吗？妈妈。

孟特勒伊　夫人故意逗弄你呢。

圣丰　孟特勒伊夫人，您今天一定后悔了吧。您这样一位身份高贵优雅的贵妇，真不该同我这样一个女子交往。六年前，您要利用我，实际是想利用我的恶名。紧接着您就幡然悔悟，拒绝了我的帮助。那件事我记得非常清楚。您利用我，我可以原谅，但您拒绝我，我就不能原谅。您是个好人，每当想起您的好，我就会想到我一直受到的折磨。为此，作为回报，为了那些未能充分实行的善举的快乐，我必须在这里再一次

162

163

扮演同我的人品不相符合的角色。我之所以要说出真话来，就是因为您。不，应该说是因为受到一贯正确的您的感化。

孟特勒伊　夫人！别人的家事是不好随便插嘴的。

圣丰　究竟是谁来求我这张恶嘴的？

勒妮　啊，夫人，您说！您一定知道什么可怕的事情。

圣丰　可怜的勒妮。阿尔丰斯中了你妈妈的圈套。艾克斯高等法院的复审，也只是假惺惺地引人上钩罢了。

勒妮　啊……

圣丰　勒妮，你知道我平时收集的材料都是正确的。我也是昨天才详细知道了事情的经过。去年，阿尔丰斯的母亲去世的时候，孟特勒伊夫人立即向陛下请求下达拘捕令，因此躲藏的阿尔丰斯又被捕了。这事的经过你是知道的吧？

勒妮　这个我略微知道一些……

孟特勒伊　好了吧？夫人。

圣丰　（对孟特勒伊）这个救命拘捕令还没有失效的时候，您请求再审阿尔丰斯。在那里，哪怕是一点儿罪过，就可以立即利用皇家的审判权加以逮捕。阿尔丰斯经七月十四日高等法院判决释放后，又忽然遭到皇家警察的包围，再次回到万塞讷监狱。而且这次转到单人牢房，比以前更黑暗、更寒冷、更潮湿，看不到外面的景色。之前半道上出过那次逃跑事件，可现在您大可放心了。您的女婿如今被锁进深似井底的监牢里，两道铁门紧闭，窗户安着铁格子，这回真是插翅难逃喽！

[众沉默。

安妮 （急忙站起身）圣丰阿姨，您不是散步路过这儿吗？

圣丰 是，是的。

安妮 我也想散散步，那就陪您再走一段吧。

圣丰 嗳，那好。有你这个可爱而美丽的工具陪伴，实在幸福。过去，你是你姐姐的工具，现在是妈妈的工具，这回又成了我的工具。

安妮 （故意眉飞色舞地）那就把我当桌子，当抽斗使唤吧。

圣丰 真是善解人意的姑娘，要想从讨厌的地方飞出来，就得有折叠的翅膀。这翅膀无疑就是你。好吧，夫人。（行注目礼，偕安妮欲从左首下）夏洛特！（夏洛特上）好好记住我的模样。我大概不会再到这座宅子来了。从此，你这一辈子就只能看见那张优雅正确的面孔了。要牢牢记住一个品行不端的人，长着一副什么样的脸。

　　〔二人同夏洛特一起退场。

　　〔勒妮和孟特勒伊夫人沉默对峙。

勒妮　我只想问问，您为什么那样死死瞒着我？

孟特勒伊　我们互相不都是这样吗，勒妮？六年前，你一方面对我苦苦哀求，一方面不动声色地瞒着我。那也是见不得人的。……从安妮嘴里听说后，我的心情变了，这没有什么奇怪。我给国王写信，通过撒丁王国的大使，下达了于尚贝里逮捕阿尔丰斯的命令，其根源不都来自你的隐瞒吗？作为母亲，这次我仔细考虑了，自那时起六年以来，我们分成了敌我两方。我千方百计要把阿尔丰斯关起来，你想尽办法使他变成自由之身。因此，我们互相都在揣摩对方的心理。我也渐渐上了年岁，疲倦了，寂寞了，将这个坏女婿关起来的想法虽然没变，但我不想和女儿继续斗下去。这也是为你的幸福考虑。

勒妮　（呆然）我的幸福……

孟特勒伊　事实上，当我行动起来，促使高等法院复审的时候，你的喜悦是无法表达的。自那以后直到今天，我们母女不是又成功地恢复了往昔的亲密关系吗？我怕你知道是一场空欢喜而更加难过，我也不想看到你那悲哀的表情，所以才同安妮商量，不让你知道高等法院新的判决，如果说这是做母亲的一种心情，那么，在你无论如何必须知道的时候，眼看着你欢天喜地的样子，我将感到撕心裂肺般的难过，这同样是作为母亲的一种心情！所以我想，圣丰伯爵夫人那种坏女人的中伤，你不会全部接受的吧？

勒妮　不过，阿尔丰斯又进入黑暗的地方，这是真的呀。

孟特勒伊　这个……

勒妮　这都是母亲使他这样的。

孟特勒伊　我可不是国王。

勒妮　多么残酷！

孟特勒伊　为了使你真正明白过来，这样的残酷是必要的。要知道，我并不是喜欢干这样的事情。不过，经过这件事你也清醒了，同阿尔丰斯一刀两断了。

勒妮　这不可能。

孟特勒伊　为什么，勒妮？你一直把那个可怕的怪物看成好丈夫。那个人有过一次忠于你吗？他如果一个人待在牢里，就会在信中哭诉，写下很多可怜可爱的话语，发誓千年永不变心。然而，这些都只是在信里，一旦恢复自由，他将干些什么？哪怕你是个瞎子，也会看得一清二楚……分手吧，你的幸福之路，只有这一条。

勒妮 （独语）我的幸福……

孟特勒伊 分手吧。

勒妮 这不可能。

孟特勒伊 为什么？为什么，勒妮？要是这样，你必须告诉我，五年之前，你作为税务法院院长的女儿，为什么要帮助他越狱？

勒妮 那时候，正是那时候，不管是牢里牢外，我都强烈感受到阿尔丰斯的心就是我的心。上百次的上诉书被驳回之后，每一个夜晚，我守在拉科斯特城，在没有一个人可以商量的情况下，我为丈夫的越狱绞尽脑汁。我只是独自开动脑筋，就像编象棋谱一样，先在心里描图，再把象牙棋子一一摆好，运用智慧，千方百计使白象牙闪现玛瑙般的红光来。到这个时候，我才感到，我越来越贴近丈夫的那颗心。我很快就明白了。丈夫正在梦想下一次的犯罪，他一面试探着谋求罪恶的最大范围，企图将恶行推到极限，一面逐一制定细致周密的计划。肯定是这样的。没错，肯定如此。他瞒着任何人，独自考虑犯罪的计划，阿尔丰斯成为世界上最孤独的人。他不寄望于这种毫无前途的恋爱，他不是为了寻求爱情，只是悄悄为转移自己坚定不移的理想而寻找场所和时间。而且肯定，他的猎物转瞬之间就会从手中滑落。我所做的一切同他完全一样，我非常清楚，他越狱之后，我的名声也不光彩，我只得秘密地生活，没有一个人可以商量。比起寄望于那种毫无前途的恋爱更加空虚……我甚至不指望他的爱情。

孟特勒伊　躲避人世的人都有这样的考虑，一点儿也不奇怪。一旦越出正义和法网，不管是谁都只能变成孤家寡人。您父亲经常这么说。可他肯定没有想到，自己的女儿会尝到这种滋味。

勒妮　那时候，我同他之间的关系是人力无法斩断的。那份感情比起被他拥抱、被他接吻时要强烈得多。

孟特勒伊　这么说，使得你们无法分开的就是爱情喽？可是我怎么都不能理解。一方一味干着千奇百怪的事情，一方一味陶醉于幻想之中，将一切赌出去，这能说是爱情？你想想，勒妮，你的这位良人、丈夫（讽刺地），我只在这里说，他不是人！

勒妮　尽管他不是人，也是我的丈夫。

孟特勒伊　一旦对爱情失去自信，那就只有逃进贞淑的洞穴。

勒妮　不过，这贞淑正是妈妈教给我的。

孟特勒伊 啊，你说的贞淑，在我听起来就是淫乱，这是怎么回事？我以前就感觉到了：这个世界上最洁白的语言，如果被用在阿尔丰斯身上，就会变得漆黑，就像中国人制造的黑漆工艺品一般。

勒妮 要是这样，我的爱情……

孟特勒伊 这个词，听起来又显得太淫乱了。

　　[二人沉默。

勒妮 不管怎样，我都只能尽可能地追随他。假若为了拆散我们，而将他关进牢房，那也许是打错了算盘。我会不断地写信，抓住一切机会同他见面。我们彼此都十分明白，对于身陷囹圄的他来说，全世界只有我是他的靠山。

孟特勒伊 你说打错了算盘？勒妮，如今我们也许不知不觉在两条道路上，分享着同样的喜悦。听了你的话，有一点可以确知：你的内心里，也想把阿尔丰斯当作笼中之鸟。只要放进去，就可以安心了，一个人孤孤单单，没有任何自由，只依靠你一人，你就可以免除嫉妒之心。嫉妒这回到了对方，指不定何时会为妄想所驱使，寄上一封可怕的信笺来……你愉快地读着，暗自窃笑。老实说，你口头上反对，心里却在感谢我。必须把那个人封闭在未来永久的苦难之中。在这一点上，你和我的想法完全一致。

勒妮 不，绝不是这样。

孟特勒伊 你要明白，他一旦出来，就会立即使你陷入不幸，你还是如此吗？

勒妮 无论如何，我都要使他恢复自由。

孟特勒伊 你要明白，他的所谓自由就是皮鞭和媚药，你还是如此吗？

勒妮 那也没有关系。求您了，妈妈。我无数次吻着您的裙裾，请尽可能让阿尔丰斯获得自由吧！

孟特勒伊 真奇怪，要给他自由，又不愿意分手。这样的话，你会渐渐明白自己会很痛苦。难道你喜欢这种痛苦吗？

勒妮 不会比现在更痛苦。

孟特勒伊 这是长期受苦的你所说的话，看来不会错了。那么说，他若获得了自由，这就是你的快乐，你的幸福？

勒妮 嗯，这就是我现在梦想的最大的快乐，最大的幸福。

孟特勒伊 （尖锐地）什么样的幸福？

勒妮 哎？

孟特勒伊 什么性质的，属于哪一类的幸福？

勒妮　我不懂您的意思。不过，作为一个贞淑的妻子，丈夫的自由就是她最大的幸福。

孟特勒伊　不要再提什么贞淑！每次这个词从你嘴里说出来，我就感到恶心。我在问你，什么样的幸福？

勒妮　那我就说吧。这幸福，就是每一个夜晚都独守空房。这幸福，就是在严冬的拉科斯特城内，一边钻进被窝抵御寒冷，一边想象在这个时候，不知在哪一间温暖的小屋里，丈夫正把熊熊燃烧的木柴炙烤着被捆绑的女人们光裸的脊背。这情景历历在目。这幸福，就是把一次次臭名远扬的血的丑闻，犹如加冕典礼上鲜红的裙裾，扩展到全世界。这幸福，就是一位领主的妻子走在领内的大街上，低眉俯首，小心翼翼，沿着路边而行。这是贫穷的幸福，这是耻辱的幸福……这是我为了换取阿尔丰斯的自由而获得回报的幸福。

孟特勒伊　撒谎，胡说！你要考虑，在指责我这个做母亲的之前，你有没有作为一个忠实女儿的资格。你还在隐瞒，我知道。正因为我知道，所以我要千方百计使女儿离开那个男人。我为此发誓。

勒妮　您指的是什么？

孟特勒伊　这件事我不好意思对安妮说。你的贞淑，你两次挂在嘴角上的贞淑，实际上只是一颗被虫子啃食过的烂水果。

勒妮　算了吧，不要绕弯子了。

孟特勒伊　好，那就直说吧。四年前的圣诞节，我放出去的忠实的密探，从拉科斯特城的窗户里都看到了些什么？

勒妮　四年前的圣诞节……

孟特勒伊　你当然忘记了。那是一个特别的夜晚，回忆也是鲜明的。你重复地做着同一件事情，一定分不清那是哪一天了。

勒妮　四年前的圣诞节，那是在我的策划之下，脱离囚牢的阿尔丰斯辗转各地，东藏西躲，最后悄然回到拉科斯特城，和我共同度过的最后一个圣诞节。普罗旺斯地区的北风肆虐的严冬，我当掉家里祖传的银器，购买了木柴。那个圣诞节……

孟特勒伊　你们干的那些事，哪里像是过什么圣诞节。木柴不够，就用人的身体取暖。你们一贫如洗，但却从里昂雇来了五个年方二八的少女做用人、一个男孩子做秘书……你看，我虽然全都清楚这些，但还是傻乎乎给你们寄钱。不说这个，再说我的密探，在寒风呼啸的露台上蜷缩着身子，窥探你们离奇的圣诞之夜。不错，你是抵挡了银器，但暖炉的火焰映红了窗外枯树的枝干。

勒妮 妈妈！

孟特勒伊 你听我说完。阿尔丰斯在屋里披着一件黑天鹅绒斗篷，敞开洁白的胸脯。皮鞭下面，光着身子的五个姑娘和一个男孩四处奔逃，辗转求饶。长长的鞭子像古老城堡上的燕子一般，在屋子里穿梭交飞。接着，你……

勒妮 天哪！（捂脸）

孟特勒伊 你的手被吊在天花板的蜡烛台上，赤裸着全身，疼痛得昏了过去。你身上的鲜血，就像金雀枝树干上流下来的雨滴，映着炉火闪耀着光辉。侯爵用鞭子威吓那少年，叫他为侯爵夫人净身。那少年个子太矮，只好站在椅子上，才能接近你那吊着的身体……他到处（伸出舌头）……用舌头为你净身。他舔到的不光是血……（片刻）勒妮。（逼近勒妮。勒妮退避）勒妮。（进一步逼近勒妮。勒妮再次退避。孟特勒伊抓住她的衣领。勒妮用两手抵御。孟特勒伊突然松手）……算了。看那些证据又有什么用？你那失掉血色的面孔就是最好的证明，证明这些都是真的！

勒妮 可是，妈妈。

孟特勒伊 你要说什么？

勒妮 我受到强制仅仅就这么一次。我发誓，我的贞淑是遵命而为，这不是您所能理解的那个世界上的事情。

孟特勒伊 又是贞淑！丈夫叫你做狗，你就做狗？叫你做蛆虫，你就做蛆虫？你女人的矜持到哪儿去了？（激动地啜泣）我没想到会培养出这样一个女儿，她受到了一个坏丈夫的毒害。

勒妮 当一个人感到羞愧的时候，心底不会保留亲切的同情。同情犹如表层的清水，心情烦乱时，底层的沉淀泛起，就会搅浑上面的清净……妈妈，您说得很好。刚才您的话都是真的。然而，您不是一位可怜的母亲。因为您什么也不知道，那些您不知道的事情，绝对不会伤害到您。

孟特勒伊 不知道？可我什么都知道。

勒妮 您不知道。一个决心在心底保有贞淑的女人，她的道行可以让她把这世界上的一切规则和体面踏得粉碎。

孟特勒伊 走进流氓之门的女人都会说这样的话。

勒妮 阿尔丰斯不是流氓。他和我的界限，是我无法逾越的界限，如同我和神之间的界限。这是一双泥腿同被荆棘扎破、沾满鲜血的脚底之间的界限。

孟特勒伊 你又开始作那些愚痴的比喻了，连安妮都笑话你。

勒妮 可是阿尔丰斯是个只用比喻说话的人。他是鸽子，不是狮子。他是金发的白色小花，不是毒草。看到鸽子和白花挥动鞭子的时候，我感到自己就是野兽……四年前的圣诞节，那时候，我就下了决心：我不能仅仅满足于只做他的理解者、保护者、拐杖。我为丈夫策划越狱，幻想做他的贞淑的妻子，以治愈他的傲慢之心。光是这些还不够。妈妈，我之所以动辄"贞淑""贞淑"地挂在嘴上，就是为了要挣脱这世界上常规的所谓贞淑的桎梏。伴随着贞淑而来的傲慢之心，从那可怕的一夜起，就消除得无影无踪了。

孟特勒伊 你成了一个同谋犯。

勒妮 是的，鸽子的同谋，金发小白花的同谋。我知道，"女人"是一头不甘示弱的野兽，而自己只不过是空有贞淑之名的野兽……妈妈，您也是一头平常的野兽。

孟特勒伊 我这一辈子，还从来没有人这样称呼我。

勒妮 今后我要不断地这样称呼您。您用尖利的牙齿把阿尔丰斯撕得粉碎。

孟特勒伊 不要开玩笑了。被撕得粉碎的是我。他用他那无形的闪光的白牙。

勒妮 他根本没有什么牙齿。他有的是鞭子、刀子和绳子，还有那古老的刑具。可以说都是人类的发明。这些东西和我们女人的化妆品、镜子、粉盒，还有口红、香水瓶等，没有什么区别。比起他来，您有一副完整的天生的牙齿。那圆圆的乳房，就是牙齿。您的双腿，没有因为年老而失去光泽，那就是牙齿。您的身体从头到脚，满布着亮光闪闪的伪善的荆棘，谁要是靠近，就能把他刺穿，使之窒息而死。

孟特勒伊 不要忘了，你是吃着这乳房里的乳汁长大的。

勒妮 这固然不错。您和我，流着相同的血，有着同样的女人的身体。但是，我的乳房不是伪善的乳房，不像您的乳房，是命中注定、用遵循世间期望的材料制成的。父亲喜欢您这样的乳房。因为你们是一对比起爱情更加相信前世姻缘由天定的夫妻。

孟特勒伊 住口，不许说你父亲的坏话！

勒妮 您不想忘掉那种即使在床上，也要同世俗取得和谐一致的愉快的回忆吧？哪怕在闺房情话之中也互相谈论着自己的正确，你对此感到心满意足吧？你们天生的钥匙和锁眼一旦互相契合，随时都能打开欢乐的大门。

孟特勒伊 多么下流无耻！

勒妮　而且，你们两人时常把不相契合的钥匙和锁眼当作笑料。"真不想再做这样的钥匙了。这把钥匙已经生锈，弯曲，也不愿意再做那样的锁眼儿，因为一插入钥匙，就痛苦地高声喊叫。"您的胸膛、腹部和大腿，像章鱼一样，和这人世的规范紧密贴合。你们别无其他，只是跟世俗、道德和常规一起睡觉，发出喜悦的呻吟。这才是怪物的生活啊！一旦有人稍稍越轨，对他们，你们满腹都是憎恶和蔑视，犹如三番五次吃进的补药一般，胀破了肚皮。用钥匙一打开，那边是卧室，这边是客厅，那边是浴室，这边是厨房……你们在这些房间自由来往，谈论着名誉、人格和体面的话题。你们从来做梦也不想打开那奇妙的有着辽阔星空的大门看一看。

孟特勒伊　是这样，我们不想打开地狱的大门。

勒妮　对于无法想象之物加以蔑视，这种力量在普通的世间蔓延，人们乐于在这张吊床上睡午觉。然后不知何时，就会变成黄铜胸膛、黄铜乳房、黄铜肚子，被打磨得金光闪亮。你们看见玫瑰，就说美丽，看见蛇，就说恶心。你们不知道，这个世界，玫瑰和蛇本是亲密的朋友，到了夜晚，它们互相转化，蛇面颊鲜红，玫瑰鳞片闪闪。你们看见兔子说可爱，看见狮子说可怕。你们不知道，暴风雨之夜，它们是如何流血，如何相爱。你们不知道，这是一个神圣和屈辱互相转化的夜晚。正因为如此，你们用黄铜的脑袋进行诬蔑，千方百计要彻底根绝这样的夜晚。但是，夜晚一旦消失，就连你们自己也不能再享受安眠了。

孟特勒伊　你对母亲使用"你们"这个词，成何体统？你面对的是尊贵的母亲！

勒妮　尊贵？你也想变得尊贵？一个如此骄矜的人。现在，你也在劝我做个尊贵的女人。你不过是"你们"之中的一个。

孟特勒伊　兔子可爱，青蛙丑陋，狮子可怕，狐狸狡猾，这些都是动物，在雷电交加之夜聚在一起。这种想象，并不是你的发明。古代，因为有这种想象而被处以火刑的女人有的是。你只不过在打开通往一片星空的大门时，一脚踏空罢了。

勒妮　不对，你们就像在不同的抽屉里分开放着手帕和手套那样，也像把兔子说成可爱、青蛙说成丑陋似的，把人也区分开来。孟特勒伊夫人是正确的，阿尔丰斯坏得可怕。

孟特勒伊　每个抽屉里装的，在品格上各不相同。这没办法。

勒妮　可是，地震会把抽屉打翻，你也许进入恶人的抽屉，而阿尔丰斯也许进入了好人的抽屉。

孟特勒伊　时时留意地震的发生，在每个抽屉上都上了锁。

勒妮　用镜子照照自己可憎的面孔看一看吧，放在哪个抽屉，恐怕自己也搞不清楚。为萨德侯爵家族的名望所迷惑，将女儿嫁给阿尔丰斯。这回糟了，堂屋要着火，立即又慌慌张张想把女儿赎回来。

孟特勒伊　光是赎金，就花费了好大一笔钱啊！

勒妮　被人笑话、遭人蔑视的钱一文也没花费。

孟特勒伊　没有人会干那种蠢事。

勒妮　你就像妓女赎回衣柜那样，只满足于把我赎回。这就是你甘自堕落的美梦！这世界的尽头，这世界的外面，从不看上一眼，用绯红的窗帘把窗户遮盖起来。然后，你将死去。你唯一的骄矜，是你自己终于没有被你诬蔑过的人所伤害。人们所能持有的骄矜之中，还有比这更渺小的骄矜和更卑贱的骄矜吗？

孟特勒伊　你迟早也要死的。

勒妮　但我不会像妈妈一样。

孟特勒伊　即便如此，我也不想遭火刑而被烧死。

勒妮　我也为老后攒了一点小钱，不会像一个品行尊贵的妓女那样死去。

孟特勒伊　勒妮！我要打你！

勒妮　来，请吧。您越打，我会越高兴，看您怎么办。

孟特勒伊　啊，你竟然说出这种话，你的脸……

勒妮　（进一步）您说什么？

孟特勒伊　（提高声音）和阿尔丰斯很像，好可怕啊！

勒妮　（微笑）刚才圣丰夫人说得好，阿尔丰斯就是我。

—— 幕落 ——

第三幕

[一七九〇年四月。即第二幕十二年之后，法国大革命爆发九个月。

孟特勒伊 （已现老态）勒妮！

勒妮 （白发星然，在刺绣）哎？

孟特勒伊 你感到很寂寞吗？

勒妮 不……

孟特勒伊 这十二年间，你一直提着饭盒，装着各种菜肴，去牢里探视阿尔丰斯。一次次见面，不辞辛劳。最后，我也只得服你了。不管怎么样，我都得承认你有着一片真心。不过，奇怪的是，这十二年来，我一次也没有见你气馁过。一次见面回来，接着又等待下一次见面。忙忙碌碌，像过节似的，为着下一次见面准备着什么。

勒妮 是这样的。我不想让丈夫看出我已经上了年纪。这样每个月见上两三回，就感觉不出人老了。

孟特勒伊 可现在一切都过去了。上个月，制宪议会上国王下令逮捕状无效。我多年信奉的法律和正义已经死亡。所有的罪犯、疯子这两天就能见到阳光……你自那以后，就再也没有到阿尔丰斯那里去了。

勒妮　已经用不着再去了。这样等着，他总会回来的。

孟特勒伊　道理是这样……不过，这阵子你是变了。

勒妮　越来越疲倦，越来越老了。世道变了，人也不得
　　不变。

孟特勒伊　不，你不再做果酱和饭菜，开始做针线，总感
　　到有些寂寞吧，这是没法子的事。

勒妮　是因为春天的缘故吧，妈妈。过去人家企盼着的巴
　　黎的春天，眼看着一夜之间像洪水一般奔腾而来的春
　　天，已经完全成为别人的春天了。外面的世界不管怎
　　么热闹，也许是上了年岁的缘故吧，今年的春天要是
　　感到寂寞，倒不如就待在家里，一针一线，绣出一个
　　繁花似锦的春天来。

　　〔安妮上场。

安妮　哎呀，夏洛特怎么没来迎我？难道她也同老百姓一
　　起游行，到凡尔赛索要面包去了吗？

孟特勒伊　哎哟，安妮，怎么了？慌里慌张的？

安妮　我是来向您告别的。不不，我是来请妈妈和我们一
　　道走的。

孟特勒伊　你说什么呢？听风就是雨。告别？上哪儿去？

安妮　和丈夫一起到威尼斯。

勒妮 （这时抬眼，自语）……威尼斯。

安妮 不，姐姐，这同过去的威尼斯没有任何关系。我丈夫在威尼斯买了豪宅，我们马上就要搬到那儿去了。

孟特勒伊 舍弃那栋漂亮的住居，放弃宫里的差事，又要到外国去。

安妮 慢慢腾腾，真不知会变得怎么样呢。丈夫是个有远见的人，他说他不会跟着宫中那些人为了愚昧的梦想一起铤而走险。妈妈，您也许知道，米拉波伯爵[1]认真考虑了国王的流亡问题，遭到普罗旺斯伯爵[2]的反对而无法实现。我丈夫他也认为这个时候，陛下应该流亡。

孟特勒伊 可是国王还在巴黎。

安妮 陛下是法兰西开国以来，第一位优柔寡断的国王。

孟特勒伊 好吧，只要国王待在巴黎，我就待在巴黎。

安妮 真是个死硬的保皇派。妈妈，我可不是开玩笑，如今世面上看起来太平，可是谁也不知道将来会怎么样。有一天晚上，丈夫做了一个可怕的梦，这才下了

1　米拉波（1749—1791），法国政治家，曾任法国国民议会议长。1789年10月5日和6日之后，他曾向宫廷献策，要求路易十六逃往外省首府，并着手君主立宪制。

2　即路易十八。

决心逃走。丈夫梦见协和广场变成了一片血海！

孟特勒伊 这样的世道，要冷静下来左右仔细瞧瞧才好。我反而感到今后可以度过一个平静的晚年了。要是你们的父亲还健在，那可要十分操心。不过，这些民众不论如何善恶不分，他们也不会和我这个老寡妇过不去。首先，这世界变了样，长期以来为阿尔丰斯操心的日子消失了。从此以后，再也不必瞻前顾后，左右为难，可以四平八稳地过日子了。

安妮 这样说，您指不定就会像圣丰阿姨一样了。

孟特勒伊 （笑）我和圣丰怎么好比？我怎么也不会像她那样光荣地赴死。

安妮 今天正是她的一周年忌日。那是去年春天，马赛发生第一次暴动的时候。

孟特勒伊 那些传说都是真的吗？

安妮 关于她，不管多么难以置信的传说都是真的。正巧那时候，圣丰阿姨不想待在巴黎而到马赛去了。她每天晚上扮作暗娼，扯着海员们的袖子卖身。白天一回到豪华的别墅，就把夜晚赚来的金币贴在脸上亲一亲，叫来工匠，在金币上镶嵌宝石。然后把宝石金币一枚枚连缀起来，做成一件金衣，打算穿在身上回到巴黎来。

孟特勒伊　她已经上了岁数，穿着那种裸露的衣裳很不合适。不过，要织造一件能够遮蔽身体的衣服，恐怕还得多多赚钱。

安妮　可是，一天晚上发生了暴动，她在黑暗的横街上，就以妓女的身份卷入了这场暴动，和民众一起唱着那首歌……

　　［这时，身穿丧服的夏洛特伫立左首倾听。

孟特勒伊　我知道，那首歌叫作《把贵族吊在路灯上》。

安妮　《把贵族吊在路灯上》，她高声唱着这首歌前进。暴徒们遭到警察的突袭，一排排倒下，圣丰阿姨也被踩死了。天亮了。暴徒们用门板抬着她的遗体，民众们把她当成一位女神，一位崇高的烈士，一边哭泣，一边前进。大街小巷，人们唱起了一位即兴诗人创作的赞歌——《光辉的妓女》。没有一个人知道她的身世。在朝阳的照耀之中，圣丰伯爵夫人的遗体像被踩死的一只鸡，白一块，青一块，浑身血斑，变成一面三色旗。阳光无情地透过浓厚的脂粉，暴露出她衰老的肌肤。人们大吃一惊，他们本以为抬着一位姑娘的遗骸，不知怎的，一下子就变成了一个老太婆！尽管如此，她的光辉形象依然完好无损。拔去了羽毛，露出皱巴巴的大腿。她的尸体通过街道，向着大海方向行进。那是古老而越发湛蓝的地中海，那是灭亡将波涛打扮得更加年轻的地中海！……众所周知，那正是革命的开端。

　　〔片刻，夏洛特退下。

勒妮　所以你就要去威尼斯，到那死亡的大海去？

安妮　（悚然地）看你都说些什么，我们是为了活着才去的。

勒妮　你为了生存总是忙忙碌碌，很久以来就是如此。不过，安妮，你只能靠着别人才能活下去。你即将去的威尼斯，不用说，和过去的威尼斯没有任何关系。因为那里既没有你的任何回忆，也没有一根将生活的断片——串联起来的丝线。

安妮　姐姐的意思是，也想要我保有回忆？在回忆成为必要的时候，随时都能拿出回忆来翻看。但有一点，这绝不能给我惹来麻烦。没有回忆的，难道不正是姐姐你吗？从早到晚，从生到死，你面对的就是一堵纹丝不动的白色围墙。仔细看去，上面遍布黑色的血迹，还有眼泪一般的雨痕。这是一堵岿然不动的墙壁。

勒妮　不错，我所面对的正是人世最深最深的深渊，是那最稳定的一丝不动的一潭死水！这就是我的命运。

安妮　可是那里没有回忆，有的只是翻来覆去同一种东西。

勒妮　我的回忆是一颗包裹着小虫的琥珀。不像你那样，只是偶尔映在水里的影子。是的，你说得很好。我的回忆总是给自己惹来麻烦。

安妮　惹来麻烦，而且会变成嫉妒的种子。你因从我的脸上看到了两种东西、两种回忆，而憎恶我。这两种东西都是你所没有的——威尼斯，还有幸福。

勒妮　威尼斯，幸福……这两种东西都不是封闭在琥珀中的虫子。这些都不是我巴望得到的东西。

安妮　你认输了？

勒妮　不，我自己希望的东西，到现在这个年纪才渐渐明白过来。年轻的时候，我也和你一样，巴望具有这样的两种回忆——威尼斯和幸福……然而，留在我的琥珀里的虫子，既不是威尼斯，也不是幸福，而是一种十分可怕的无法形容的东西。年轻时代的我，不用说希望，连做梦都未曾见到过。然而，现在一点儿一点儿弄明白了。在这个世界上，当你遇到自己最不希望的东西的时候，其实你不知道，那正是你最希望的东西。只有这个，才具有回忆的价值。只有这个才能够封闭于琥珀之中。只有这个，才能变成回忆的果核，千百次反复咀嚼，其味无穷。

孟特勒伊　好了好了，勒妮，不要这样认死理了。上了年纪，也会有平静的幸福来临。就在五六天之前，阿尔丰斯的来信使我也大为感动。他在信中说："在逐渐到来的自由之中，一切都得到了饶恕，就连我也被谅解了。革命党的伙伴里也有各种各样狱中的难友，我在碰到困难的时候，都会告诉这些人，他们总会给予帮助。"所谓主客颠倒就是这么回事。我很早就洞察出来了，在他的内心里，有一种平素不为人们注目的地下水一般的亲切之情。

安妮　妈妈过去用甜言蜜语，使得阿尔丰斯进入了您的圈套。

孟特勒伊　我虽然不相信自己的好心，但是相信别人的好心。因为这样，最终会对自己有好处。

安妮　那么也请相信我的好心吧。今天我就不强求了。希望后天出发之前，您要下定决心。即便没有拿定主意，也请您务必先到威尼斯来。

孟特勒伊　谢谢。你的好心我不会忘记。不过，上了年纪的人，头脑迟钝，再让我好好想想吧。

安妮　可不能坐失良机啊！

孟特勒伊　在危急关头，我会下定决心的。好吧，再见。

安妮　再见，妈妈，姐姐。

勒妮　再见，安妮。

孟特勒伊　祝你一路平安。向伯爵问好。

安妮　好，我一定转达。

孟特勒伊　夏洛特！

　　　［夏洛特上，陪伴安妮下。片刻。

孟特勒伊　夏洛特！

　　　［夏洛特又上。

夏洛特　来了，夫人。

孟特勒伊　我家里没有任何不幸，你为何身穿丧服？

夏洛特　嗯……

孟特勒伊　我知道了，你在为你的前主人戴孝，悼念圣丰伯爵夫人的忌日。其志可感。过去，你是那样厌恶原来的主人，怎么现在又想到为她尽忠心了呢？

夏洛特　嗯……

孟特勒伊　光是"嗯"，我不明白。像你这样的年纪，不应该像山里姑娘一般回答问题。攻破巴士底监狱已经九个月了，闹得沸沸扬扬的，你的心也变得骄横了。圣安托万的穷人们，一边口口声声地喊着要面包，一边向凡尔赛进发。你也变得有点儿忘乎所以了。你在这个家中待了二十几年，耳闻目睹，也学会了奢华，攒了一些小钱。但是，眼下你不能像那些穷小子一样，到大街上趾高气扬地走一走。你所能做的，圣丰就是一个很好的榜样。不过，你是个假货，混在那些民众之中，死了也是白死……所以，你只能亲自打扮一番，悼念那位辉煌的假货的死去。

夏洛特 （十分自信地）嗯！

孟特勒伊 （笑）那就好。要是那样，你随便穿丧服或什么服都无所谓，假如这丧服和这哀悼也是假的，别的也就没有什么不吉利的东西了。

夏洛特 嗯。就让我这样好了。

孟特勒伊 我问你，你喜欢死去的圣丰吗？

夏洛特 嗯。

孟特勒伊 比现在我这个房东还喜欢？

夏洛特 嗯。

孟特勒伊 好了好了，革命之前，我从未听到你这样回答问题。那时候的人都太老实了。哦，好像有人来了。

〔夏洛特下。勒妮上。不一会儿夏洛特陪伴西米阿纳男爵夫人上。一身尼姑打扮。

孟特勒伊 啊，是西米阿纳男爵夫人，好久不见了。

西米阿纳 （已现老态）好久不见了，夫人，勒妮姑娘。

孟特勒伊 今日是什么风……

西米阿纳 今天是勒妮姑娘请我上门的。

孟特勒伊　啊，勒妮……

勒妮　您特意来一趟，真是太感谢了。

西米阿纳　刚才，我在大门口碰到你妹妹。听说她要到意大利去……

孟特勒伊　她是这么说的。

西米阿纳　勒妮姑娘，你这个决心下得很好，说实在话，我一直盼着你下这个决心哩。

孟特勒伊　啊？究竟是什么决心？

勒妮　妈妈，没有同您商量，凭我一时之念，拜托西米阿纳阿姨。我打算进阿姨所在的那座修道院。

孟特勒伊　（愕然）哦？你说要舍弃尘世？

勒妮　是的。

孟特勒伊　看你都在说些什么……西米阿纳夫人，对不起，感谢您的盛情厚意。不过谈起这个宝贝女儿，必须好好考虑。今天我是初次听说，女婿最近也就要回来了……

西米阿纳　说得有道理，你们母女俩再商量一下，我在别的屋子里等着。（向右首走去）

勒妮　等等！

孟特勒伊　勒妮……

勒妮　阿姨就待在这里，不管什么事阿姨都先听一听，在此基础上再做决定就好了。这二十年间，阿尔丰斯的事情之前都是和阿姨商量过的，现在更没有理由瞒着您。

孟特勒伊　这倒也是。不过……

勒妮　好吧，阿姨，您就待在这儿吧。

西米阿纳　既然你这么说，就这么办吧。

孟特勒伊　你们既然商量好了，我也就毫无顾忌地说出自己的想法来了。当然，西米阿纳夫人，我想知道勒妮是怎么托付您的。

西米阿纳　详细情景我不知道。最近一个月来，她来找我好几趟，我也说了好多话，她决心舍弃俗尘。这时候，我们俩相约互相照顾。

孟特勒伊　这么说，你不去见阿尔丰斯，专心于刺绣的这段很短的时间内，就下定了决心，是吗，勒妮？

勒妮　不，可以说很早之前就有这个想法，到现在一下子成熟了。

孟特勒伊　就在阿尔丰斯眼看就要出狱的今天？

勒妮　这正是造酒工匠踩碎桶里葡萄的最厉害的一脚。过去一方面是一心想舍弃尘世，同时又一心想同他见面，要见就见吧。每次都会把见面当作最后一次，决心舍弃尘世，接着这想法又动摇了……河川支流的河床，河水每次流淌出来，河床就不知不觉地被加固一次。

西米阿纳　神一直守望着你，垂下了诱惑的钓丝。你是一条上了神的钓钩的鱼。好几次你都脱钩逃走了。实际上，你明明知道，总有一天会上钩的。浮世的水面上闪耀鱼鳞，在神的眼睛射出严酷的夕阳里，你一边扭动着，闪耀着，一边巴望自己能够被钓上去。神的千只眼睛犹如在这个世上放出的一千个密探，严厉的皇家警察都难于靠近，将人的灵魂里里外外仔细查个遍。以无限的忍耐力继续等待着能自然而然地被网罗，神的手巧妙地捕捉住灵魂，带进那光明的牢房和欢乐的人家。我这个人说起来实在难为情，好不容易了解一些片段的神的理念，也就是老后这几年间的事。过去虽然也装扮成虔诚的信徒，但自以为已经具备了所有的美德，骄傲反而使得心胸更加褊狭了。啊，想起那个时候，脸就发红。（掐指计算）是的，那是十八年前秋季的一天，地点就在这座宅邸的这间沙龙里，听圣丰夫人讲萨德侯爵的故事。自那以后过去十八年……十八年了。当时孟特勒伊夫人满心的烦恼，愈发增加其艳丽，她疾步来到这间客厅。勒妮姑娘，你一身旅装，美丽清纯，神情里透露几分悲凉，依偎在母亲的身旁。……这些都恍如昨日。转眼之间，"时光"这东西拖曳着裙裳在这间客厅里翩然一转，一眨眼不就把我们完全改变了吗？而且我们的耳朵不就是蹭了一下这裙裳的一角，还未弄明白是怎么回事吗？这些且不说，孟特勒伊夫人，你一点儿也不知道，那时候在你来到这间房间之前，圣丰夫人挥动着马鞭，讲述了萨德侯爵在马赛的一些事情。（祈求她的灵魂得到安息）那些恐怖的故事五彩缤纷，充满着恶魔的妖艳和诱惑，紧紧吸引着我。我一个劲儿画着十字。但老实说，我打心眼里对那些故事听得入了迷。今天，仿佛是别人的事，之所以能够忏悔，也是因为现在的我，多少比那时候的我更靠近神明一步了。那时候自以为清明纯正，傲慢成为一种困惑的根源。如今，我清楚地知道了歉疚不在萨德侯爵和圣丰夫人身上，而在我的心中。舍弃这种傲慢，我的清明和纯正等同河滩上的石头，看到其他石头时时在夕阳下闪闪发光，心中也不感到困惑。我推想，勒妮姑娘和我一样，也使自己从这种困惑之中解放出来了。当然，勒妮所受到的考验，要比我强烈千百倍，她过去的痛苦，是我无法相比的。

孟特勒伊　您的想法是您的想法，我这个俗世之人的考虑是，作为一个母亲的话语想使勒妮听进去。对于我来说，勒妮舍世之前，想让她将俗世上的事情做完。和那些不急着做的事情一起，在离开这个世界的时候，可以传授给她临终的秘迹。（西米阿纳欲插嘴，孟特勒伊制止她）好，先让我谈谈自己的想法。阿尔丰斯虽说是那样一个人，但他要是出狱了，你们就可以终生相守，这难道还不满足吗？

勒妮　可是，妈妈……

孟特勒伊　哎，你且听我说，过去的十八年里，我一直让你同他分手，可你一直表示不能分手，到如今，完全相反了，这到底是怎么回事？当然，现在我也还是不强行反对，做终生夫妇，我也没有异议。但是，我弄不明白，为什么要舍弃俗世呢？由于阿尔丰斯的关系，我们才能和皇家结亲。如今，这个世界不但困难重重，而且危机四伏，要知道，我把阿尔丰斯招为女婿，心中自有我的打算。喏，站在阿尔丰斯的立场上看一看，现在正如人世的春天一般。过去，我们为阿尔丰斯尽心尽力，今后我们就要从他那里收回报了。

勒妮　妈妈耗尽心血，他一定会大大向您报恩的。

孟特勒伊　那当然，他本质并不坏。我的一切计划都是为了保全他，不久他就会明白的。

勒妮　不，您是为了保全自己。

孟特勒伊　我何时保全了自己？我都是为着保全萨德侯爵的名声，他的荣誉，还有你的荣誉。到了今天这样一个反常的世界，家族的名声已不重要，体面也不重要了。再也没有什么可保全的了，阿尔丰斯成为自由的人，也没有什么不好。他这回可以为所欲为，挥动鞭子，用媚药了。整个世界人人都可以胡作非为，那么，还有谁会谴责阿尔丰斯的作为呢？好吧，勒妮，我老实说，直到今天我还是认为他是个地地道道的流氓。不过，如今是疯子、囚犯和穷光蛋的世界。他三者兼而有之。弄不好，托他的福，阿尔丰斯说不定会成为我们家的宝贝。

勒妮　妈妈是想利用他呗。

孟特勒伊　说得对，所以你也应当认真地帮助我才是，他是个心眼好的人。

西米阿纳　阿尔丰斯是个心地善良的孩子。一头金发，圆圆的眼睛。他也很调皮，但接着便极尽亲切之情。如今在我的眼底里，温驯的阿尔丰斯就像一只碧绿的蜥蜴，奔驰在春天的原野里，忽闪着那双动人的眼睛。

孟特勒伊　西米阿纳夫人，您听我说，在这场革命的洪流中，稍一疏忽，阿尔丰斯那无耻的罪孽就会成为喝彩的种子。只要风向一变，他就会受到尊敬，过去世上对他的鄙视就会成为洁白的证据，在皇家监狱里坐牢的经历，说不定就能化为一枚至高无上的勋章。世态的变化就是如此。当黄金不再是黄金的时候，白银、铜还有铅，就会大放异彩，可不是吗？银、铅、铜，它们有一个共同点——"都不是金子"。他，只要巧于应对，很可能就是唯一的吊在街灯上的贵族。阿尔丰斯的恶行，不光他一个人，也会成为我们全家的免罪牌。像我这样一生背后没有被人戳指头的人，在这时候，也受到了最大的损害。我这样说，并不等于阿尔丰斯变成了形同尘屑的人。只是因为世道变了，我看得很清楚了，一个强词夺理、一贯正确辩解的人，只不过是个按照自己的意志愿望为所欲为的人罢了。现在想想，阿尔丰斯令我痛心的恶行，都是一些不值一提的琐末细事，这实在不可思议。用鞭子抽打五六个妓女，这算什么？强迫她们吃那些无毒的"糖"，这又算什么？（笑）纵使误杀一两个姑娘又算得什么？二十年间精魂耗尽，我所战斗的对象，只不过是一个孩子的恶作剧罢了。

西米阿斯　不要这么说，孟特勒伊夫人。不论您的战斗方法如何，但您的战斗是杰出的。您不是以阿尔丰斯其人为对手，而是以阿尔丰斯之恶为对手，您战争得非常出色。如果不认识到这一点，那最终您也只能和阿尔丰斯一样，无法认同神。世道不论如何，正义和非正义就像小孩子们在石板上画蜡笔画一样鲜明。这一点，神是非常清楚的。

孟特勒伊 您看，怎么样？那海岸线上的水线一直在摇动，它标志着潮起潮落的界限。在这波涛汹涌之际，阿尔丰斯不就一直站在海水中在为我们捡拾海贝吗？他捕捉那些血一般鲜红的海贝，绳子似的海藻，还有鞭子一般弱幼的小鱼。

勒妮 妈妈的这个想法和如今阿尔丰斯的想法完全一样。等他回来，将会谈得更加投契吧。

孟特勒伊 我已经累了，勒妮。你这个突然的想法一定是在疲惫不堪的时候产生的吧？

勒妮 您已经疲倦是因为阿尔丰斯，还是因为妈妈您自己？

孟特勒伊 不要说这些刻薄的话，勒妮。今天，疲倦的我和疲倦的你不是应该携起手来互相安慰，互相救助吗？

西米阿纳 您母亲已经迷失于现实的黑暗之中，她一定忘记这世界和神之间关联的羁绊。勒妮姑娘，今天该轮到你救救你的母亲了。

孟特勒伊 （对勒妮）我不想让你来救我。我听说，阿尔丰斯在万塞讷坐牢时，和当时非常走红的米拉波非常亲密。

勒妮 不，据说他们经常吵架。

孟特勒伊 越是吵架越是要好，就像我和阿尔丰斯一样。

勒妮 你要是为他感到一些自豪的话，那么对于往昔这种暴虐的人，又有一种攀附的心理……

孟特勒伊 谁说要攀附他了？阿尔丰斯不是主动写信了吗？他说，今后我要是遇到什么难处，他将想尽办法向新政府进言，给我救助。

西米阿纳 阿尔丰斯？他是这么写的吗？多么美好的心灵！那个有着一头可爱的金发的孩子，那洁净的姿影又在我眼前闪现。萨德侯爵化敌为友，饶恕一切。他已经充分认识了自己的罪孽。血腥的夜晚天亮了。神圣的曙光照亮了他的心里。勒妮姑娘，你的心情，谁都看得很清楚。是你发现了阿尔丰斯心中最初神圣光明的征兆。你自己首先舍弃俗世，向着神圣的光源前进了一步，然后逐渐把侯爵引向光明。看到你矫健的身影，侯爵内心也不会对这新生的光源等闲视之。他在培育这种光源使之永不熄灭，终于跟在自己妻子的背后，举步迈向无限光明的中央。勒妮姑娘，你是世界上所有女人的一面贞淑的镜子。你在世界贞淑的妻子之中占有最高地位，是神的媳妇。我在这漫长的一生中见到了形形色色的女人，但没有一个像你这样符合"贞淑"两个字的含义。

勒妮 不过，西米阿纳阿姨……

西米阿纳 你想说什么？

勒妮 那的确是一种光明。它使我决心舍弃丈夫，舍弃尘世……然而，说什么好呢？我感到这光明和阿姨您说的光明不一样。

西米阿纳 哎？

勒妮 虽说是圣光没有错，但这似乎是从别的地方照射进来的……

西米阿纳 说什么来着，圣光之源只有一个呀。

勒妮 是的，也许就是同一个光源，但说不定是从什么地方反射过来，或者另一个角度照射过来的也未可知……

西米阿纳 （不安地）你以为是从什么角度照射过来的呢？

勒妮 我不知道，但是，这种从别的方向射过来的光源，我是阅读阿尔丰斯在牢里给我的可怕的故事书的时候，朦胧感觉到的。他写的那些可怕的故事，有一篇题目叫作《朱斯蒂娜》。他总是交给我收藏着，是我阅读他写的故事中的第一部。这是一则描写一对突然失去父母的姊妹在世界上流浪的故事，姐姐叫朱丽叶，妹妹叫朱斯蒂娜。同世上寻常的故事不同，坚守美德的妹妹遭遇种种不幸，罪恶多端的姐姐得到了好运，富贵荣华。但是，神怒没有降临在姐姐头上，而妹妹朱斯蒂娜却悲惨地死去。朱斯蒂娜心地美丽，操守严谨，但一次次受到羞辱和虐待，被割断脚趾，被拔掉牙齿，被烙印，挨打，被盗，最后因莫须有之罪即将受刑的时候，同姐姐朱丽叶再会、得救，终于获得了所有的幸福。但不久又遭到雷击，悲惨地死去。阿尔丰斯夜以继日地在狱中写作，这是为什么？阿姨，写作这种可怕的故事，不正是一种心灵上的罪恶吗？

西米阿纳　这是一种杰出的罪恶。无疑，这罪恶既玷污了自己的心灵，又毒害了别人的心灵。

勒妮　这和雇佣妓女、女乞丐，让她们流血的罪恶比起来，哪个更严重呢？

西米阿纳　都一样严重。侵犯心灵的奸淫和具体行为是一样的。

勒妮 但是行为的奸淫在社会上是要受到惩罚的，而在监狱里一切行为都被斩断，只是拼命写一些心灵犯罪的故事。

西米阿纳 勒妮姑娘，修道院里的规矩要比尘世的规矩严格得多，行为和心灵距离罪恶遥远，是个根绝邪恶的地方。阿尔丰斯虽然已经被断绝了行为，但在狱中依然紧紧抓住磐石般的恶根不放。

勒妮 不，不是这样。那个时候的阿尔丰斯，和我所见到的阿尔丰斯不同，他已经走向了另一个世界。

西米阿纳 你说的是地狱吧？

孟特勒伊 他尽管写了一些欺骗孩子的故事，那又能怎么样？过去我也受到故事的惊吓，比起那可以逐渐消磨的罪孽，总认为写了这种传遍世界的书更加可怕。但是，现在不同了。可以把那些书投进烈火里烧掉。这样一来，就什么也没有了。但罪恶的行为是会留下来的。书写的文字，只要不触及眼目，自然就会销声匿迹的。

勒妮 不触及人眼？……可是已经触及我的眼睛了。

孟特勒伊 只你一个人，而且又是他的妻子。

勒妮 只一个人，然而，那也是一个妻子的眼睛呀。啊，那位可怜的女主人公多情而善感，不管从哪方面说，都是一个阴柔寂静的人儿。她为姐姐的媚态而深感羞愧，那少女的形象，满含怜悯之情的大眼睛，明丽的肌肤，娴雅的举止，忧郁的声音……阿尔丰斯简直就是在不知不觉间，描绘了我年轻时候的姿态。因此，我感到，这个为了恪守妇道而反复遭受不幸的女人的故事，那个人不正是为我而写的吗？还记得吗，妈妈？十二年前在这间屋子里，和您进行那场令人感到羞耻的争论的时候，我学着圣丰夫人说话的样子，说道："阿尔丰斯就是我！"

孟特勒伊　是的。这句话如今还很清晰地留在耳畔。你是这么说的："阿尔丰斯就是我！"

勒妮　那是错误的，那是非常荒唐的想法。也许下面这句话更为恰当："朱斯蒂娜就是我！"他在牢里想了又想，写了又写，阿尔丰斯把我封闭在一则故事里。狱外的我们全部被网罗进了狱中。我们的一生，我们的一桩桩苦难，都以徒劳而告终。为了成就一则恐怖的故事，我们生活着，行动着，悲伤着，叫喊着。而且，阿尔丰斯……啊，自从读了那个故事，我这才醒悟，他在牢里究竟干了些什么。巴士底监狱并非通过外力，而是靠他一个人从内部手无寸铁打破的。这座监狱被他强大的力量击得粉碎！此后，他留在狱中，说这是他自由的选择。我长期的辛苦、帮助越狱、努力请求赦免、贿赂狱卒、向上司哭诉，这一切都化作徒劳，变得毫无意义。比起一时满足又很快消失的肉体行为的空虚，他一心想建造一座不朽的罪恶的大殿堂。他要打造的不是一件件暴举，而是罪恶的铁索，不是行为而是法则，不是快乐的一夕，而是未来永劫无尽的漫漫长夜，不是鞭子下的奴隶，而是鞭子下的王国。一个醉心于屠戮生灵的人，又创造了生灵。他的心中产生一种无法解释的东西，即使在作恶之中，也能创造出十分纯净的罪恶的水晶球。而且，妈妈，我们所居住的这个世界，就是萨德侯爵创造出来的世界。

西米阿纳　（画十字）啊，我的天哪！

勒妮　顺从他的心吧，顺从他的肉体吧。我这样想着，一直跟随他。谁知，他的手突然变成一根铁棒，一下子将我打倒。他已经没有心灵了。他写那些故事的心，不是人的心，是另外的一种东西。舍弃心灵的人，将人类这个世界全部关闭到笼子里去了。他摆弄着一串钥匙在周围巡逻，只有他一人持有这串钥匙。我已经无能为力，也没有气力从铁笼子里徒劳地伸出手，向他乞求怜悯了。笼子外，妈妈，阿姨，他看上去是那么光芒四射！他是这个世界上最自由的人。他把手伸向四时空间和天涯海角，搜集一切邪恶，继续向上攀登，再将手指指向永远。阿尔丰斯已经踏上通往天堂的阶梯。

西米阿纳 神会撤除这段阶梯的。

勒妮 不，也许是神托付阿尔丰斯做了这些工作，所以今后我将把余生交付修道院，向神仔细将这件事问个明白。

孟特勒伊 那么说，你还要……

勒妮 主意已定！

孟特勒伊 哪怕现在阿尔丰斯就回到这里来？十八年了，你不是一直等他恢复自由回到这里来的吗？

勒妮 尽管如此，我的决心不会改变。阿尔丰斯——我在这个世上见到的最为奇特的人。邪恶中捻出光明，污浊里造出神圣。他又一次披上正统的侯爵之家的铠甲，成为一名虔敬的骑士。在照遍这个世界的紫微之光里，他的甲胄闪耀着光亮。血迹斑斑的钢铁浮雕图案，玫瑰替代了唐草，绳索替代了花纹。而且，他的盾牌映照出被大铁镘的烈火炙烤的女人们血红的肌肉。那高贵的银质头盔上的锋锋棱棱，耸立着人的恼怒，人的痛苦，人的惨叫！他把嗜血成性的刀剑贴着嘴唇，斗志昂扬地宣读誓言。他的金发从头盔里滑落，缠绕着那浑圆而白皙的脸庞。他那攻无不克的铠甲被人们的呼吸熏蒸成了一面银色的镜子。他脱掉手套露出女人般漂亮的素腕，这双手一旦触及人们的头颅，那些被侮辱、被舍弃的最底层的人，也会增长勇气，跟着他毅然奔向晨光熹微的战场。他飞翔着，飞向了天空。一场血腥的杀戮之后，那银色铠甲下的胸腔里，清晰地保留着这个世界最安静的百万人尸盛宴的景象。他凭借严冰的力量使血染的百合花再度变白，使浑身溅满血迹的白马昂首站立在帆船的船头，向着黎明前电光闪烁的天空进发。这时候，天幕破了，洪水般的光明充满人间，这圣光使得看到的人一个不留地一律变成了瞎子。阿尔丰斯，他也许就是这种光明的精灵。

〔夏洛特上。

夏洛特　萨德侯爵回来了。让他进来吗？

〔众沉默。

夏洛特　让不让他进来？

孟特勒伊　勒妮……

西米阿纳　勒妮姑娘……

勒妮　（长时间沉默之后）侯爵是什么打扮？夏洛特。

夏洛特 他就站在门口等着,让他进来吗?

勒妮 我问你他是什么打扮?

夏洛特 模样大大改变了,我差点儿没认出来。穿着黑呢子上装,胳膊肘打着补丁,衬衫的领口上脏兮兮的。说句失礼的话,我开始还以为是个老乞丐哩。可是他很胖,一张苍白浮肿的脸孔,穿的衣服也不合体。他显得又丑又蠢,差一点儿从家门口晃过去了。眼睛里含着惊恐,下巴颏儿微微颤动,不知在叨咕什么,嘴角露出几颗黄牙来。然而说出姓名时,却带着威严的口吻:"忘记了吗?夏洛特!"而且一个字一个字地说:"我,是唐纳蒂安·阿尔丰斯·弗朗索瓦·德·萨德侯爵。"

〔众沉默。

勒妮 让他回去吧。就这么对他说:"侯爵夫人绝不会见你。"

—— 幕落 ——

一九六五年八月三十一日

萨德侯爵夫人

自作解题（四篇）

《萨德侯爵夫人》跋

我饶有兴味地读了涩泽龙彦先生的《萨德侯爵的一生》一书，最能激起我创作热情的是，萨德侯爵夫人既然那样坚守贞节，始终一贯为狱中的丈夫尽心尽力，那么为何到了老年，萨德侯爵即将恢复自由的时候，又突然分手这样一个谜团。这出戏就是从这个谜团出发，试图从逻辑上加以解明。这里隐藏着人性之中最不可理解却最真实的东西。我把一切都归结于这一视点之上，从这里遥望萨德其人。

可以说，这是"女性的萨德"，为了强化这一观点必须以萨德夫人为中心，每个角色都要由女人来担当。萨德夫人代表贞淑，夫人的母亲孟特勒伊代表法、社会和道德，西米阿纳夫人代表神，圣丰夫人代表肉欲，萨德夫人的妹妹安妮代表女性的天真和放纵，女佣夏洛特代表民众。她们就像行星一般互相穿插运转。排除舞台上一切细微的技巧，只用对话支配着舞台，通过理念的冲突构成戏剧高潮，而"情念"始终穿着"理性"的外衣回环往来。愉悦眼目的是华美的洛可可风格的衣裳。这一切都应围绕萨德夫人形成一套精密的数学体系。

我便是基于这种想法写作这出戏的，我不知道能否达到预期的目的。然而，这出戏的诞生，的确是我将长年以来对戏剧的思考彻底推向前进的结果。日本人写法国人的戏，看起来颇为奇妙，不过，这其中也有将日本新剧[1]演员演外来戏的演技反其道而用之的意思。当然，这并非我的什么发明，而是在田中千禾夫先生的《教育》中已经试验获得成功了的方式。

　　至于实际人物的生死，有三点是故意歪曲事实的。这是因戏的需要而设计的。因为不是什么历史剧，我想是能够获得谅解的。其中，萨德夫人勒妮和她的母亲孟特勒伊夫人，还有她的妹妹安妮是实有的人物，其余三个人是我虚构出来的人物。

河出书房新社刊《萨德侯爵夫人》·昭和四十年（1965）十一月

关于《萨德侯爵夫人》

　　我在阅读涩泽龙彦先生《萨德侯爵的一生》的时候，就产生一种想法，我想把萨德夫人而不是萨德本人搬上舞台。接着，我就在心中反复思索，有一天突然想到"不让萨德自己出现"，这办法不是很好吗？于是马上开始构思。一出戏

1　指二十世纪日本引进的以话剧为中心的对抗传统戏剧的西方戏剧。

的写作，往往就会碰到这种时机，说起来也很简单。

　　萨德不露面，其他男人当然也不出现。既然以萨德为男性的代表，那剧中若有其他男人出现，就会使萨德的典型性变得薄弱。但是光有女人的舞台，声质容易变得单调（这一点想想宝冢[1]的舞台就立即明白了），尤其是以台词为根本的戏剧，这是令人担心的。构思过程中，曾想设置一个老年贵妇的角色，请男演员扮演，但一想到新剧里没有这种男扮女的传统演技，就害怕起来，只得作罢，结果决定人物全都是女人。因为这件事，我成了 NLT 所有男演员的众矢之的。

　　一个日本剧作家，想要写什么法国十八世纪的风俗戏，这简直是一个胆大妄为的举动。对于这一点，我心里十分清楚。

　　我之所以敢于迈出这一步，是因为我一直在研究日本新剧，在体验其特殊性方面，有了种种深刻的理解。

　　日本有臭名昭著的所谓翻译剧演技，西方没有这种说法。在西方，没有这个必要，久而久之，一旦有东方人的角色，只要吊起眼角，婴儿般挥舞着双手，走起路来足尖着地，凌波细步，就能充分使观众信服。但是，日本新剧对抗

1　宝冢歌剧团，全部由未婚女性组成的歌剧团，隶属于大阪的阪急电铁公司。

传统戏剧，首先受启发于西洋戏剧，这是众所周知的事实。所以，必然招致"模仿西洋演技"的发达，一方面无意识地以中世狂言剧善于模仿的演技传统为背景，一方面又完全抹杀那种模拟和批判的要素，一味热衷于原封不动、亦步亦趋地模仿西洋人的言语和动作。（日本人真够卖力的！）这虽然是不体面的急功近利的行为，但却是将我们的剧场和西欧连接起来的唯一的桥梁。

此种演技勉强走过了几十年的历史，多少显示了一些可观的成果，演出的西洋戏剧即便西洋人看了也不觉得奇怪了。新剧演员虽说同是日本人，穿着和服也不提衣襟了，腰间佩刀也一点不讲究姿势了。（这正是现代日本人的象征）这种按照唯一程式培养和继承的演技，就是所谓"翻译剧演技"。

我把这称为一种程式，是因为我考虑，这种方法虽然本来出自现实主义的要求，但不知何时固定化了，致使翻译剧演技也经历了日本文艺独特的过程。此外，由于交通工具的进步，世界文化交流日渐频繁，美国等国家的戏剧出现东方人角色已不罕见，再依照过去的类型塑造东方人角色，已经远远不够了。在表演技巧越来越接近现实的今天，日本翻译剧演技提前一步体现了世界戏剧的要求，成为世界上首屈一指的珍贵的文化财富。

萨德侯爵夫人

对此不可粗暴待之，满嘴怪话或置之不理都是要不得的。

俄国人演契诃夫和日本人演契诃夫相比较，即使不看也能决定谁胜谁负。但对于日本观众来说，依然存在着"能听懂语言"这个好处。

我认为将这种光辉的"模仿演技"的传统放置不管是很可惜的，为了充分加以利用，我写了这出"法国模拟剧"，希望演员也能和我共同忍辱负重，将这种臭名昭著的翻译剧演技发挥到极致。

然而，上面所说的并非我的独创，早已有田中千禾夫先生《教育》这个杰出的"哥伦布鸡蛋[1]"了。

这出戏也是我和松浦竹夫先生恢复长年合作的纪念之作，他脱离"文学座"剧团以后担任此剧的导演。在《鹿鸣馆》《热带树》《明日黄花》等戏剧中，对松浦先生和我的合作成果抱有共鸣的观众朋友，我期待着大家对这出戏也能寄予特别的关怀。

剧团 NLT 演出说明书·昭和四十年（1965）十一月

1　哥伦布发现新大陆，有人说："此人人可为之事也。"哥伦布拿出鸡卵，命使之立。众人不能，哥伦布破其一端立之。众人叹服。

《萨德侯爵夫人》再度公演

《萨德侯爵夫人》在东京再度公演，场场爆满。究竟魅力何在？这是演员演技的魅力，是导演、舞台装置、服装设计，还有剧作者在各自的岗位上获得的成功。遂不知综合艺术为何物矣。首先，题目的意象好。光是"萨德侯爵"这个题目，显得阴惨惨的，有点儿可怕，令人难以接近，不过一到"侯爵夫人"，就会同"萨德"的名字形成颇有意思的对照，"血"和"绢"合二为一了。

我的目的大体在此。实际上，萨德文学从思想方面解读起来，也或许有些优雅的鳞片。但将萨德和同时代的拉克洛[1]的《危险的关系》以及小克雷比永[2]的《沙发》放在一起来看，就发现这种洛可可情色文学的馨香，是从鲜血和拷打后面升腾起来的。我阅读涩泽龙彦先生《萨德侯爵的一生》这本书，当看到深深爱着丈夫的侯爵夫人，在侯爵出狱的同时又飘然离去、进入修道院时，我对她这种心理上的阴翳产生了非比寻常的兴趣。我打算从这一观点抓住萨德写一出戏，使他成为剧作家实现野心的一个俘虏。主意一定，我的脑子里

---

1 拉克洛（1741—1803），法国军人作家，书信体小说《危险的关系》以冷峻的笔法描写十八世纪末贵族阶级的颓废生活，是心理小说的先驱。
2 克雷比永（1707—1777），法国作家，父亲是十八世纪初著名悲剧作家，为区别而通称小克雷比永。代表作品有《沙发》《夜和瞬间》，因涉嫌讽刺和猥亵，前者致其投狱，后者致其流放。

早已听到舞台上洛可可贵妇们衣裳的窸窣之声。

越是最卑劣、最残酷、最不道德、最污秽的人事，越是要用最优雅的语言叙说出来。在这一计划之中，我对语言的抽象性和语言的净化力充满自信，这种手法可以最明显地证明剧本台词的表现力度。

平常事用平常语言（永远是"你好，哥哥，天气不错啊"式的会话，以为这就是戏剧的台词），这绝不能确立"戏剧等于台词"这个定理。那么，为什么说"戏剧等于台词"呢？

这是我们引进西方戏剧一开始就必然面临的最大的一个问题。西洋戏剧的根本在于理性和感情的冲突，这是不言自明的。这种冲突只能依靠准确的语言和语言本身戏剧性的表现力，才能充分展示出来。日本过去的新剧，对于这种本质的部分，都只是运用写实和情绪蒙混及敷衍，硬加上一些似是而非的道理。

……这样说起来，似乎要吵架了。其实，这种舞台就是包裹在华丽衣裳中的连续争吵，作者也许多少受到舞台的一些影响吧。

《每日新闻》·昭和四十一年（1966）七月一日

《萨德侯爵夫人》精装本补跋

《萨德侯爵夫人》一九六五年十一月十四日起，由松浦竹夫先生执导，首演于纪伊国屋会堂，演员阵容如下：

勒妮	丹阿弥谷津子
孟特勒伊夫人	南美江
安妮	村松英子
西米阿纳	贺原夏子
圣丰	真咲美岐
夏洛特	宫内顺子

※

国外版有唐纳德·金先生的英译本，一九六七年六月二十六日由纽约格罗夫出版社[1]出版，书中收入日本首演时的十二张舞台剧照。

金先生译本的英文书名为"*Madame de Sade*"，他担心要是照原题译作"*Marquise de Sade*"，和"*Marquis de Sade*"[2]只差一个字母，摆在店头容易造成误会，因为格罗夫出版社是以出版萨德侯爵全集而闻名的出版社。

1　Grove Press。

2　Marquise de Sade 译成中文为"萨德侯爵夫人"，而 Marquis de Sade 译成中文为"萨德侯爵"。

※

现在，中央公论社有缘得以出版限定豪华本，使戏剧《萨德侯爵夫人》和剧本素材来源十分贴合，极尽洛可可的华丽风采。

我一直认为，法国十七、十八世纪文学的抽象性格是和住居以及衣着装饰的过剩息息相关的，但是如果将这一点和日本的简素、单纯混同起来，就会导致极大的错误。我曾深入巴黎的贵族和富豪家中进行实地考察，事实证明了这一点。戏曲、书信体文学，不约而同地和抽象文学的流行形成了对照。正如眼下这本《萨德侯爵夫人》一样，没有场面变化，没有运用大小道具，只是凭借语言和语言的交流，酝酿一种紧张的舞台效果。读者理解起来，假如不是通过舞台上的色彩美，那么版本的装潢之美就变得十分必要。版本的装潢过剩和戏曲抽象性的过剩相辅相成，使得读者对于作品整体效果留下明确的印象。

自从我开始写作新剧舞台演出本以来，时时不忘我国戏曲史、戏剧史和西欧互不相容的对立关系。日本纯粹的对话剧并不发达，这方面可以找出各种原因，但其根本在于，日本人的人生观和自然观没有形成严格的主客之间的对立。引起主客对立只能是语言，语言概念的介入、感情的对立，就会形成理论、思想的对立，于是开始产生戏剧的客观性，由此进一步产生客观与主观的强烈对立。这就是希腊等西欧戏剧传统的大概。拉辛[1]戏剧就是这种拉丁文化传统的精华。

然而，日本引进的西欧剧（所谓新剧），在戏曲解释、导演方法以及表演技术等方面，未必继承西欧的这种传统，表面上看似乎和我们的传统戏剧针锋相对，但实质上台词的文学性、逻辑性、朗诵性和抽象性尽皆缺失，而重视写实的素描、繁琐的心理和性格表现。或者葬送于对意识形态的偏重，反而形成一种特殊的戏剧门类。不可一味强调这是优秀的变种，因为日本传统戏剧的演技和导演手法，总是随处显露出来，即不在台词本身，而是着意于台词与台词之间的微妙关系。这方面最极端的例子就是我国演出的契诃夫戏剧。

我写作《萨德侯爵夫人》，就是考虑日本新剧的状况，故意勉强继承这种和日本迥然不同的戏剧传统，并对新剧这一奇特的财产——翻译剧（西方剧）不自然的演技（其实只不过是我国中世模仿艺术之一斑）加以积极活用。但是，与作者意图相反，这种纯西洋的艺术作品一旦完成，反而令人

1　让·拉辛（1639—1699），法国悲剧诗人，和高乃依、莫里哀齐名的古典剧代表作家。作品有戏剧《德巴伊特》《布里塔尼居斯》《昂朵马格》《伊菲莱涅亚》和《费德尔》，抒情诗《心灵雅歌》等。

觉得是对我国能乐剧幽玄艺术的摹写，由此引出一个极为明澈的结论：作者毕竟是个日本人啊！

中央公论社刊《萨德侯爵夫人》限定版·昭和四十二年（1967）八月

长刀之夜

わがともヒットラー

—**时间**—

一九三四年六月

—**地点**—

柏林总理官邸

—**人物**—

阿道夫·希特勒
恩斯特·罗姆
格雷戈尔·施特拉塞
古斯塔夫·克虏伯

第一幕

[柏林总理官邸大厅。舞台后部是阳台。希特勒一身晨礼服站在阳台上，向舞台后方发表演说。时时传来群众的欢呼。希特勒右侧是身着冲锋队 SA 制服的罗姆，左侧是身着西服的施特拉塞，他们和希特勒一样都背对观众而侍立。

[希特勒的演说和欢呼声开幕之前就开始了，幕启后仍在持续。

希特勒 想想吧，诸位。我们的祖国眼下正摆脱屈辱，一步一步迈向独立和建设的新时代。想想十八年前那次大战末期的一九一六年吧。那时候，我作为一名勇敢的士兵，战斗负伤，住在贝利茨的卫戍医院，我在那里感到心急如焚。战后，腐蚀德国人民灵魂的霉菌，那时已经在孕育。在卫戍医院里，认真的士兵遭到讪笑，那些故意用铁丝把自己的手划破后被送来的人，以卑怯为自豪，甚至扬言，自己的行为比起那些英勇战斗的士兵还要勇敢得多。诸位，你们会怎么想？战后的颓废，其征兆已经出现于战时的枪炮声之后。战后各种价值的颠倒，卑怯者的和平主义，比屁眼还臭的民主主义，一心巴望祖国失败的犹太人的阴谋，共产主义者们的可耻的伎俩，都在那一天有所显现。啊，金色的英灵殿[1]上，由女武神们搬运来的战场上勇士们的高贵遗骸，一旦显灵，看到祖国德意志如今的样子，他们也会流下万斛眼泪吧。盾牌的方格天棚，铠甲的椅子，映照着桌上的火焰，发出悲叹而铿锵的浩大音响……但是，这一切都结束了。所有的虚伪和败北以及不净之地，都被净化了。去年一月，我就任总理以来，众神托付于我的内阁的使命是对真正的国家竭尽忠诚。由于可憎的国会大厦纵火案，共产党自掘坟墓。我们的国会已经没有共产党这一伙卖国贼了，也没有由非国民凑集起来的社会民主党。没有机会主义的巢穴——天主教中央党。祖国光辉传统的继承者、德意志未来强有力的接班人，就是我们Nationalsozialistische Deutsche Arbeiterpartei[2]。

　　[演说进行中，老迈的古斯塔夫·克虏伯策杖登场，伫立片刻，倾听演说。他打了个哈欠，走到舞台中央右侧的长椅旁边，面对观众落座，显得颇为无

1　原文为 Valhalla，北欧神话主神奥丁接待死者亡灵的宫殿。
2　即"国家社会主义德国工人党"，简称"纳粹党"。

聊。不久，他向罗姆打招呼，罗姆没有回头。好半天，罗姆回首看到了，他一面顾及希特勒，一面离席走到舞台前和克虏伯谈话。右首传来了最后一句话："我只要拥有你们！"欢呼声和演说又持续下去。克虏伯和罗姆开始谈话的同时，希特勒的声音渐次消隐，只能看见动作还在继续。

罗姆　又来搅乱阿道夫的演说吗？

克虏伯　他的演说，在里面听倒是比在外面站着听更加有味。首席女歌星的歌声正在里面回荡，我一直担当的角色就是怀抱鲜花站在幕后等待。

罗姆　今天也带鲜花来了吗？

克虏伯　可不是嘛，一束铁花！罗姆，你不分青红皂白把资本家都一律打成"反动派"，但是至少我们克虏伯商会，还有我这个经理内心丝毫没有动摇。我们是凭借铁的意志、铁的精神，按照铁所描画的梦想走过来的。你以为战后我们公司会心甘情愿用铁制造电影放映机、金钱登录机、锅釜器具吗？你以为我们会因为用铁描画的梦想被彻底粉碎，而后操纵妇女儿童、小贩们笨拙的双手而感到满意吗？克虏伯家族无论如何都必须使铁的梦想得以实现！

罗姆　那好，我可以让您得到实现。

克虏伯　你是军人，说得倒简单。

罗姆　是的，我是军人。但我不是那种躺在功勋章下、挺着大肚子睡午觉、装模作样的德国国防军的军人。我们是一支生龙活虎、年轻有为、无所畏惧、能吃能喝的军队。我们这支军队只要高兴，既能踢碎商店的橱窗，也能站在受虐待的人的一边，为他们而流血，变成一群侠肝义胆的暴徒！

克虏伯　这就是你们冲锋队的纲领。

罗姆　这也是我这个冲锋队参谋长的梦想。这支军队是国防军的核心，我们要把糖尿病的将军们通通赶走……这是什么话？怎么能说冲锋队的使命已经完了呢？……

克虏伯　是谁这么说的？

罗姆　阿道夫……不，阿道夫不会有这种想法。叫阿道夫说出这话的家伙……

　　〔此时，又能听到希特勒的演说。克虏伯和罗姆虽然还在继续谈话，但听不见了。

希特勒　但是，诸位，革命不能永远持续下去，这样一味拖延下去会破坏国民经济。我们不能再次给德意志带来饥饿、通货膨胀和瓦砾的时代，要是这样我们就会陷入敌人的圈套。现在，辉煌的建设时代开始了。我们必须将冲决堤坝的革命洪流引向"进步"这条安全的渠道。我们的纲领，并非教导我们仅仅成为一群愚蠢、疯狂的破坏者，而是教导我们坚决用正确的思想，更加贤明、更加小心谨慎地一步步实现。要知道，我们没有比谋求祖国繁荣更为崇高的理想了。"Deutschland, Deutschland, Ueber Alles."[1] 我们只有正确理解我们伟大的国歌歌词，才是一个真正的社会主义者。诸位，现在，全体人民应当结为一体，挥舞铁锤以代替刀枪，向着重建荣光的大德意志时代迈进！

〔这时，希特勒的声音渐次隐去，转入前面的会话。

克虏伯 这回是锤子了。埃森重工业基地的伙计们发出悲叹："希特勒把我们引向灭亡。"这声音似乎也进入这家伙的耳朵里了。

罗姆 不过，阿道夫好样的。他穿上晨礼服或燕尾服，虽然风流得叫人作呕，但还是保有过去一些好的地方。他很看重友谊。

克虏伯 他既然很重友谊，怎么没给你个部长干干？

罗姆 他有他的考虑。虽然取得了政权，但初期阶段，手脚受到束缚，不能随心所欲，虽说总得给我个部长，

----

1 德国国歌开头一句，意思是："德意志，德意志，高于一切。"

但在这之前，他只得孤军奋战，整顿地盘。可恶的是戈林[1]这个人。他是个勋章迷，他自己获得的勋章只有普鲁士军队的"蓝马克斯勋章"[2]。去年夏天，总统授予他将军的位置，他欣喜若狂，说话都是国防军代言人的口气。挑拨我们冲锋队和国防军关系的就是他，而且是那样、那样的卑鄙！这家伙扬言说冲锋队已经没有必要了，叫我们解散。这种事，怎么可能呢？想把我搞掉，没那么容易。我可是率领相当于十倍国防军以上的三百万冲锋队的将领啊！……接受队长职务的时候，只有一万人，仅仅两三年，我就使队员增加了三百倍……

克虏伯　罗姆，总之，谁也不能把你赶出窝去。你这身军服就是你这只老鹰的羽毛，拔掉羽毛，你就没法活下去。所以可能的话，把你这只老鹰剥制成标本，才不失为上策啊！

罗姆　可不是吗，我是一名地地道道的士兵。比起穿着睡衣睡觉（拉拉制服），还是穿这玩意儿睡觉最舒服。军服已经化为我的肌肤。我从孩童时代就只有一个理

1　赫尔曼·威廉·戈林（1893—1946），纳粹德国的一位政军领袖。担任过德国空军总司令，创建秘密警察机关"盖世太保"。

2　蓝马克斯勋章（Pour le Mérite），普鲁士和德意志帝国军队最高勋章。

想，当一名士兵。你可以想想看，我这个人，十年前从陆军退役的时候，心如刀割一般痛苦。不过现在倒是想明白了，要是继续交给那些没有革命精神的国防军，那些至今仍被普鲁士将军操纵的军人，下一次战争肯定还要失败。

克虏伯　啊，现在不是很好吗，你创建了自己理想的军队——这三百万冲锋队的大家庭。

罗姆　可是，这三百万人却受到了冷遇。

克虏伯　不要急，眼看又要碰到好机会了。

罗姆　克虏伯先生，像您这样从小锦衣玉食长大的人，是不会懂得军队的快活和美好的。

克虏伯　是的，我当然不知道，不过我了解钢铁。经过高炉里的炉火熔化，钢铁也幻想着兵营严寒的夜晚。

罗姆　军队就是男人的天堂。树林里漏泄的金色朝阳就是起床军号的闪光。只有军队才能使男人们的脸孔变得美丽。晨起点名，那排列整齐的年轻人的金发，映着早晨的太阳。那利刃般的蓝色的目光，充满着贮存了一夜的破坏力量。年轻野兽的骄矜与神圣，充满了裸露于晨风中的厚实的胸膛。那打磨光亮的手枪和长靴，诉说着初醒的钢铁和皮革的新的饥渴。青年们人人都知道，只有视死如归的英雄行为，才能求得美的华奢和恣意破坏的快乐。白天，士兵们拟装幻化为自然，变成喷火的树木，变成杀戮的草丛。一到夜晚，军营粗暴地迎接着一个个浑身汗水和污泥的士兵，那么冷淡，又那么柔和。青年们将白天犯下的破坏蓄积在晚霞般的面颊之上，一边擦拭刀枪，一边于油革交混的馨香里作一番浸透自身肉体的野蛮抒情。从而，这种将世界彻底紧缩了的矿物和这群青黑色野兽的感觉化为一体。温婉的熄灯号，用那金属般的柔润的指头，将粗劣的军毯拉到下巴，满含忧虑地抚慰有着长睫毛的紧闭的眼睑，让他们快快入眠。军队生活使男人们的特性全部显露，变得雄心勃勃，然而，躯壳的内里却储满了甘甜而润泽的牡蛎肉的温馨。这甘美的灵魂，这互相宣誓决心生死与共的灵魂，便是连接战士们庄严外表的彩带。您是知道的，独角仙只有养在蜜糖水里才能长大。

克虏伯　不过我问你，冲锋队的使命是什么？

罗姆　革命。永远更新的革命。冲锋队好比是挖泥船，用庞大有力的起重机，将海底的淤泥挖上来，这当然是为了使海底更深，让那些比现在更大的船只能够通过。

克虏伯　你是说把尸体也同淤泥一起挖出来吗？

罗姆   偶尔也有活着的人。克虏伯先生，我们就是要将强
       劲的铁腕插进不道德、腐败而且反动怠惰的，看起来
       非常污秽的国际主义淤泥之中，将此全部挖上来，不
       达目的决不罢休！

克虏伯   为了使更大的船只通过……

罗姆   是的，为了使更大的船只通过。

       〔二人默然不语。欢呼声加重了他们的沉默。

克虏伯   至少我是更清楚了。对于你来说，最重要的就是
       你所考虑的"军队"……但是，希特勒也在作这种考
       虑吗？

罗姆   在那些战斗的日月里，在慕尼黑，那家伙是我亲密
       的战友。您看，他显得有些过于潇洒，不过，现在依
       然是我的战友。

       〔宛若被吸引而去，再次站到希特勒右侧，背向观
       众而侍立。

希特勒   就这样，诸位，德意志人民伟大的斗争运动进入
       了新阶段。红色的威胁已经根绝，我们的拖拉机驶
       向了坦荡的平原。这个新阶段里当前的任务就是教
       育。这种教育是为培养符合伟大德意志需要的德国人
       民的教育。那些已经患上贫血症、强词夺理的教授一
       概不要。那些手无寸铁、有气无力、洁身自爱、歇斯

底里叫喊和平主义、不知道天高地厚的知识分子一概不要。那些面对少年施行亡国教育、否定歪曲祖国历史的非国民教师一概不要。只有那些能使德国青年像沃登[1]一般雄壮美丽、跨白马飞翔于太空的教育者，才可以做德意志的教师。不是吗？诸位。已经觉醒的诸位，人人都能成为教师，个个都负有使命，即对那些尚未衷心成为我党人士的数百万民众施行教育。只有在实现这个目标的拂晓之下，我国社会主义革命才能具有磐石一般的基础。

〔在演说的过程里，克虏伯又感到无聊起来，他向施特拉塞打招呼。终于施特拉塞注意到了，他来到克虏伯身边，两人开始交谈。这时，正好传来"才能具有……基础"这句话。

施特拉塞 有什么事吗，克虏伯先生？

克虏伯 不，你和罗姆两个人水火不容，可为什么要侍立于希特勒左右？这真叫我弄不明白。

施特拉塞 我也感到奇怪。一直不接近我的希特勒，急急忙忙把我叫来了。看样子，罗姆也是这样被他叫来的。罗姆和我都很不自在，只是打了个照面而已。这

1　沃登（Woden，亦称 Odin），北欧神话中最高的神。

就是希特勒式的惯常做法，在没完没了的演说过程中只得默默等待，最后才谈正经事。而那关键的事情肯定也是两三分钟就解决了。究竟是什么要紧事，我也不知道。

克虏伯　这真够辛苦的。那么，你以为是什么事情呢？施特拉塞。

施特拉塞　恐怕是商量同您这样的反动资本家一刀两断吧？

克虏伯　哎呀哎呀，你这是怎么跟我说话呢？不管是谁只要有必要，总是对我以恶名称之。大约两年前吧，希特勒和你闹翻了之后安心了，我们看在沙赫特[1]博士的面子上，为纳粹筹集了一笔巨额的借款。我认为纳粹之所以有今日，就是因为拥有这笔借款的缘故。实业界都称你是穷光蛋，一个一味煽动工人闹事的人，把国家经济搞得这么糟糕，真叫人受不了啊！

施特拉塞　不过，我的时代又一次来临了，您一点儿都没有感觉吗？党正处于危急关头，一九三二年即将再现，这对于我来说，也许是一张绝好的王牌。

1　亚尔马·沙赫特（1877—1970），德国银行家、经济学家，曾出任希特勒纳粹党政府的经济部长。

克虏伯　你说的有些道理。我很清楚你要说些什么。不过，还是别说了吧。克虏伯家的人，必须随时装聋作哑。

施特拉塞　复员后结婚，在兰茨胡特开药店，从那时候起，我的想法一点儿也没变。我的做人信条和平时一样，关键是希特勒想不想用我。克虏伯先生，您是兵工厂，我是医药店，究竟是将子弹射进肚子里还是拯救人命，做生意也要走正路。我卖的药特别有效，可以使濒死的病人重新复活。当然不可否认，也有一些副作用。像您这样的重工业和大型不动产产权的，无论如何都要按照国家社会主义的目的收归国有。可能的话，也请你们穿上蓝色工作服，（虽说不太合乎身份）花一点儿抽高级香烟的工夫，学一学车床活儿什么的。

克虏伯　你是说党的一伙人驾着成排的奔驰车到别墅去，而我们却要弓着腰做车零件，对吗？

施特拉塞　希特勒不会同意，但是德意志所希望的正是如此。克虏伯先生，对国家无私的奉献，不能停留在口头上，要有果敢的行动。像您这样的人，不妨带个头，把从战争中捞到的好处返还给国家，打开酒库，大飨民众，开放模拟英国人的猎场，不喝香槟，而是喝德国牧场纯净的优良牛奶。

克虏伯 喝牛奶就要生病的呀。

施特拉塞 罗姆也在什么时候说过这种话。那种人好好年纪却热衷于"玩兵"，把青年都培养成了酒鬼。这样下去，德国的将来怎么得了？罗姆为了显示自己是男人中的男人，所以一个劲儿拼命喝酒。

克虏伯 这么说你喜欢喝牛奶，是一个为健康的未来而奋斗的社会主义者了？就是说未来都是牛奶色的。哎呀呀，我真不想活啦！

希特勒 ……手挽手迈向未来！一起跟我来吧！我是领袖，是尖兵。我将铲除诸位前进道路上的一切障碍，挺身排除危险的地雷阵，保障大家坚强的脚步整齐划一地向前迈进！德意志万岁！德意志万岁！

〔施特拉塞已经回到希特勒的左边侍立。群众欢呼"万岁希特勒"的声音经久不息。克虏伯也无可奈何地站起身来。希特勒面向观众而立，一副兴高采烈的神色。他用手帕擦汗。

克虏伯 （向里走去，伸出手来握手）呀，太好啦，太好啦！阿道夫，你的演说很是精彩。

希特勒 听众的反应怎么样？

克虏伯 不可能有比这更为热烈的反应了。

希特勒 这是没有见过的证据。（转向罗姆）恩斯特，你怎么看？

罗姆 这种反应真是没得说呀。

希特勒 你看见广场东边路灯下站着一个穿黄色礼服的女人吗？那个女人在我演说途中，而且是最关键的时刻，一转身回去了。好像故意让我看到似的，身穿黄色的礼服，趁着最重要的时刻退场了。那是个犹太女子，肯定没错。

〔谈话在继续。希特勒和克虏伯一同在长椅上坐下。罗姆和施特拉塞远远地站着。

希特勒 越看越觉得这总理官邸是一座阴风惨惨的建筑。希望把这种地方当成自己的住宅，现在想想真是愚蠢……不过，克虏伯先生，您特地来一趟，实在对不起，今天不巧有两位老朋友来访，我要同他们谈点儿要事，等完了之后，咱们再慢慢地聊，在这之前，您先好好歇歇吧。

克虏伯 就照您的意思办吧，总理。不过不要忘了，我是个老人，我的时间很少了。

〔起立，分别看看罗姆和施特拉塞。

希特勒 那么，恩斯特，你先留下。

〔克虏伯和施特拉塞离去。罗姆欣然靠近希特勒，再次握手。

罗姆　太好啦，阿道夫，真是一次美好而强有力的演说。
　　　你仍然是一位艺术家。

希特勒　你是说我是艺术家，不是军人？

罗姆　是的。这是神写着的任务，阿道夫是艺术家，恩斯
　　　特是军人。

希特勒　你的军队士气很旺盛吧？

罗姆　这随你去想象吧，阿道夫。

希特勒　这事回头再说。如今这个时候，阁僚会议之外没
　　　时间过分地聊天。不过看起来，你总是朝气蓬勃、精
　　　力旺盛啊。你一定像沃登一样吃了谁家的蜜糖水了
　　　吧？……找你来，没别的事，只想摆脱繁重的政务，
　　　好好和知心老友坐在一起叙叙旧。

罗姆　那么又要谈一九二〇年代了。十年前，我们的神
　　　话、我们的斗争时代。

希特勒　在慕尼黑第一次见到你的时候，我一眼就感觉面
　　　前站着一位同志。慕尼黑陆军地方军司令部参谋恩斯
　　　特·罗姆大尉先生……我不由一副直立不动的姿势
　　　敬了个礼。（敬礼）

罗姆　（心情快活起来）希特勒上等兵，我今后要告诉你，
　　　对于党的建设来说，军队的后盾是多么重要；对于党

的组织，军队的组织力量是如何重要；对于党的运动，战术的知识又是多么有效……我要把这些都教给你。我的人生，我的命运，从此都托付给你吧……我在心里起誓，而且我要照着施行。我要把军队拉入自己一方，用军事机密费购买报纸，用军队的力量集合义勇团和回乡军人，教给你基本的战术，肩并肩冲过那个欺骗和背叛时代的疾风骤雨，勇往直前！

希特勒 恩斯特，你一直很勇敢。

罗姆 而且我们经常干得过火。

希特勒 现在也还会过火。

罗姆 （装作没听见）一九二一年十一月，在皇家啤酒屋[1]的集会上，我们冲锋队干掉赤色的时候，是多么愉快！那些赤色的家伙，终于用他们旗子的颜色染红自己苍白而浮肿的面孔。

希特勒 还有一双长筒靴，一只阿道斯特老鼠。

罗姆 是的，长筒靴，想起来了。那时候从乱斗中抢来的。猛然觉察到，我的身体似乎为长筒靴所替代了，有过一次名誉上的伤害。

---

1 慕尼黑皇家啤酒屋（Hofbräuhaus）始建于 1589 年，一直都是名人政客聚会的最佳地点。茜茜公主、歌德、列宁等都曾是啤酒屋的嘉宾。

希特勒　脚趾尖穿了个洞，鞋底脱落了，张开一道口子。

罗姆　我想马上去修鞋，谁知你竟然反对，阿道夫。

希特勒　不管怎么说，没有比留下了战争痕迹的冲锋队参谋长的这双长筒靴，更能纪念我们神话般的斗争了。我们相信，这最能鼓舞队员的士气。因此，你新买了长筒靴之后，我把那只旧靴子擦亮，恭恭敬敬放置在办公室的书架上了。

罗姆　不知是哪个家伙在里面放了奶酪什么的。

希特勒　是啊，现在也不知道犯人是谁。这肯定是犹太人干的。

罗姆　是有个放奶酪的家伙。那天晚上，我去你的办公室看你，静静的办公室不知从哪里传来奇怪的咯吱咯吱的声音。于是，我看到长筒靴的破洞里伸出一个鼻子，原来是一只老鼠！

希特勒　你生气了，想把老鼠打死。

罗姆　你阻止我不要这样做。

希特勒　不错，奶酪这件事情嘛，总之，一只老鼠跑进你那具有历史意义的长筒靴子里，使我觉得自己要交好运啦！

罗姆　从那以后，每天晚上，你就补充一些奶酪进去。

希特勒　老鼠渐渐习惯了。每当我和你两个人长夜漫话之时，老鼠必然出现，它毫不胆怯地跑过来了。于是想到应该给它取个名字。

罗姆 一天晚上，老鼠跑出来，脖子上挂着绿布条，一看，上面写着"恩斯特"。我看了十分恼火。（两人相视而笑）可是，我当时佯装不知，到了第二天，这回该你……

希特勒 这回该我发怒了。原来老鼠的脖子上又挂上了红布条，上面写着"阿道夫"。（二人皆笑）我们互相揪着打了一架。十年前……是的，那时候，我们住在军营里，年纪轻轻，脾气火暴，动辄就打架……当然我的力气敌不过你，到后来只有我妥协……从那天晚上起，老鼠的脖子挂上了白布条，老鼠的名字干脆就叫"阿道斯特"了。

罗姆 是阿道斯特鼠吗？《格林童话》里也没有这样的老鼠。

希特勒 真是一只滑稽可笑的老鼠啊！

罗姆 那只老鼠后来怎么样了？

希特勒 不知何时不见了。

罗姆 死了吧？

希特勒 多半是死了。（唱）死要一起死，

罗姆 （唱）战要一起战。

希特勒 （唱）拿起冲锋枪，

罗姆 （唱）共同上前线。

希特勒 （唱）红色罂粟花，

罗姆 （唱）盛开在胸前……那时候，经常唱这支歌，一支感伤的歌，阿道夫·希特勒作词作曲。你已经不允许党员再唱这支歌了吧？

希特勒 别小瞧人，我在维也纳上学时就开始为音乐剧作曲了。

罗姆 是《铁匠维兰德[1]》吧？那乐谱到哪儿去了？

希特勒 一到春天，我就经常一个人到维也纳的森林里散步。有一次竟然登上了阿尔卑斯山塞默灵山口。那乐谱被山口的一阵风吹跑了。我的乐谱顺着阿尔卑斯一道道积雪的山谷散开，悠然地上下飞舞。乐谱落在残雪上，一张张埋进雪里，落在春天嫩绿的草丛上，看起来像烂漫的山花……一想起那山花，我想，要是当个艺术家该多好。

罗姆 那真是太合适不过了呀，阿道夫。恩斯特，军人；阿道夫，艺术家。他们一道携手并进。

---

1 在北欧神话中，铁匠维兰德是一个传奇般的铁匠大师，性情古怪且心怀恶意。

希特勒 你认为现在也可以吗？

罗姆 现在也可以。

希特勒 可不是嘛……总之，我要是成为艺术家就好了。就像那伟大的瓦格纳一样，在世界这口锅上，紧紧抓住"无"和"死"这两个把手，像高明的厨师一般，将全世界代表性的人及其情念，一个不剩地放在煎锅上，放在巨人苏尔特尔[1]永远不灭的火焰上哔哔剥剥煎烤上一番就好了。那样要轻松得多，还会赢得一个舒心的名声。即便当上总理，由于生来贫贱，没有教养，暗地里也会招人议论……所以，军人恩斯特，请你回忆一下，你在当大尉的时候谆谆叮嘱我的话。

罗姆 什么话？

希特勒 刚才你自己不是提到过吗？就是你教导我的话："对于党的建设来说，军队的后盾是多么重要。"

罗姆 怎么样呢？

希特勒 所以现在，我希望你回忆一下自己说过的话。

罗姆 过去和今天情况不同。

希特勒 不，政治的法则是不变的。

1　苏尔特尔（Surtr），北欧神话里的火焰神，镇守南方火焰之乡。在诸神的黄昏里，他高举胜利长剑，将火焰投向大地，使世界燃烧殆尽。

罗姆 好，我说吧，正像你所说的，过去和现在也许一样，军队的后盾作用也许是必要的。但过去是纯粹为了党，现在只是为了你选举下届总统。兴登堡总统就要死了，这个夏天很难度过去。

希特勒 不要这么说嘛，恩斯特。这是政敌的说法，作为同志，我们可以使用更为亲切的言辞。

罗姆 那就用亲切的言辞吧。你继承兴登堡元帅的衣钵，我也赞成。我要尽力帮助你。我要把拥有三百万冲锋队员的新军队当作你的后盾。

希特勒 所以……

罗姆 等等。不过我反对你继承腐败和反动的衣钵。我不愿看到你背叛我们好不容易用自己的力量创建的新德意志。那些买办资本家和容克[1]家族；保守派老朽政治家和老朽的将军；在将校俱乐部冷淡待我的贵族出身的无能士官们；从来不考虑革命和民众，一味装模作样戴着白手套的普鲁士国防军；还有一天到晚喝啤酒嚼土豆片，打饱嗝的大肚子资产者，以及那些美甲的官僚宦官们……我反对你君临这些人之上，一边对

---

1 容克（Junker），德国东部地区大农场主贵族，普鲁士军人和官僚多出于这个阶层。

他们点头哈腰，一边热衷于互相的拉锯战。你要是做这样的总统，我反对，我坚决反对！我要千方百计阻止你。

希特勒　恩斯特！

罗姆　听着，我是希望你当总统的，衷心希望。但是要获得我的协力，必须在扫除这块腐朽土地上的垃圾之后。军官团[1]算什么？光是在口头上威吓，军服里面是空的，那种金光闪闪的稻草人有什么可怕？德意志只有一支革命的军队，那就是拥有三百万队员的冲锋队……不是吗，阿道夫？大扫除之后，我将在柏林广场铺上洁白的地毯，推戴你来当总统。不要忘记，革命还没有结束，下一次革命之后，德意志就会彻底苏醒，纳粹德国的国旗就会在晨风里飘扬。摆脱一切腐败和老丑，充满青春朝气的沃登之国会令人刮目相看，变成一个坚强团结、由英俊健美的战士共同组成的国家。你就是这个国家的首长。当上这个国家的首长，只有这样，阿道夫，这才是你光辉的命运。为此，我将献出生命。

希特勒　谢谢，恩斯特。你的心情我非常理解，你的热诚

1　军官团是容克阶层的政治力量代表。

无可怀疑。

罗姆　所以，不要理睬军官团。

希特勒　你的意思是，没有你的军官团已经不是军官团了，对吗？

罗姆　对，你有冲锋队跟着。

希特勒　但是不能否认军官团的存在。

罗姆　我早就对那伙人不感兴趣了。

希特勒　不管你感不感兴趣，也不能否定他们的存在。

罗姆　没有革命精神的军队不能称作军队。

希特勒　即便如此，既然刀剑铿锵闪亮，那肯定就是军队。

罗姆　不要忘了，阿道夫，凡是有关军队的事，都是我教给你的。

希特勒　好了好了，不要生气嘛，恩斯特。不要忘记，作为同志和战友，我为你的冲锋队竭尽全力，将冲锋队毁掉的只能是你自己……好好好，你听着，你一开始就希望将冲锋队编入国防军，作为国防军的核心。这样，才能使德国的军队成为人民革命的军队。这就是你的信念，不是吗？

罗姆　说得对，但是因循守旧的军官团……

希特勒　不，你有点儿太过分了。从前年到去年，冲锋队的一套手法怎么样呢？军官团感到胆战心惊，这是可以理解的。在地下室和仓库里私设公堂，拷打，绑架，索要赎金。甚至听说某个地方上的队员，将情敌带来捆在地下室的柱子上，割下肉来生吃。

罗姆　那只是一时的事，年轻人模仿秘密警察干的。后来就被取缔了，再没出现过这种事情。

希特勒　好吧，就算是一时的事。不过，恩斯特，让我毫无顾忌地说一句，你的冲锋队可以说是一支留恋过去的军队。

罗姆　这是什么意思？

希特勒　三百万人的兵团，能称为杰出的政治集团吗？他们的生存价值不正在于令人怀恋的"玩兵"上吗？恩斯特，你可以怀恋古老的军队，但是不能毒害这么多的青年人。冲锋队所梦想的，不是未来的战争，而是过去的战争。虽然战败了，但战友之爱依然美好；生活于兵站基地的烦嚣之中，再现对古老战争伙伴的回忆。多么陈旧的演习，在那无聊的升旗的一天，也要穿着制服上操，然后必定要打烂酒馆上百块的窗玻璃，胡乱唱着跑调的军歌，吵吵闹闹一番，然后由值班士兵将烂醉如泥的战友收拾抬走。熄灯时刻也是彻夜喧嚣，这不是成了冲锋队的定规了吗？走起路来趾高气扬，老实的市民见了嗤之以鼻："喂，冲锋队从对面走来啦！"于是，家家户户都把姑娘藏起来。

罗姆 （苦涩地）不能只看一点而不顾其余啊。

希特勒 那好，不说这个了。但是，你自己不是一搞起冲锋队，就喜欢把世界缩小吗？你不知道，为此我在仰仗军官团的戈林面前是如何庇护着冲锋队的。自从你入阁以后，不是从旁看得很清楚吗？这二月份通过的一项法律，对在政治斗争里负伤的冲锋队员，发给和大战中负伤的人员同等的抚恤金，我为促使这项法律得以通过，做出了最大的努力。尽管如此，那又怎样呢？你马上就拆台，在政治上最坏的时期，你使出了最坏的一招。在二月的阁僚会议上，你作了一项提案，建议为了加强军备的基础，应当设置专职部长，以便利用冲锋队监督包括所有正规军在内的国防军。这张椅子当然要你来坐了。这样一来，你就把国防部长冯·勃洛姆堡将军完全推到你的敌对一方，使得整个军官团僵化了。我急忙撤销了你的提案，但已经晚了。你决定性地成了军官团的眼中钉。这也是你咎由自取。军官团会这样看你：这个人总有一天想取代军官团，企图将革命推倒重来。

罗姆 军官团也不仅仅是瞎子。

希特勒 这不是开玩笑，恩斯特。事态已经到这种地步了。国防部长冯·勃洛姆堡送来了一份声明。看来，这也可以看作是军官团的总体意见，看起来，普鲁士国防军的传统跑来大喊大叫了。

　　[从口袋里掏出一张纸给罗姆看。

罗姆 （读）"总理阿道夫·希特勒阁下：政府是依靠自己的力量立即缓和政治紧张，还是奏请总统发布戒严令委任陆军以权限……"

希特勒 他们来叫我二者选其一。

罗姆 二者选其一……

希特勒 是的，而且马上……

罗姆 这是威胁，恐吓！军方的肚量……

希特勒 太小了是吗？我也是这么看的。但是，就算军方没有肚量，也有普鲁士老古董传承的尊严啊。事情弄到这一步已经无可挽回了。

　　[二人长时间沉默。

罗姆 （突然站起，抱住希特勒肩膀）阿道夫，下决心吧。眼下对于我们，对于纳粹，正是关键时刻。不能妥协。要是妥协了，我们用生命换取的运动就会永远背上黑锅……阿道夫，以往昔的心情卷土重来吧。我跟着你，我不是正跟着你吗？阿道夫。

长刀之夜

希特勒 （呆然地）是的，你是跟着我……

罗姆 （硬是把希特勒拉起来，在室中转悠）要搞二次革命，恢复慕尼黑时代的青春朝气，否则我们对不起流血同志们的亡灵。民众是我们的，青年是我们的，让那陈腐的、虚张声势的权威在一天里完蛋！此外，阿道夫，德国还有六百万失业者，他们的不平不满正可以为我们所用。（将之拉向阳台）看，看，广场这里那里的椅子上，到处坐着囊空如洗的年轻汉子，他们低着头，呆然若失。他们就是我们过去的身影，那从战争、饥饿和通货膨胀之中被放逐的我们的身影。我们清楚知道，那年轻、贫困、有气无力的一群，是一堆多么容易被点燃的干柴！那些惨不忍睹的干柴又要着火了。大火很快就要燃起，烧遍整个德国！这大火终将变成神圣的苏尔特尔的火焰！

希特勒 （不愿意朝阳台上看，回转身）好了，恩斯特，不要再诱惑我，不要再诱惑我，不要再向我心里灌迷魂汤了。

罗姆 这就看你的决心了，阿道夫。

希特勒 （好容易挣脱，坐在长椅上，也不看一眼站在身后的罗姆）你忘记了，忘记不该忘记的重要教训：不能与陆军为敌。一九二三年发生了什么事情？我那般向罗斯尔将军求情，他最终还是拒绝提供武器。军方和警察都说，只要一发现我们稍有不安稳的举动，他们就立即开炮。而且我们这里，已经临时动员了两万名冲锋队员，在通往慕尼黑的大道上，眼睁睁面对赤色分子的队伍，而我们只好袖手旁观。你闯进兵营偷来的武器，在将军归还武器的命令面前派不上用场。我们投降了。

罗姆　……

希特勒　好好想想吧，恩斯特。今天晚上我也好好想想，明天吃早饭的时候再见，把我的想法给你说说……哦，请让在房里等待着的施特拉塞到这里来。

　　〔罗姆下。希特勒默然沉思。施特拉塞上。

施特拉塞　阁下……

希特勒　啊，好久不见了，请过来吧。

施特拉塞　好的。

希特勒　请你来不为别的事，叙叙旧谊。你一直隐居不出，想借鉴一下你休养生息的智慧。

施特拉塞　我没有什么新的智慧，这一点阁下是非常清楚的。我只是鹦鹉学舌，重复过去的理想罢了。如今已经失去了这样的理想。

希特勒　如今已经失去了？

施特拉塞　可不是吗，党的纲领到哪儿去了？反资本主义，打碎普鲁士的体制，取代国会的法西斯战线的自治体议会，这些都到哪儿去了？一切都面目全非了。

希特勒　你是说？

施特拉塞　所以我说还是过去的老样子，哭哭啼啼的依然是工人的孩子，和从前没有什么不同。

希特勒　所以我想问你，就没有智慧改善一下吗？

施特拉塞　智慧嘛……没有，只有理想，至少在我心里。

希特勒　实现理想的手段呢？

施特拉塞　我是来接受考试的吗？都这把年纪了。

希特勒　好吧，可是和你息息相关的工会，还在提倡同你一样的理想。就连经济贸易部长施密特博士对此也束手无策，他埋怨说，党内左派一些人分不清什么是赤色。

施特拉塞　军官团似乎没有这种看法。

希特勒　哦，是吗？……你说的军官团是指那些落后于时代的冯·施莱赫尔等人吗？

施特拉塞　不仅限于他们。我是说"军官团整个都是这样"。

希特勒　你对军官团十分了解啊！

施特拉塞　军队是双刃剑，说不定久久被轻视的党的纲领，会通过军队加以实现。

希特勒　施特拉塞，这些使人牙碜的话不要再说了。

施特拉塞　"希望"这东西，往往不得不采取一种不透明的表现方式。

希特勒　你是说你有希望？

施特拉塞　是的。

希特勒　你掌握了某种情报？

施特拉塞　比如冯·勃洛姆堡国防部长的声明什么的。

希特勒　（内心甚感惊讶）好厉害的情报网！

施特拉塞　假如发布戒严令的话……

希特勒　我不会干这种事情。

施特拉塞　我是说"假如"的话，那么你认为军方会到哪里寻求政治上的帮助呢？是拼死去找总统，还是到你这里来呢？

希特勒　老实说，他们谁都不求。

施特拉塞　他们要是到我这儿来，怎么办？

希特勒　你太自负了吧？

施特拉塞　也许有点自负，但为防万一，我要早作对策才是啊。

希特勒　什么对策？

施特拉塞　这个你自己考虑吧。假若军官团想把总统作为后盾……

希特勒　你是说你有能力加以干扰，是吗？

施特拉塞　我还没有这么说……

希特勒　你完全想错啦！我一向把你看作是一个纯粹的人，你竟然认为社会主义能同军官团搞在一起。

施特拉塞　随你怎么想象都可以。不过，事实如果照这样下去，党就会分裂，不留一点痕迹。还是早作对策为好啊。

希特勒　所以我问你是什么对策。

施特拉塞　回到党纲的精神上去。明确地站在工人一边，推进国家社会主义。

希特勒　你的话总是在绕圈子。

施特拉塞　一切都要看阁下的决心。

希特勒　谢谢你好心的忠告。

施特拉塞　不，不必客气。

希特勒　明天早饭再来，到时候我要听听你有什么好的对策。

施特拉塞　好吧，明天一早见。

　　〔施特拉塞下。希特勒独自一人，坐立不安地来回走动。他走向阳台，转过身来思考问题。不久，克虏伯走进来。

克虏伯 已经空闲下来了？

希特勒 哦，克虏伯先生。

克虏伯 好像要下雨了。

希特勒 不是什么大雨。真奇怪呀，每次我演说完毕，总要下雨。

克虏伯 你的演说能呼风唤雨啊。

希特勒 雨水濡湿了黑色广场的一刹那，各处椅子旁的人影骤然消失了。广场变得毫无趣味，没有一个人影。这里刚才还挤满了群众，欢呼声和鼓掌声热烈非常。可是，演说结束的广场，就像一个疯子发作之后睡着了，一片沉静。不管走到哪里，总是一些人在伤害另一些人。不管多么富有权威的衣服，虱子总能找到缝隙钻进去。克虏伯先生，那种绝对不受伤害、没有任何破绽的好似洁白的防护衫一样的权力，是不存在的吧？

克虏伯 要是不存在，你可以做一件嘛。

希特勒 你能不能为我做一件呢？

克虏伯 这要量个尺寸。

〔稍稍退后，用拐杖远远比画着，量尺寸。

希特勒 怎么样？

克虏伯 很遗憾，尺寸稍嫌不足。

希特勒　还需稍微修行一下吧？

克虏伯　裁缝总是慎重的，阿道夫。如果没有人肯为你出钱，也就不大容易做成一件衣服。虽然想成就你的人有的是，但尺寸不够，不能使他们获得艺术的满足。还有，做成的衣服，还得穿着合适，宽宽松松，舒舒服服。穿着方法也很讲究，要使得本人感觉不出到底是穿了还是没穿……我不想给你做一件紧身的背心，这和给疯子套上一件紧身衣服不是一回事。

希特勒　假如我是个疯子……

克虏伯　（亲切地将手搭在对方肩头）我有过好几次经验，在那一瞬间里，要是不把自己看成疯子就简直受不了，不，甚至是不可理解……

希特勒　那碰到这种情况？

克虏伯　除自己之外，把其他人一律看成疯子好了。

希特勒　我也似乎到了这种关键时刻了。作为一个国家的总理……

克虏伯　下雨前必定关节会痛，可是今天下雨，倒没有任何预感。

希特勒　克虏伯先生，请给我制作一件疯子穿的紧身背心吧。捆住两手，既不能伤害别人，也绝不会被别人伤害……

克虏伯 （摇头远去）不行啊，阿道夫。还不是时候，不行……

—— 幕落 ——

第二幕

［翌日早晨。场面同前一幕。中央有一餐桌，放着
三份饭菜。希特勒和罗姆刚吃完早饭，杯盘空空，
两人分别坐在左右两边的扶手椅上喝咖啡，抽烟。
餐桌撤到后面，桌脚钉着轮子。阳台门敞开，可以
看见早晨晴朗的天空，阳光闪耀。

希特勒　多好的早晨！又好像回到了过去……躲开讨厌的
　　　侍从，你我相聚，互沏一杯咖啡，抽上一支烟，吃顿
　　　早饭，这种机会哪怕一个月有一次也好啊！

罗姆　想必别的阁僚要吃醋了。好吧，阿道夫，你今天也
　　　很忙，分别前把协商好的事项再确认一下吧。

希特勒　不是协商，是命令！恩斯特。

罗姆　关于这项命令的内容，事前要取得我的谅解，过去
　　　就是按照这种做法走过来的，不是吗？我们。

希特勒　啊，形式无所谓，我命令，三百万冲锋队队员下
　　　个月休假一个整月，一直到七月底。休假期间，禁止
　　　队员穿制服、游行或参加演习。你就此向队员发表声
　　　明……就是这些。

罗姆　七月底之前总统或迟或早就要圆满归天了。

希特勒　命在旦夕，恩斯特。世界上首屈一指的德国医学，即使调动一切先进医疗手段，也不可能保全他的生命直到八月。

罗姆　好吧，在那之前，实行政治休战……昨天一个晚上，我作了各种考虑，这个时候只有依靠你的智慧才能躲过这场暴风雨。你在当总统前这个阶段，只要使我们大家都老老实实，你就有办法对付狂暴的普鲁士将军们，暂时躲过风浪。为此我也可以做出一些妥协。

希特勒　谢谢，你到底是我的朋友。

罗姆　而且又是好时机，整个夏天，都能从极其紧张的生活中解放出来，暴徒们待在老家，养精蓄锐，以便为来年秋天激烈的训练作准备，倒也不坏。大街上看不见穿着冲锋队制服的身影走过，军官团也会暂时放下心来，感念于你的统制能力。民众到底还是民众，他们整个夏天都会细细品味着一种情绪，静心等待冲锋队回归战斗的前线。

希特勒　说得对。眼下要给发烧的脑袋降降温，使灼热的铁块冷却。我当总统之后，委任你统领全军的步骤也就水到渠成了。一切都要忍耐到那个时候，希望你和我一起挺过难于忍耐的事态。看起来光辉闪耀的总理和阁僚，在分担难以表达的劳苦这一点上，我们又回到了一九二三年卧薪尝胆的那个时代。但是，这不是一个人能够背负的痛苦，一想到要同真正的朋友两个人共同承担这一重负，涌流的汗水也会增添勇气的光辉。恩斯特，我再没有比现在更需要依靠你的时候了。眼下，我们两个应当携起手来。

罗姆　我知道，阿道夫。

希特勒　谢谢，罗姆。

罗姆　不过，突然之间放了长假，队员们也会发生动摇的，总得找个理由才好。

希特勒　等等，这个我也正在考虑。理由倒是有一个……你生病……

罗姆　（笑）我？我生病？（拍拍胸脯和手臂）平生从不吃药看医生，我永远是一副年轻的钢铁般强健的身体，要叫咱这位大尉生病？

希特勒　所以嘛……

罗姆　谁会相信呢？能够伤害我的只有子弹。然而，我这副身体中的钢铁，说不定有一天会把背叛我的伙伴的相同的钢铁块吸引进来。是的，铁和铁和睦相处，互相接吻的时候，只有那个时候我才会倒下。但是，就算到了那时候我也不会在床上停止呼吸。

希特勒 是的，勇敢的恩斯特。你这个人，即使当上部长也不会死在床上。但是，我同你相约定：你可以装病，发表声明时说明原委，疗养一两个月之后，东山再起，同时将冲锋队带成一支比以前更精锐的部队。

罗姆 可是谁会相信？

希特勒 正因为不可相信，队员们才会相信。他们会想到：这家伙心里说不定有难言之隐吧？

罗姆 对，有道理，那么我就……

希特勒 你到维斯湖去怎么样？就在那湖畔的宾馆里松松筋骨吧。

罗姆 （梦幻似的）维斯……快乐在那里等着我，这是英雄的快乐。（深思熟虑之后）好吧，今天下午就发表声明，晚上前往维斯，在这之前要把汉斯尔包尔宾馆的房客全部赶走。

希特勒 很好，恩斯特。还有，声明的内容……

罗姆 等等，喝完这杯咖啡再说。（打腹稿）"休假结束的八月一日这天，冲锋队经过前一阶段充分的休养生息，将以旺盛的精力立即投入人民和祖国所期待的光荣的工作中……"

希特勒 （为难地）就这样开头吗？

罗姆 是的，结语这样写："冲锋队，无论过去和现在，永远是德意志的命运。"怎么样？

希特勒　哦，行啊。

罗姆　你不同意，就什么事也干不成，我……

希特勒　我同意。

罗姆　你理解我吗？阿道夫。我可是三百万军队的参谋长啊！

希特勒　我当然理解，恩斯特。

罗姆　这才叫朋友……还有，那个施特拉塞也太过分了，总理请他共进早餐，竟然可以不来……不过，这对于我倒很好，久未见面，很难得能同总理一道吃顿早饭，叙叙旧谊。

希特勒　施特拉塞就是那么个人。他威胁我，一看我不吃他那一套，于是就缩回自己的洞穴，连忙编起蜘蛛网来，他要修补那张充满阴谋诡计的网。打扰他的繁忙的隐遁生活，实在有些过意不去啊！

罗姆　他要是阻止推选你为总统，我不会置之不理的。那种满嘴谬论的人很好对付，工人要是无理取闹，冲锋队就叫他们闭嘴。昨天，那家伙好像有这番意思。

希特勒　不，没有这回事。

罗姆　要是有一点儿苗头，就立即告诉我，收拾他们很容易。

希特勒 谢谢，恩斯特。到那时候我会说的。再见。（站起身来）

罗姆 啊，朋友，放心地回到政务中去吧。既不合军人也不合艺术家的行政事务等着你呢。靠着啃书本活命的老迈的山羊们，正伸长了脖子等着你喂草呢。你靠着提笔签字打发日子，挥舞刀剑的腕力就这样被废弃了。权力是什么？力量是什么？那只不过是用来签字的苍白的手指尖微小的肌肉运动罢了。

希特勒 不要再说了，我全明白。

罗姆 所以，朋友啊，所以我要说。请不要忘记，你的权力不在你手指尖的运动上，而在那些用景仰的目光远远注视你的一举一动、紧急时毫不犹豫地自觉抛出生命的青年强健的臂膀上。一旦在行政机关的森林里误入迷途，那么最后为了斩断枝叶寻找活路时，只有伴随黎明曙光的脉搏一同敏感地隆起的一块块坚韧的肌肉，才是你唯一的依靠。不论哪一个时代，权力最深刻的实质，就是青年们的肌肉，切莫忘记这一点。至少不要忘记，还有一个专为你而保存、专为你而使用这种权力的朋友。

希特勒 （伸出手来）我怎么会忘记，恩斯特。

罗姆 我也不会忘记，阿道夫。

[二人四目对视。

希特勒　好吧，我该走了。

罗姆　不用再等施特拉塞了吧？让那家伙的小嘴儿塞一塞
　　这冰冷的早餐，倒也挺开心的。

希特勒　叫侍者撤下去吧。

罗姆　不用，交给我了。我让你看看苏库里米尔[1]加入
　　托尔[2]的队群、背着粮袋跟在后面的那股巨人之力吧。

希特勒　哎呀，你又不是齐格飞[3]。

罗姆　看，巨人出动了。（推着餐桌）

希特勒　罢了罢了，一个当今的部长，亲自收拾吃过的
　　饭桌。

罗姆　不要这样想嘛，阿道夫，这可不好啊。

　　[高兴地推着餐桌走向左首。希特勒目送着他，正
　　要走向右首，克虏伯从阳台上出现了。

克虏伯　阿道夫……

希特勒　早安，克虏伯先生。

克虏伯　早安。真是清爽美丽的一天哪！演了一出不合时

1　北欧神话中的巨人族之王。
2　雷神托尔，奥丁的长子，众神和人类的守护者。
3　齐格飞（Siegfried），屠龙英雄，德国民间史诗《尼伯龙根之歌》的主
　人公，力大无比的勇士。

宜的滑稽戏，在阳台上沐浴着朝阳，温暖一下我的膝盖，真是一举两得。我这讨厌的膝盖，今朝倒是挺高兴的哩。（不用拐杖，意气扬扬地走着）

希特勒 这挺好嘛，克虏伯先生。

克虏伯 从窗户缝毫不掩饰地窥探室内，没有比这更叫人热血沸腾的了。到了我这把年纪，再也无力阻挡老婆和别的男人上床，但嫉妒本身正如葡萄酒一样使我沉醉，变成了一个彻底的懒汉……正像你说的，把自己藏在阳台上做戏，听着你们的对话，我也仿佛返老还童，把你们都当成为我服务的雇用人员一样了。盗看，盗听，把一切都庄严地变成浪漫的东西，这只能使我感到惊讶。

希特勒 你是说我们的会话是撒谎、是做戏，对吗？

克虏伯 不，你也很诚实，罗姆的诚实更进了一步。你们真实的崇高品格，看起来没有一点儿虚情假意。

希特勒 就是想让你看到这一点，克虏伯先生。正是想借助你那副深深疑虑的眼睛，看一看没有第三者在场的政治诚实。罗姆不想妥协而妥协了。通过那样一种措施获得军官团的谅解……至少在我是不会相信的，绝不相信……但希望能这样。

克虏伯 我至少也希望这样。我老了，时间不多了，只有这种不负责的希望。不过，我问你，阿道夫，当罗姆拉着餐桌意气扬扬退场的一瞬间，你突然泛起一种莫名的阴郁表情，好像一下子老了十年，这到底是为什么？

希特勒　（一惊）你真是一位厉害的相面师！

克虏伯　我的希望不是寄托于你们的会话，而是寄托于其后你一个人的那种阴郁表情之中。我这样说，你能理解吗？

希特勒　克虏伯先生。

克虏伯　是这样，阿道夫，暴风雨就要来了，不管你愿意不愿意，它总要来的。山山岭岭，云雾腾腾，广阔的牧场，一派昏暗。羊儿们咩咩不安地喊叫，牧羊犬跳跃着把羊儿们赶进羊圈……这时候，连你自己都感觉不到这场浩大的暴风雨，只是觉得你自己就像那只迷失方向的牧羊犬一样。而且，你和罗姆达成了妥协，也就是和羊达成妥协。

希特勒　罗姆是羊？他要是听到了，真不知会怎么生气呢。

克虏伯　即便不是羊，罗姆也抱有结群的思想，不是吗？但是你和罗姆分手后，黯淡的额头上满布着的既不是羊，也不是牧羊犬，只能是一场暴风雨，如果这样说显得太显露，那就叫风暴之前飘动的黑云吧。紫色的闪电照耀着崇山峻岭，巨雷震撼了世界，穿透人们灵魂的电流，一瞬间将一切化作一握灰土。这就是如此巨大的暴风雨的前兆，这恐怕连你自己都没有感觉到吧？

希特勒 那时候，我很害怕，迷茫，悲伤，只有这些。

克虏伯 保有一份人情，即使是总理高官，也谈不上羞耻。只是，如果将人情无限扩大，就会变成自然之情，最终化为神的意志。观察历史，只有极少数人能够做到。

希特勒 这就是人类的历史。

克虏伯 神的事是不可知的。但是铁……这铁呀，阿道夫，炼铁工厂每天每夜都在进行作业。铁矿石钻进华氏三千度高温的烈焰中，就会变成生铁。它已经转化为别的东西了。

希特勒 我要好好考虑你的话，克虏伯先生。

　　〔两人走向右首。片刻，罗姆逃跑似的自左首上。施特拉塞追赶着登场。

罗姆 你为何老是跟着我？我不想和你说话，看到我的表情还不明白吗？

施特拉塞 我知道。不光是我们，世上的人都这么说，罗姆是右翼，施特拉塞是左翼，他们两人水火不相容。即使在人前硬要他们见面，也都毫不犹豫地别过脸去。他们俩一开口，总是互相诅咒……这些我都明白，用不着你提醒。正因为如此，正因为如此，眼下我们必须商量商量。

罗姆　总理的早餐会你都迟到了，总理已经办公了。你还是去道个歉吧。

施特拉塞　问题已经超出宫廷礼仪了，罗姆。

罗姆　那就随你吧。

施特拉塞　让我随便些吧。（坐在左侧的扶手椅上，对着罗姆）你不坐下吗？

罗姆　也让我随便些吧。（一直站着，不安地转悠着说话）

施特拉塞　（笑）简直像小孩子吵架……不要再乱发脾气了。你对总理不服气吧？对于现在的总理完全失望了吧？

罗姆　你不要胡乱猜测我的感情，阿道夫和我是老朋友了。你虽然是个老党员，充其量不过和阿道夫相识罢了。

施特拉塞　但是，你肯定对现在的希特勒幻灭了。

罗姆　你凭什么根据说这话？

施特拉塞　事实上，我也幻灭了。我也大大地不服气啊。

总理希特勒，已经被脱落麟片的老朽的龙们五花大绑起来了……这使我大失所望。现在，心境多少起了变化，尤其在昨天见面之后，看法改变了。现在既不感到失望，也不感到幻灭，希特勒干得很漂亮！

罗姆 （渐有兴趣）这就是你今天不来吃早餐的理由吗？

施特拉塞 那是另有原因。我想，专门请去吃早餐，要是下毒怎么得了呢？

罗姆 不要开这种蹩脚的玩笑……（不由加入谈话）你所说的阿道夫干得漂亮，这是出自人们的看法，还是时代的……

施特拉塞 两方面都有一些。希特勒正面临至今没有经历过的新时代，他当然要采取过去所没有的新态度了。目前是这样一种情况：我们虽然不能要求希特勒怎样怎样，但是他自己不得不如此。我不敢说希特勒已经巧作安排，但是他比谁都明确看清了事态。我说他干得漂亮，也就是这个意思。

罗姆 看来你是衷心赞美这个"新时代"了。对这样一个四面不透风的阴暗的时代，作为革命家的你……

施特拉塞 革命已经结束了。

罗姆 这个我知道。施特拉塞，正因为如此，所以这回我们……

施特拉塞 你所说的是未来的事吧？今天你不要谈什么新的革命，至少答应政治休战的你……

罗姆 为什么不能谈？

施特拉塞 这些我知道。虽然不是偷听，但经过政治锻炼的我，很早就听说过。问题是现在，现在……革命已经结束，你也不得不承认这一点。

罗姆 （很不情愿地）这倒是。

施特拉塞 革命结束了。你当了部长，希特勒当了总理，而我呢，隐居了。可以说各得其所。很早以前就有这种征候。但奇怪的是，没有一个人想到革命会有结束的一天。（鸽子在阳台上啼鸣）哎呀，鸽子叫了，刚才从放在走廊里的餐桌上弄了一些面包片，打算喂鸽子的。（掏口袋）果然装在这里了……哈哈，都挤成粉末了。（走向阳台撒面包屑。罗姆交肩进来，坐在右侧的扶手椅上）鸽子高兴地吃着面包屑，多么美好的阳光！革命的早晨不是这个样子的。到处闻不到一点儿血腥味，真没想到还会有这样的早晨！（施特拉塞靠阳台的栏杆说着话。一边不断地给鸽子投面包屑）本不该有那种事，但是有一天，却慢慢地发生了。革命的鸽子脚上绑着重要的命令，在枪林弹雨里飞来飞去，鸽子洁白而饱满的胸脯，不知何时会浸染着鲜血。今天怎么样呢？ 飞来这里的鸽子们，一面叽叽喳喳吵嘴，一面争夺面包屑。铁道桥上火车的黑烟已经代替了硝烟的气味，庭院里腾起了篝火的气息。窗户里拍打鲜艳的绒毯，从下面走过也只有烟灰和鞋尘飘落，没有干涸的血粉掉下来。时钟响了。时钟不再指着某个紧迫的时刻，只是表示流动的时间，不管是金钟、银钟或大理石座钟，曾经凝固的时钟如今都变成了液体。女人拐过街角，当她手腕上购物篮里的葡萄酒要转递给革命伤员的时候，放出了宝玉的光芒，可眼下却变成了瓦砾的颜色。钻进子弹的花盆，绽放着蓝色的花朵；一旦失去子弹的肥料，只能开放难看的三色堇。歌也是一样，失去了那种锐利清新的悲鸣和共同的特性。映入死者眼睛的遥远青空，本是变革的幻影，但如今的蓝天在洗衣盆里的水中被弄得支离破碎。所有的香烟，早已失去那种难耐的诀别时的甘美情味。浸透于自然、人间、事物之中的力量，已经没有浸透力了，只是像水和空气那样在我们的肌体上滑行。我们纤细、敏锐、花纹似的神经组织，不知不觉松弛了，断裂了，粗糙不堪了。这时，别的气味涌来了。那是遥远的古昔，不知在哪里闻惯了的腐烂的气味。落叶中猎犬遗忘的猎物——鸟体经过腐烂，散发出致使森林里的一缕缕阳光略显浑浊的独特气味。这种随处可见的腐烂气味，使得人的手指产生一种麻风病愈后的钝麻之感。这手指曾经像黑暗中的篝火路标一样指示着前进的方向，可如今却仅仅用来在支票上签签字，或者用来掰开女人的身体。脱离，脱离，目不可见的透明的日复一日的脱离。这种感觉，罗姆，你可都深深尝到了吧？弦乐器不再弹着真正的颤音。旗帜不再像猎豹腾跃身子一般飘卷。咖啡壶沸腾时不再发出高贵的怒吼。填平枪眼的壁穴已经患了白内障。没有浸染鲜血的政治传单，变成了大甩卖的广告。袜子在鞋里不再散发出逃亡野兽般的湿漉漉的气味。星星已经不再是磁石。诗歌也不再是互相唱和的语言……既然这样的日子到来了，那么罗姆，革命已经结束了。革命是白色、残酷而又纯洁的牙齿的时代。是青年们微笑或愤怒时一律露出整齐而洁白的牙齿的时代，是银白闪光的牙齿的时代。可是接着而来的是齿龈的时代，鲜红的齿龈不久就会发紫、腐烂。

罗姆　不要再说了，再听下去耳朵也要腐烂，心也要腐烂的啊！施特拉塞，你究竟要我干什么？

施特拉塞　我知道你在想着必须再来一次革命，其实，我也在考虑必须再来一次革命。我们两人还是不缺少互相交谈的话题的啊！

罗姆 不过，方法不同，目的不同。

施特拉塞 就像照镜子一样，你的右边就是我的左边，可是我的右边也是你的左边。看来，打碎镜子我们就能完全贴合在一起。

罗姆 这就是你要和我说的话吗？有意思，请坐在这儿吧。

施特拉塞 你终于原谅我了？（坐在左侧椅子上）

罗姆 我必须把话说在前头，对于你这个假共产党，煽动工会、把向德意志尽忠和向苏维埃尽忠不加区别的做法，我过去从未赞成过，现在也绝不赞成，将来也绝不会赞成！在这前提之下，你有什么话就说吧。

施特拉塞 不要那么死板嘛，做了部长的人，就用不着像青年团那样说话。你说"在这前提之下"，我说"这是其他的事"，这完全是立场不同的问题嘛。

罗姆 怎么回事？

施特拉塞 你对老克虏伯怎么看？就是那个列那狐般的铁匠。他和希特勒如影随形。

罗姆 老实说，我也不喜欢那个老爷子。

施特拉塞 喜欢不喜欢不说了，那么克虏伯相信希特勒吗？

罗姆　是吧。

施特拉塞　我根本不这么看。那个老人是从埃森重工业地带来的，他来试探希特勒政权能否和埃森联姻，调查一下这个新女婿适不适合做终生的伴侣。我看还没有得出结论来。不过埃森这位铁姑娘非常漂亮，它以前的婚姻破裂了，就是在上次那场欧洲大战之中。所以第二次婚姻找了介绍人，不得不慎重又慎重。

罗姆　但是，克虏伯在去年希特勒获得政权后的最初选举中，正如沙赫特所说，一下子拿出了三百万马克的选举资金。

施特拉塞　这就是探路的开始，不过如今这探路仍在继续进行。在这次政治危机中，埃森重工业老板发出了警告。克虏伯究竟倒向哪边，他自己还没有决定。特别是这两三天。

罗姆　特别是这两三天……

施特拉塞　是的。人民社会主义党，托你的福，出现了空中瓦解的迹象。

罗姆　这么说是你在拖后腿。但是危机挺过去了，阿道夫一旦当上总统，就会升起一轮真正灿烂和煦的朝阳。

施特拉塞　你真是这么想吗？

罗姆 我相信阿道夫。他一旦当上总统，我们可爱的冲锋队的长久梦想就会得到实现。

施特拉塞 你真的这么想吗？

罗姆 （稍稍动摇）当然了。

施特拉塞 为此你付出了什么？

罗姆 让步，妥协，听从阿道夫的命令。我们冲锋队休假到七月末，这期间不穿制服，不游行，不演习，而且，我这个钢铁汉子要生病……这种假戏，我也能扮演。

施特拉塞 光凭这个就万事大吉了吗？

罗姆 至少可以抵挡一时，直到阿道夫当上总统。

施特拉塞 这种拙劣的表演能瞒过军官团吗？假如希特勒相信这一点，那么希特勒就是大傻瓜。假若你相信这一点，你就是不折不扣的疯子。

罗姆 什么意思呀？再说一遍。

施特拉塞 我是说，不是希特勒是傻瓜，就是你是疯子。但我不是说希特勒是傻瓜，而且你也是疯子。我的意思，懂了吗？

罗姆 卑鄙的家伙，你想离间我和希特勒的关系。

　　　〔二人沉默。

施特拉塞 不要再提希特勒了，谈谈你的冲锋队吧。你一

心想使自己花费心血培育起来的冲锋队变成国防军的

核心，这可以理解。是这样吗？

罗姆 我没必要回答你。

施特拉塞 有一种办法可以做到，怎么样？

罗姆 （不由眼睛一亮）你是说……不，阿道夫做了总统

之后，立即就会……

施特拉塞 那只是口头约定。

罗姆 不许中伤阿道夫！

施特拉塞 退一步说，希特勒确实能做总统吗？

罗姆 能做。

施特拉塞 我是问"确实"。

罗姆 确实？

施特拉塞 这个，军官团很强硬啊，你只要不解散冲锋

队，希特勒就很难成为总统。妨碍希特勒的不是别

人，正是你罗姆。而你一心把自己的梦想赌在要当总

统的希特勒身上，这不正是天真的小孩子干的事吗？

罗姆 （抑制住愤怒）你说的"一种办法"是什么？

施特拉塞 去找冯·施莱赫尔将军。

罗姆 那个老朽的军人？

施特拉塞 只有他才能使你我握手言欢，也只有他才能说

服冯·勃洛姆堡国防部长给希特勒下最后通牒。

罗姆 你是说……

施特拉塞 是的，"拔掉希特勒"！不要忘记，军官团迫
使希特勒发布戒严令的最后通牒，是送到希特勒手里
的，不是送到你手里的。

罗姆 拔掉希特勒！嗯，一句话就可以看穿你的内心。你
和军方勾结首先想把我和阿道夫分离开来，然后借助
军方的力量分别收拾我们两个人。你能办得到吗？我
们两个一心同德啊。

施特拉塞 不打破你们的一心同德就什么事也干不成，关
于这一点，希特勒不是比谁都清楚吗？既然那么一心
同德，为什么整个夏天要含泪分开生活呢？

罗姆 这是一种临时采取的政治姿态，要说几次你才能
明白？

施特拉塞 好了，我不想再说服你了。看过太阳的人的瞳
孔不管再看什么，都会留存黄色的残像，你的眼里没
有希特勒就看不见这个世界。好吧……对了，我还有
一句话，希望你能冷静地听一听。你赞成不赞成是另
外一回事，我只想在你心里留下一点儿印象。罗姆，
很简单，这是你和我共同的革命计划。现在我们立即
携起手，凭借你冲锋队的武力，把希特勒赶出国家社
会主义党，你来做党首。由冯·施莱赫尔说服冯·勃

洛姆堡，同脱离希特勒的你达成和解。普鲁士国防军害怕的实际上是你和希特勒的结盟。我把你的武力作为后盾，一步步推行社会主义政策，拥立冯·帕彭为临时总统，我任总理，你被任命为国防军总司令。钱，不必担心，现在我们在这里握手的一瞬间，就再也不用担心钱的问题了。

罗姆　为什么？

施特拉塞　克虏伯会投奔这里来的。

　　〔二人沉默。

罗姆　……好，我懂了，你的意思我全明白了。不过我也要明确告诉你，对这个要我背叛阿道夫的计划，我丝毫没有动心。

施特拉塞　你能冷静地听我说下去，真是太谢谢了，罗姆。不过话还没有完，刚才说的那个计划，我从未奢望你会轻易接受，不过，罗姆，要是现在你我不能合作赶走希特勒，不能齐心协力、电光石火般地完成这次革命，假如不能这样……也就是错过这次良机的话，将会发生什么事情，你想过没有？好，等等，希望你充分考虑好之后再回答我。

罗姆　什么也不会发生，施特拉塞，世界还是那样。我和阿道夫是刎颈之交，而你是一个卑劣的骗子，克虏伯是个垂死的商人……人们照样各行其是，依旧听任地球的运行而放心地生活下去。

施特拉塞　真的是这样吗？究竟会发生什么事情，我还是劝你好好想想吧。

罗姆　什么事情也不会发生。

施特拉塞　真的吗？

罗姆　是的……你认为会出什么事呢？

施特拉塞　死。

罗姆　谁？

施特拉塞　我们两人。

　　　［二人沉默。

罗姆　（突然大笑）你真会胡思乱想，想到死，什么"我们两个都得死"，你干脆去占星好了。我大体上听你刚才所说的，只是发高烧时的谵言。你这个革命计划是拙劣的计划。你嘲笑我对军官团抱有幻想，其实你对他们更加抱有幻想。

施特拉塞　你说是拙劣的计划，这个我承认。不过这个时候不管多么拙劣的计划，总比什么都不做要好。我气急败坏地逃脱追逐，跳上了这匹被你鞭打而疾驰的快马，你要是阻挡住这匹马，我和你都要同归于尽。尽管如此，你还是照样去阻挡它，我已经不能再看下去了。我责备你太愚蠢，没有觉察到危险，因为我也想活命。现在只能将一切忘掉，两人共同跨在一个鞍子上快马加鞭了。只要一个劲儿翻过地平线上的山峦，就能迎来革命的曙光……请原谅我吧，罗姆。现在我把一切都赌在你的三百万冲锋队——你的这支革命的军队身上了。

罗姆 先押下赌注，然后为了背叛再加以利用。

施特拉塞 哦，不是那么回事。跨上你这匹革命军队的马，对你对我都是唯一的出路。希特勒很明确，他不会把赌注押在你身上。

罗姆 （不安地）这……

施特拉塞 希特勒押在了对手的身上，这个你没有看出来吗？罗姆。

罗姆 看出来又怎么样？要和叛徒携手吗？

施特拉塞 我可以让一步，你说我是叛徒也可以，但是事情紧急，眼下我们要团结一致，共同对付希特勒。

罗姆 出什么事了？要死吗？

施特拉塞 是的，……是要死。

　　〔罗姆放声大笑。施特拉塞沉默。在他的沉默压抑下，不久，罗姆的笑声猝然而止。

罗姆 究竟是什么样的死？是遭雷击而死，还是藏身于海底的尘世的大蛇现身了，虽然用锤子打碎了那不吉的头颅，却还是被它卷裹着，在吐出的毒涎里中毒身亡？或者像幸存于诸神的黄昏中的最后的战神提尔[1]那样，被地狱的恶犬咬死？

施特拉塞　那种死还是不错的。但是，罗姆，即使你是英雄，也不一定就有英雄的死。

罗姆　（快活地）那就是病死？

施特拉塞　你已经患病了，就像我刚才说的。你患的是过于信赖他人之病。

罗姆　是被杀死，还是被判刑？

施特拉塞　恐怕两方面都有。你有自信耐得住审讯吗？

罗姆　（嘲笑地）是谁会让你这样倒霉？胆小鬼，可怜虫，说说看！你怕说出他的名字吗？难道一提起他就会遭遇不幸的诅咒吗？

施特拉塞　阿道夫·希特勒。

　　　〔二人沉默。

罗姆　听着，在推选阿道夫当总统这件事上，你一直都在制造麻烦。

施特拉塞　能办到吗？要是能办到，德意志就有救了。昨

1　战神提尔（Tyr），北欧神话中巨人伊米尔之子。

天，我曾当面给希特勒这样说过。

罗姆 是吗？果然不出所料。你要是真这么干，我就照着和阿道夫约好的那样，要你的命！

施特拉塞 随时奉送。不过那得有两个条件。你要是想杀我，第一，那时候我必须还活着，第二，你也必须还活着。

罗姆 你是说，在这之前就会被杀掉，是吗？

施特拉塞 这是简单的数学。我和你携手，两个人都能得救，而且可以把革命进行到底。不和你携手，我迟早要么被希特勒杀掉，要么被你杀掉，二者必居其一。可能的话，宁可被你杀掉，因为今天和你谈着谈着，我渐渐有点儿喜欢你了。

罗姆 要是怎么都得死，那真是个十分不幸的人。不过，为什么和你携手，阿道夫就不能杀我们呢？阿道夫也有护卫队啊。

施特拉塞 你和我携起手来，冲锋队就不会被解除武装，护卫队在冲锋队面前不过是螳臂当车罢了。

罗姆 军官团呢？

施特拉塞 军官团绝不会参与暗杀，他们不愿意弄脏白手套……喏，罗姆，只要我们团结一心，希特勒就拿我们没办法了。

罗姆 为什么？

施特拉塞 我们有克虏伯，克虏伯会跟我们走。希特勒即使暂时垮台，他也不会，绝不会把埃森重工业基地转让给敌人。

罗姆 嗯，那倒也是。不管怎么说，这些都和我没关系。

施特拉塞 没有关系？

罗姆 是这样，因为阿道夫不可能杀我。

施特拉塞 （呆然地）罗姆，你呀……

罗姆 你听着，神经衰弱的施特拉塞。你的头脑错乱了，净说一些不合乎道理的话。这些一概都来自恐怖心理。这种恐怖现在看来，不能说没有原因，或许是有很大的原因。但是，你不要把你的这种病传染给别人。被杀还是不被杀，这是你的事，和我有什么关系？假若杀手是阿道夫，那也好，即使你被杀，我也不会被杀。这一点，必须对你讲清楚。

施特拉塞 为什么？

罗姆 阿道夫是我的朋友。

施特拉塞 你真傻……

罗姆 是的，杀你的事，也许会有。一旦形成妨害，阿道夫不来求我，我也要主动杀掉你……但是，你说两人都要被杀，这不是妄想就是威胁。你把我这个罗姆大尉当成什么人了？你以为我会像小孩子一样上当受骗、被你吓倒吗？我可是率领千军万马的人啊！而且这种妄想，就说明你的头脑已经疯了。那些疯子有的说地球扁得像一张纸，有的躲进警局，说无线电波要把自己杀死，还有的吵嚷说月亮里住着人。你和他们完全一样。现在赶快去医院吧，你已经失去了根据实际条件、毫无偏见判断现实的资格。

施特拉塞　这个条件指的是什么？

罗姆　相信别人。

施特拉塞　什么？你说什么？

罗姆　就是对一个人的信任，友爱、同志爱、战友爱等，这些诸多高贵的男性神的特点。没有这些，现实就要崩溃，因而政治也要崩溃。阿道夫和我是扎根于现实基础之上的结合，关于这一点，恐怕不是你那卑贱的脑袋所能理解的。我们所居住的地面是如此坚固，有森林，有溪谷，覆盖着岩石。但是，这绿色大地的底层，有高温的地热，地球的核心就是沸腾的灼热的岩浆。这岩浆正是一切力量和精神的源泉。正是这灼热而不定形的东西，使得种种形态固化成型，因而岩浆本身正是这些形态的内部火焰。人这一副洁白如雪花膏般的肉体，其内里也有一脉火焰，透过火焰才能显现美丽。施特拉塞，这岩浆可以撼动世界，给战士们以勇气，促使他们殊死战斗，令年轻人的心胸充满光荣的憧憬，从而在战场上化作热血沸腾、勇往直前的力量的源泉。阿道夫和我，不是以地面上物质的形状所结成的。作为形状的人，分离开来，就是一个个背叛的个体。我们是地底下不定形的东西，全部在融合的岩浆中结为一体。你知道"阿道斯特鼠"的故事吗？

施特拉塞　哎呀哎呀，什么老鼠，我到你这儿是听你讲老鼠的故事的吗？

罗姆　不想听，那就算了。"阿道斯特鼠"是一只老鼠，绝不是两只老鼠。

施特拉塞　罗姆，你的话实在动听。不论你怎么讨厌我，我还是越来越喜欢你了。不过你这是孩子的想法。一群少年在森林里玩战争游戏，互相用口哨联络，有时当俘虏，有时战死。你就是这些爱好战争的孩子的想法。苟且从事政治的你，能用这种想法要求自己，真是不简单啊！

罗姆　我是军人，不是政治家。

施特拉塞　稀里糊涂，一味对上司效忠，是吗？

罗姆　什么叫稀里糊涂？一个人，有时也会动摇，但心不会变。可是，别的人我不知道，阿道夫可是我的朋友啊！

施特拉塞　你明白地说，阿道夫是你朋友不就得了。我说你呀，你真是个瞎子！

罗姆　什么意思？

施特拉塞　昨天我看到希特勒的眼神，哪怕是一无所知的第三者，也会立即洞察希特勒的杀机。

罗姆　这是因为你用妄想的有色眼镜看问题。不错，阿道夫昨天也给我出了难题，不过我们也兴致勃勃回忆起了一些令人怀念的往事。今天早晨也一样，从来没有像今天这样高高兴兴一起吃过早餐。这是一次简朴、富于阳刚气的、德意志战友同志间所能品味的真正的早餐。你说阿道夫的眼神吗？的确布着一些<u>血丝</u>，不过那是因为政务繁忙、睡眠不足的缘故。

施特拉塞　你是个瞎子……我的眼睛能立即看穿一个人的杀机，长期的政治生活使我学会了这个本领……昨天的希特勒，眼里含着从未有过的阴暗，你难道没看到吗，罗姆？那眼神宛如波罗的海冬天粼粼泛起的青黑的细浪。那是一双对人类一切感情说"不"的眼神。那是杀人的眼睛！……我并非把希特勒想象成一个十恶不赦的坏蛋，只是他被一架必然的机器紧紧束缚住而难以逃脱。正如希特勒所希望的，不，即使他不希望，希特勒也不能不当总统。机器的开关已经转到这里，机器开动了，军官团开始将他绑在机器上，齿轮旋转了，他被绑得越来越紧。到了不能再紧的时候，希特勒自己也就断气了。假若我是希特勒，不错，正如大家知道的，我是一个连一只虫子都不肯杀害的人，但是我也会像希特勒所想的一样，把罗姆和施特拉塞两个人杀掉，这是唯一的出路。

罗姆 你只是讲述了在你那胆小的心胸中所描绘的恐怖剧的情节。总之，两个人都会被杀死。赶走希特勒，两个人携起手来完成革命，就可以保住性命，夺取天下。是这个意思吧？那么，说说我的结论，我即使被杀，也不参与背叛希特勒的行动。这就是结论！……其他不用再说了。

施特拉塞 （沉默）好吧，罗姆，你的心情我很清楚……再听我说一句，这回我妥协吧，虽说难以忍受，可为了避免出现最坏的事态，只好这样……怎么样？停止"拔掉希特勒"，把希特勒迎进来。

罗姆 （笑出声）接纳一个要杀你的凶手作伙伴？你的头脑错乱到了何等地步！

施特拉塞 好，你听着，我们携手，从两翼援助希特勒，我插手军队，分散军队的实力，你的冲锋队可以趁机完成革命，推戴希特勒为总统。但是，希特勒的权力始终都由你我分担，只把他当作崇高而无实力的国家最高象征。

罗姆　就是一个机器人？

施特拉塞　是的。如今，只要我们齐心协力，就能做到这一点。我搞政治，你搞军队，而希特勒享有名誉。这样，就无所不能了。你的友谊和忠诚，也能以完美的形式留在历史上了……为此，罗姆，结果还是为了希特勒，临时背负起叛乱的恶名，现在及早率领冲锋队行动起来吧。只是解除武装，万万不可啊！

罗姆　这回你又劝我叛乱吗？施特拉塞一个跑江湖的行商，口袋里不断飞出一些意想不到的玩意儿。（冷冷地）你听清楚，过去我从未背叛过阿道夫的命令，今后也绝不会背叛阿道夫的命令。要说理由嘛，第一，我是军人；第二，阿道夫对我发布命令之前，都会经我过目。这可以说是朋友的命令……你难道不认为这是一桩伟大的情分吗？……与其说这是服从，不如说是男人间的默契。

施特拉塞　（绝望地）无论如何你都不听我的话，是吗？不听我的话，你必将自取灭亡！

罗姆 够了，别再糊弄我了。我不想和肮脏的人握手，就是这样。

施特拉塞 不管发生什么事？

罗姆 不管发生什么事。

　　　〔二人沉默。

施特拉塞 知道了。既然你以为我在糊弄你，我也不想多说了。就这样吧，我们一旦分手，就是你死我也死。你可得想清楚了。你将被你的朋友希特勒杀掉，和我比起来，你多少要幸福一些。

罗姆 胡说，阿道夫会杀我吗？

施特拉塞 （旁白）多么愚蠢！

罗姆 隐藏在病态头脑里的观念，彻底毁掉世上美好的人际关系，这种例子很多。但是，希特勒绝不会杀死罗姆，历史将证明这一点，如果说这就是人类的历史……施特拉塞，你病了。

施特拉塞 你也病了，罗姆。

罗姆 在这个夏天里，我们互相都慢慢休养吧。

施特拉塞 已经没有闲暇休养了。

罗姆 学一学那位一只脚早已迈进棺材，还要勉强活着的兴登堡吧。

施特拉塞 （无力地欲离去，又改变了主意。突然充满激情地回来，抱住罗姆的膝头）罗姆，求求你了，救救我吧，只有你才能救我……救我也就等于救了你自己的命。这一瞬间人生不会再有第二次，求求你，切莫放过呀！只有你，只有你能做到啊！

罗姆　（冷冷地甩开）想死就去死吧。被杀不被杀，是你的自由。要是愿意，我可以当场杀死你。

施特拉塞　啊，对了，请吧。当场把我杀了，倒也干净利索。死于你的愚昧无知总比死于可怕的阴谋诡计要好一些。反正不久我们就会在黄泉路上相见的。拔出你的手枪，射击吧！

罗姆　很遗憾，我还没有接到命令。

施特拉塞　命令？

罗姆　阿道夫·希特勒的命令。

施特拉塞　他发出"杀死你自己"的命令时，看你如何执行，那才有意思呢。

罗姆　胡说！当心我先折断你的牙齿，让你不能说话。

施特拉塞　希特勒要杀你，比太阳从东边升起还要准确无疑。

罗姆　你还说？

施特拉塞　我一直弄不明白，为什么你对他如此一味地抱着愚昧的信赖？

罗姆 我要走了，没有时间再和一个精神病患者纠缠了。好吧，我就要去维斯消夏，在那湖畔的宾馆里，没有一个像你这样可怜的知识分子，有的只是那些性格开朗、喜欢热闹、有着神一般金发碧眼的暴徒。任何一个人都是像巴德尔[1]一样威风凛凛的英俊的战士。他们的假日就要开始了。我将忠实执行阿道夫的命令。

（欲从左首下）

施特拉塞 等等。再给你一个忠告，因为喜欢你，我才这么说的。你权当是过于为你着想的忠告听一听吧。（罗姆毫无所动地欲下）罗姆，为防万一，如果去维斯，只可带参谋长护卫队去。我不说这是坏事，可我是为你好啊！

罗姆 （走到左首，回头看看，冷笑）冲锋队的一兵一卒都是我的部下，调兵遣将怎能听你的指挥？

　　〔罗姆戴上军帽，穿着长筒靴的脚跟"咔嚓"一声合并到一起，故作恭敬地敬礼，向右转而下。

　　〔施特拉塞茫然跌落在椅子上。又重新跟跄地站起来，同样由左首下。

1　巴德尔（Baldr），北欧神话中的光明之神。奥丁和爱神弗丽嘉的儿子。威武英俊，最后遭火神洛基暗算而死。

[舞台片刻空白，传来鸽子的叫声。

[希特勒戴着白手套自右首上，焦急地踱步，苦恼，
走到阳台上沉思，似乎很难决断的样子。最后两手
用力将阳台的门关上，决心已定。径直来到舞台一
端，摆摆白手套，向观众席打招呼。

[从他那里可以想象，戈林将军自右首上，希姆莱[1]
护卫队长自左首上。

希特勒 （向右首）戈林将军。（向左首）希姆莱护卫队
长……我将要去旅行，关于那件事情，我会在旅行中
下达极密指令。一接到指令，就要极为秘密地迅速而
果断地执行！不能有一点犹豫、一点动摇，要做得彻
底、干净！好吧，现在就去积极准备吧。

[希特勒向双方点头，命令两人下。希特勒回到舞
台中央，背对着观众伫立。

—— 幕落 ——

---

1 海因里希·鲁伊特伯德·希姆莱（1900—1945），纳粹德国的一名重
要政治头目，历任纳粹党卫队队长、党卫队帝国长官、纳粹德国秘密警察
首脑。

第三幕

［一九三四年六月三十日夜半，即前一幕数日后。场景同前。玻璃吊灯灿烂辉煌。

［克虏伯像平时一样挂着拐杖，自左首出现，坐在椅子上等着。

［不久，希特勒一身戎装自右首出现。他脸色苍白，十分憔悴，目光迟滞。

克虏伯　啊，回来啦？昨天夜里旅行才回来吧？这么着急召见我，甚感吃惊。

希特勒　让你久等了，克虏伯先生。在这个时候请你来，真是过意不去啊。回来之后就遇上紧急事态，必须穿这种衣服约束身子。

克虏伯　你的脸色很不好，阿道夫。一点儿没睡吧？

希特勒　一个人睡不着觉很难过，所以半夜三更把你叫来。即使如此也很难让人原谅吧。

克虏伯　你这样信任我，很是感谢。也许是因为气候潮湿，我膝盖关节疼痛，夜里睡不着，也正想找人聊聊呢。

希特勒　这实在太好了。

〔二人沉默。

克虏伯　终于下手了?

希特勒　嗯，这是不得已的做法。

克虏伯　是两个人吗?

希特勒　嗯，是两个人。

克虏伯　此外，冲锋队的干部都被干掉了。从礼拜六到礼
拜天，住在刑场——里希特菲尔德中央军校附近的居
民，因为行刑不绝的枪声一夜都没有睡觉。据说有
四百多人，是真的吗?

希特勒　（神经质地扳指计算，几次失败又重来）是
的……三百八十人……到现在大体上就这么多。

克虏伯　这是摆下的一次盛宴，军官团想必十分高兴吧?
不过，怎样才能使得大众接受呢? 街上谣言四起啊。

希特勒　最近要在国会发表演说，被处刑的人数……（又
病态地神经质地数指头）先公布为七八十名左右吧。

克虏伯　罗姆的罪状和施特拉塞的罪状，也要在演说里说
明，以便使得听众信服。

希特勒　嗯，是的。罗姆的话，第一，他是个大贪污
犯……

克虏伯　关于这个，肯定也还有一大批人不服气吧。

希特勒　第二，在处理人事上有很大偏差……

克虏伯 这不仅是罗姆，这是人民社会主义党的传家宝。

希特勒 第三，他品行不端，这方面极其可恶，十分反常……

克虏伯 照罗姆的说法，独角仙只能养活在蜜糖水里。

希特勒 最不可饶恕的是，罗姆企图发动叛乱。揭露这一点，人民肯定都会赞成我的处置。

克虏伯 奇怪的是，好多人都是在死后被揭露出有叛乱计划，这种危险的事情，要是在他活着的时候就揪住尾巴该多好。

希特勒 （激昂慷慨、声音很大）你这话究竟是什么意思？

克虏伯 阿道夫，你生气了。一个上了年纪的人不管说些什么，你都不该这样大喊大叫。

希特勒 我老老实实听你说吧。不论多么难以忍受的话，听一听总比你离我而去要好一些。

克虏伯 流血了。在这样的夜晚，不必向美酒和女人寻求慰藉，只需一心沉浸在血的回忆中就能及早得到治愈。凭我长年的人生经验，这必定无疑。阿道夫，你累了。看来，你有必要补充一些流进耳朵的血液。趁着这血液还未渗入地板，和嵌木的颜色混为一体前……很幸运，我无意中获得了比你更多的正确的情报。你的权力越大，就会离正确的情报越远。

希特勒　你说话越来越肆无忌惮了。

克虏伯　施特拉塞在柏林，于礼拜六正午被逮捕，还来不及吃午饭就被带走了，在阿尔布雷希特王子大街上的监狱被处死，当然没有经过任何审判。没有情报提到施特拉塞遭绑架后是否吃过午饭，这只是我的一种切实感觉。空着肚子被杀，多么可怜啊！在这同样的时刻里，冯·施莱谢尔将军的别墅门铃被按响，将军走出大门，被当场打死，将军夫人也同时被杀。这可忙坏了你的护卫队了。向他们表示特别的敬意，去各处轮流做个别访问，组成了一个枪杀小队。毕竟客人的数量太多了。

希特勒　施特拉塞是怎么死的？你有赤色报纸那样的详细情报吗？

克虏伯　很遗憾，我没有。我只是想他是个老实人，他死得是否体面。他生来体弱，要是空着肚子，那就死得更像一棵干草了。他可是个有智慧的男人，像苏格拉底那样，给他喝毒药不是更好些吗？

希特勒　（激昂地）我要他碎尸万段！（站起身来作演说状）他是一个阴险的伪善者，装出一副工人阶级朋友的样子，勾结军官团的老家伙，企图颠覆我的政权。

他是一个犹太国际主义者，是新生的德意志狮子身上的蛀虫、卑劣的阴谋家。其本质，不过是一个终身信奉学生报社论思想的、半生不熟的知识分子。我经过进一步调查，也许会挖出他和莫斯科勾结的证据来。

克虏伯 那真是无法无天啊！他一直到死，都没有认识到革命已经完结这一现实。那么，罗姆呢？

希特勒 哦，听说那个人死的时候惊慌失措。不过，他始终没有说我一句坏话，只是一个劲儿叫喊："这是戈林的阴谋！"

克虏伯 完全是个健康的男子。他在维斯宾馆温暖的床铺上被叫起来，和海内斯等人一起带到慕尼黑。从前，他在十多年前的慕尼黑暴动之后蹲过牢，现在又在同一座施塔德尔海姆监狱被枪杀。对于他，只适合枪杀……他真的很惊慌吗？

希特勒 听说是的，真遗憾。

克虏伯 这也难怪，令他难以置信的事情到底发生了。

希特勒 你的意思似乎在说他是被冤枉的。（激昂地）罗姆他有罪！有罪！叛逆的证据很齐全。他在一切方面都有罪！克虏伯先生，你不能无视他的罪愆！不错，他对我有友情，他不知道这本身就是罪过。此外，我也寄望于他的友情，他不知道这更加重了他的罪过……他一直梦想着过去，把自己比作神话里的人物。他喜欢摆弄军队，胜过一日三餐；他喜欢盖着千疮百孔的军毯，睡在满天繁星之下。他身居高位，总是诱我入他梦乡。这，就是罪过！他骄傲自大，目空一切，以为只有他自己才是英雄好汉。这，就是罪过……他只知道向别人发号施令。他那即使被称作忠诚的感情，也总是多少含有命令的焦煳味。这，就是罪过！

克虏伯　是啊，今晚上在这柏林温湿的夏季的夜空下，一一数落他的罪状，没有比这更合乎时宜的追悼了。

希特勒　别看这个罗姆，他也说过一句深中肯綮的话，这是他的口头禅。他常说："恩斯特是军人，阿道夫是艺术家。"每次，我都很生气。不过，现在看来，这句多少带有几分怜悯的"艺术家"的称呼，具有他那单纯的头脑所无法想象的广阔意境。他只会做梦，没有想象力。因而他不会想到自己会被杀，对待别人也不会过于残酷。说起他的耳朵，只懂得军乐队的吹奏乐，而我最应该听瓦格纳。他没有抓住一种美，而这种美正是在地面上构筑美所必不可少的，也就是说，他没有努力感知自己所考虑的美的根据。有一次你曾问我："你是否感到自己本身是一股暴风？"这就是说要知道为何自己是暴风。就是要知道，自己为何如此愤怒？为何如此黑暗？为何如此含有风雨般的勇猛？为何如此伟大？光是这样还不够，还要知道，自己为何以破坏为能事？为何推倒朽木的同时，使小麦田变得丰饶？为何在犹太人霓虹灯中闪现的年轻人瘦削的面庞，能在电光里神一般地得到复苏？为何使得全体德国人充分地品味悲剧的感情？所有这些，都是我的命运。

克虏伯　这股暴风到来了吗？夜空阴阴沉沉，没有星星。（走向阳台）云朵死尸般地重叠在一起。夜气给我的膝盖带来毒害，这座房间里散发着令人窒息的血腥味。（从阳台上）阿道夫，屠杀还在继续吧？

希特勒　应该还在继续。

克虏伯　从这里听不到。里希特菲尔德中央军校在哪个方向？

希特勒　（站起，从阳台上指着左边方向）那里。（说罢，毫无兴致地回到原地）现在使用的尽是小家伙。

克虏伯　全都是我们公司制造的步枪。用这种全世界性能最好的步枪射击，被打死的人要快乐得多吧。还有，从步枪方面说，隔了很久又能尽情饱享活人的生命，就像长假里嫖娼的士兵，可以枕着橡木枪托尽情睡觉了。能睡的人值得羡慕啊！

希特勒 （独语）恩斯特是军人，阿道夫是艺术家，对
吗……可以改一下了：恩斯特曾经是军人，阿道夫即
将成为艺术家。

克虏伯 （从阳台上）说什么呢，阿道夫？

希特勒 不，没什么。

克虏伯 请再到这里来一次。

希特勒 罗姆终于死了，这回是你给我下命令吗？

克虏伯 （感到希特勒话里有话，不由一惊，拐杖掉在地
上）啊！

希特勒 （依然没有离开座位）怎么了？

克虏伯 你都看到了，拐杖掉在地上了。

希特勒 你是让我给你拾起来吗？

克虏伯 我本来不想叫你拾……（一副极不情愿的卑屈的
样子）我自己想拾，可是深深一弯腰，膝盖就会疼得
简直要跳起来。

希特勒 （没有离开座位）我这就过去。

　　〔克虏伯的手支撑在阳台入口处，站在那里等待。

希特勒 （团着背，阴郁地唱着）死要一起死，战要一起
战。拿起冲锋枪，共同上前线。红色罂粟花，盛开在
胸前。（低声地残忍而阴险地窃笑）

克虏伯 （悲鸣地）阿道夫！

希特勒 （觉醒般轻松地站起来）哎呀哎呀，太失礼了。
（从地上拾起拐杖，故意恭敬地捧着）很痛吗？克虏
伯先生。

克虏伯 不，谢谢，谢谢。已经好了。

希特勒 （亲切地挽扶着对方的臂膀）可得小心啊！……
刚才，你是在叫我吗？我正在考虑问题呢。有什么
事吗？

克虏伯 那个……那个，哎呀，是什么呢？

希特勒 回头再想想吧。啊，这里对身体不好，快回屋里
去吧。

克虏伯 （将要回屋）哦，想起来了，阿道夫。到阳台上
来，站在这里听一听。

希特勒 听什么？

克虏伯 枪声。

希特勒 这里听得清楚吗……

克虏伯 （热烈地）是吧？你也想听听是吧？这是执行你
命令的枪杀，应该送到你的耳朵里。希望你能平心静
气，仔细听一听来自中央军校无情的高墙里传来的大
屠杀的枪声。

希特勒 你这样硬是叫我过去，可是，第一，我不知何时

会遭遇伏击，所以深夜里不喜欢到那样的地方去……（勉强地走向阳台）能听到的只是遥远的有轨电车车轮的响声，汽车断断续续的喇叭声，还有在没有一颗星星的天空下，菩提树大街布满了街树浓重的影子。

克虏伯　不会听不到的，这是执行你命令的枪声。

希特勒　克虏伯先生，你说得也有道理。震动着这血腥夜晚的发电机的声音，不会不传到我的耳朵里。

克虏伯　是的，阿道夫。听听这声音，沉溺于这声音之中，鼓舞着血的想象，由此而苏醒，由此而得到治愈吧。此外，没有别的办法回到自我了。只有这个，才是治疗你失眠症的良药啊！

希特勒　（眼睛一亮）可不是吗，克虏伯先生。这么说，我似乎微微听到了。一齐射击！……不过，还有一两声枪响晚了。因为时间仓促，不得不临时组织一些技术不熟练的枪杀小队。

克虏伯　听到了吗？阿道夫，那枪声穿透了冲锋队下级军官军服下的胸膛。

希特勒　当然听到了。太浪费了。可以并排开枪嘛，为何一个一个地那么仔细？当然听到了……又是一齐射击……准备射击！开枪！……开枪！开枪！现在看清楚了。蒙着眼睛的脸孔迅速仰过去，弓下腰……口里喷出的鲜血，染红了男人们仰起来的下巴颏儿。接着，仿佛是被一枪击中的鸟儿一般，脑袋耷拉在胸前，死了……请看，那些家伙都穿着冲锋队的制服。也就是说，他们违背了我禁止穿制服的命令，企图叛乱。光凭这一点，这个罪名就能成立。罗姆精心装备起来的四百多套制服，前胸都绽开了鲜红的洞穴，一个个像人头靶子跌落进脚下的土坑……开枪！开枪！开枪！那些只要看到罗姆就雄赳赳、气昂昂，行走如疾风的年轻无赖汉，他们全凭一身肌肉的青春到此结束了……一下子全完啦！他们的军事游戏，口头上的侠肝义胆，每逢升旗日旁若无人的游行，小吃店里的放声高歌，陈旧的散兵游勇般的装扮，乡愁，感伤的战友之爱，都没有了。这下子都完蛋啦！他们梦想的革命也完啦！……护卫队的枪弹粉碎了他们天真的革命理想，使他们装饰着金丝带的胸膛变得千疮百孔……到此，任何革命游戏全都见鬼去吧！

克虏伯　任何革命游戏……不会再有人梦想革命了。革命的根彻底斩断了。现在，军官团一致支持你。只有你才堂而皇之地能获得总统的资格。不这样不行。

希特勒　（伴随克虏伯回到室内，劝克虏伯坐在椅子上）那枪声，克虏伯先生，那是德国人杀死德国人最后的枪声……这样一来，万事齐备了。

克虏伯 （在椅子上慢慢坐下来）是啊。如今，我们可以放心地把一切都托付给你了。阿道夫，干得好！你砍掉了左臂，又转身砍掉了右臂。

希特勒 （走到舞台中央）是的，政治就是要走中间道路。

—— 幕落 ——
——一九六八年十月十三日

自作解题

作品的背景

经常有人问道，今天再写希特勒还有什么意义。说真的，要认真写一写希特勒，一本两本小说都容纳不了。希特勒的问题，一头连接着二十世纪文明的本质，一头连接着人性黑暗的深渊。

我在这出三幕戏剧里想写的是一九三四年发生的罗姆事件[1]，比起希特勒，我对罗姆事件更感兴趣。作为政治法则，为了确立全体主义体制，有时必须临时使用"中间路线政治"的幻影蒙混一下国民的眼睛。为此，一九三四年夏天对于希特勒来说，他必须极力割舍极右和极左。不如此，"中间路线政治"的幻影就没有说服力。

这种法则不论东方西方，一概如此。在日本，从镇压左

---

1 罗姆事件又称长刀之夜，发生于德国 1934 年 6 月 30 日至 7 月 2 日的血洗冲锋队行动。阿道夫·希特勒因无法控制冲锋队的街头暴力并视之为对权力的威胁，故欲除去冲锋队及其领导者恩斯特·罗姆，因此纳粹政权进行了一系列的政治处决。

翼到二·二六[1]事件结案，几乎花了十年时间，这充分反映了缺乏计划性的国情。这种事情，希特勒一个晚上就完成了。这里有希特勒货真价实的可怕的理智，有他的政治天才。据猪木正道先生说，斯大林对罗姆事件感受极深，将此作为肃清自己周围人的榜样。

《长刀之夜》只写一夜之间的事。较之历史，我把罗姆大尉处理成比他本人更加愚直、更加纯粹的永久革命论者。阅读这个悲剧，可以推及西乡隆盛和大久保利通的关系[2]。

写《萨德侯爵夫人》时，我就产生了再写一部与之相对的作品的念头。《萨德伯爵夫人》一剧上场人物全是女人，以法国洛可可一副十足的道具、十八世纪的怪物萨德为中心；《长刀之夜》上场人物全是男人，以德国洛可可一副十足的道具、二十世纪的怪物希特勒为中心。两作很相似，分别以法兰西革命和纳粹革命为背景。既然相似，更要起到相互映衬的作用。

1　1936 年 2 月 26 日，日本陆军的"皇道派"青年将校提出打倒政府及军方高级成员中的"统制派"，以此改革国家。他们率领军队袭击首相官邸，杀死政要多人。翌日日本实行戒严令，29 日"皇道派"的政变受不流血镇压而平息。

2　西乡和大久保都是日本幕末萨摩藩藩武士，维新政治家，共同发动倒幕运动，成为新政府的领袖。在"征韩论"中，西乡和大久保反目，西乡下野，回家乡鹿儿岛发动反政府的"西南战争"，兵败自刃而死。大久保亦为岛田一郎所杀。

拉辛的《布里塔尼居斯》，一部以血洗血的政治剧，运用优雅的 alexandrine[1] 表现出来，这也是我的戏剧理想，所以在《长刀之夜》中，四个男人嘴里说的都是诗一般的语言。但因为只有男人，不能做到十八世纪贵妇人那样的优雅，这是不得已的事。抱歉之余，只好用男性的美取代这种优雅，不过这已经属于演员的范畴了。

比起戏剧细琐的舞台装置，我越来越喜爱能乐单纯简素的结构。我写作时有意避开所谓舞台技巧，我认为只要写出一种紧迫感来就是成功。不过这一点做得如何，作者本人并不清楚。

（《东京新闻》·昭和四十三年十二月二十七日）

《长刀之夜》备忘录

我写《萨德侯爵夫人》的时候，就打算再写一出与此相对的戏。我之所以这样做，只是出于喜爱四六骈俪体对称的兴趣，没有什么深奥的道理。过去在短篇小说领域里，我写过两种 narcissist[2] 的故事：《名媛》和《显贵》。《萨德侯爵夫人》的装置是法国洛可可标准的大道具形式，《长刀之夜》

---

1 西方诗的一种韵律，即每行诗有十二音节。古代英国戏剧和巴洛克时代的德国文学以及近现代法国诗歌多运用此种形式。
2 "自恋者""自我陶醉者"之意。

则是德国洛可可同样标准的大道具形式。两作均为三幕，上场人物，前者六个都是女人，后者四个都是男人。中心人物萨德和希特勒，分别是代表十八世纪和二十世纪的怪物。

《长刀之夜》，是我在读艾伦·布洛克[1]《阿道夫·希特勒》一书的过程中，对一九三四年罗姆事件甚感兴趣，便以此书为材料而创作的戏剧。在肃清工作之前，希特勒分别会见了罗姆和施特拉塞，但戏中写到他们在总理官邸见面，并大声谈论颠覆政权的事，历史上是没有的。虽说没有，但我总觉得在当时他们二人有过密会。还有，为了强调希特勒和罗姆的友谊，我虚构了"阿道斯特鼠"的故事。然而，在肃清之后，希特勒患失眠症、身心劳瘁似乎是事实，说明当时的希特勒心中仍然活着一个"人性未泯"的希特勒。

一般看来，为了确立国家总动员体制，必须斩断极左和极右，这似乎是政治的铁则。而且临时装作中道政治以安民心，一气将他们送上传送带。自镇压左翼到昭和十一年的二·二六事件的审判，诸事漫无计划、一切听其自然的日本，斩断极左极右几乎花费了十年。这件事希特勒一夜就完成了。且不论是非善恶，总之证明了希特勒的政治天才。

---

1 艾伦·布洛克（1914—2004），英国历史学家。曾任牛津大学校长。其人物传记《阿道夫·希特勒》，是史学界研究希特勒的权威之作，受到极高评价。

罗姆使我最为感情投入，我用日本的心情主义涂抹他的性格。从罗姆身上，我感到具有感伤性的德国人和日本人有着某种共同点。艾伦·布洛克对罗姆直到死都不怀疑希特勒这种善人的品行很不理解。

施特拉塞实际是个善于饮酒的豪爽的男子汉，为了和罗姆对照，又考虑现代日本观众很少有人知道他，我便决定改变他的性格。

克虏伯以手里的拐杖象征埃森重工业地带的垄断资本家，因此到第三幕拐杖落地也含有一种象征意味。第一幕很明显，克虏伯是木偶师，希特勒是木偶。第三幕则相反，希特勒是木偶师，克虏伯是木偶。而且直到闭幕，克虏伯对这种转化始终浑然不觉。

我在写作现代戏时，想运用 alexandrine 的风格表现这类政治悲剧。光有男人没有色感，四个男人分别于重要场面朗诵着长长的咏叹调。且不管这长长的道白究竟意味着什么，作者期待各位演员能在这些地方使观众感到沉醉。

很多人问我："你很喜欢希特勒吗？"因为写了希特勒就喜欢希特勒，没有这样的道理。老实说，我虽然对希特勒这个人物抱有一种恐怖的兴趣，但若要问到底是喜欢还是厌恶，我只能回答厌恶。希特勒是政治天才，但不是英雄，因为他根本缺少作为英雄所必备的爽快和明朗。希特勒像二十世纪本身一样黑暗。

（剧团浪漫剧场演出说明书·昭和四十四年一月）

一对作品——《萨德侯爵夫人》和《长刀之夜》

日本人爱讲一种怪话："某某是个不会写男人的作家"或者"某某是个不会写女人的作家"。事实上，前一种作家作品里的男人近似木偶（不便举例），后一种作家作品里每出现女人，读者就感到厌烦（此亦不便举例）。一向不服输的我于是下了决心："好吧，我就是要做个男女都能写的作家，而且都要达到百分之百以上。"极端女性化的作品可以只用女人入戏，极端男性化的作品可以专叫男人登场。嘴上说得简单，作为写戏的方法这是最难的一种。然而，这种困难却使我迷醉。

于是，首先写了《萨德侯爵夫人》（1965），见其成功后又写了《长刀之夜》（1968），同样受到了社会的热烈欢迎。原本对于后者的成功与否，尤其担心。上场人物只有男人，就很难抓住女性观众，这在演出界是一大危惧，但还是运用奇策通过了这一关。于是竖立了一对理想的男女雕像来。作为雕刻家，感到无上的喜悦。

然而，目光炯锐的观众，一定能洞察出堪称女性极致的《萨德侯爵夫人》深处，隐含着戏剧逻辑中的男性的严谨；

也一定能看穿堪称男性精髓的《长刀之夜》背后，潜藏着甘甜的情念。看来，戏剧依然只能遵照阴阳之理、男女两性的原理进行运作。

《萨德侯爵夫人》中女人的优雅、倦怠、性的现实性以及贞节，《长刀之夜》里男性的刚毅、热情、性的观念性以及友情，两两互相照应。而且都被无意识推向巴塔耶[1]所说的"Eros[2]的不可能性"，无意识的挣扎，面对挫折和败北。当他们不能再稍微向前跨进一步，触及人类最深的奥秘和至上的神殿的大门时，萨德侯爵夫人自动拒绝悲剧，罗姆埋没于悲剧之死里。这就是人类的宿命。

我考虑戏剧的本质就在这里。

（剧团浪漫剧场演出说明书·昭和四十四年五月）

（本作据日本新潮社·新潮文库 2007 年 7 月第 32 版翻译）

1　乔治·巴塔耶（1897—1962），法国剧作家、思想家，社会学家。从事超现代思想研究，著有《天空之蓝》《被诅咒的部分》《色情》等。
2　希腊神话中的爱神。爱、恋爱、性爱之意。

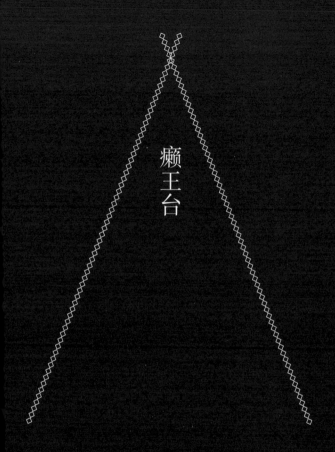

癩王台

らいおうのテラス

—时间—

公元十二世纪末

—地点—

第一幕第一场　吴哥窟（Angkor）附近的森林广场
第二场　吴哥窟王宫宴会场
第二幕第一场　巴戎寺院建筑场地
第二场　王宫第一王妃寝宫
第三场　塔内蛇神神殿场
第三幕第一场　远望巴戎寺的台地广场
第二场　巴戎大寺院广场

—人物—

国王阇耶跋摩七世
王太后　乔妲玛尼
第一王妃　英迪拉黛维
第二王妃　拉婕迪亚拉黛维
宰相　司鹿亚巴塔
石匠后改称青年栋梁¹　凯法
村姑　克姐穆
中国高官刘万福及夫人
古卜师克拉拉庞基
老栋梁¹　康萨
浮雕师　庞达
画工　纳拉伊
瓦匠　帕隆
金箔师　萨维
祈祷师　塔亚克
禀报士兵
村民 ABCD
儿童 ABC
麻风病乞丐
洗礼师
赶象黑人少年
狱宰
囚犯
士兵若干

1　栋梁，头领、工头之意。

众侍女
担当内务的奴隶们
乐队

宫廷舞舞女
乡村婚礼舞女

原作编者小引——

死是月亮和银子，生是太阳和金子。

古代柬埔寨青年英雄王子，从黑暗之渊中苏醒，化身为永恒不朽之肉体。

展示三岛由纪夫独特之美意识于舞台之绚烂浪漫之剧作。

第一幕

第一场

〔柬埔寨吴哥窟附近。此地可以望见森林对面的"巡礼大道"。森林中，棕榈、糖椰子、可可椰子、槟榔树、野香蕉、芒果等，生长旺盛。上首为沼泽。

〔幕启。儿童 A 独自面对沼泽蹲踞，儿童 B 跨坐在树杈上，儿童 C 用瓶子收取靠近下首的糖椰子树汁。

〔密林鸟鸣嘤嘤。——午后。

儿童C （对B）喂，还没看见吗？

儿童B （边吃香蕉）没有啊。或许路上出事了吧。

儿童A 喊——

　　　　〔片刻。

儿童C （对B）还没看到吗？

儿童B 还没有，看到的只有积乱云。

儿童C 迟到啦。

儿童A 喊——

　　　　〔C手持瓶子走向上首，眼睛盯着A，A一抬头，
　　　　C随即就得意地舔了口瓶里的树汁。

儿童A 也给我尝尝。

儿童C 不行，不是说好了吗？一只翠鸟换一瓶糖椰子
　　　　树汁。

儿童A 喊——有啊，我用母囮子[1]诱来一只，在笼子里
　　　　哪。（说着，指了指芦苇阴里的鸟笼子）

儿童C 可不是嘛，引来一只雄鸟。

儿童A （扬了扬手里的网子）看！

　　　　〔另一只手抓住雄翠鸟。

1　囮（é）子，捕鸟时用来引诱同类的鸟。

儿童A （伸出翠鸟）怎么样？这种鸟的羽毛卖给中国商人，可以赚大钱啊。

儿童C （伸出瓶子）这个卖给红糖店老板叔叔，也能赚大钱。（说着，有些舍不得地再次尝了一口，方才交出）

儿童A （扬脸瞧瞧B）你还行吧？还没来吗？

儿童C （对B）还没看到吧？

儿童B 哎呀，什么也没看到。

儿童A 我得赶快把这个放到家里去。

儿童C 对，我也要放回家里。

〔A拿着盛囵子的鸟笼子、网子以及树汁瓶子；C珍爱地捧着翠鸟，走入下首花道。

〔同时，青年石匠凯法，划着独木舟自上首花道上场。村姑克妞穆同船。

石匠 （停船，对着树上的B）喂，看到什么了吗？

儿童B 还没有。看到的只有积乱云。

石匠 来得及。在这儿等着吧。

〔拉着姑娘的手扶她下船。

姑娘 听说见到国王的身姿，眼睛就会瞎掉，是真的吗？

石匠 这些都是老年人说的，克妞穆。国王不分贵贱施行慈悲，手到病除。

姑娘 您见过国王吗？

石匠 没有。前些时候，很早以前就当兵作战，直到今日胜利归来。俺这个人，离不开这块土地。

姑娘 国王年轻英俊，意志坚强。前来晋见国王的男子，世界上没有一个不感到自惭形秽吧。

石匠 （反感地）也不是没有。

姑娘 您呀，自当别论，凯法。柬埔寨姑娘没有选中神仙，最后还是选定了您。

石匠 （不好意思）这些不必再说了，总之，俺非常尊敬未见过面的国王。俺虽然与他同岁，但俺是石匠，修理和改建被蛮族破坏的宫殿，平平凡凡地度过了青春的时光。而他却远征外地，追击曾经蹂躏我们国家的可恶的占族，扫荡他们罪恶的老巢，征服了他们霸气十足的占城王国。而且，相传他情感深沉，信仰坚定，崇拜观世音菩萨，或许他自己就是观世音菩萨……

姑娘 听奶奶说，观世音菩萨一个毛孔能生出几千个天上歌女，还有一个毛孔能生下数百万善人。那该是多大的毛孔啊！每个毛孔肯定就像一座座隧道一般宽广。不过，我还是喜欢像您这样细小的看都看不见的毛孔。

石匠 （看看下首）喊，栋梁他们来了。挺讨厌的一帮子，你还是找个地方躲一躲吧。对啦，（望树上，对 B）喂，小弟，把这位小姐姐藏在那一丛绿叶之中。

儿童B 好的，来！

　　[说着，向下伸出手来。石匠将姑娘推向树顶，随之恢复一副寻常表情。

　　[以年迈的栋梁为先头，身后跟着同样年迈的祈祷师和身体健壮的工匠们，浮雕师、画工、瓦匠、金箔师等，从下首鱼贯而上。

栋梁 啊，不久，凯旋之师就要到来，我们在这里迎接最好。对方看不见我们卑贱的身躯，我们倒可以观看通过"巡礼大道"的队伍，隔着绿叶向他们顶礼膜拜。（发现石匠）哎，凯法，你在这里呀？

石匠 等着你们到来哪，栋梁。

栋梁 又在调戏那位小姑娘了吧？到这儿，给弟兄们喝杯喜酒吧。把那儿的香蕉摘来，当作下酒菜。为了朝拜凯旋之师，总得喝上一杯。（石匠摘下香蕉，在周围转了一圈）……在哪里摆酒席呢？

　　[祈祷师从怀里掏出写有十二地支的白布，在每枚香蕉叶上标上序号，排列起来占卜。变动二、三场所，众人每次都随着一起转悠。最后选定舞台中央。

祈祷师 就在这儿。这里可以躲避树精和水怪的祸害。

［众就地围坐一圈。

浮雕师　谢谢啦，栋梁。等到国王获得巨额赔偿金，押解
　　　着俘虏胜利而归，已不再需要修理和改建等细琐之
　　　事；而是我等大显身手之时，一桩桩重大项目定是接
　　　踵而至。大象、猴子、舞女……不亚于吴哥窟的精雕
　　　细刻将出自我等之手……

画工　我要描绘一幅幅画稿，精心制作各种色彩。而这些
　　　颜色，在强烈的阳光下，比鹦鹉羽毛更加华美，比孔
　　　雀翎尾更加绚丽……

瓦匠　但是，为了防备雨季里每天的大雨，要有房盖。这
　　　种房盖有的犹如舞女仰身时的腰背，有的好似舞女高
　　　高隆起的胸脯。这种砖瓦要靠我来烧制……

金箔师　不过，建成的房屋自不必说，就连那些圆塔，那
　　　些廊柱，不，还有那些露天的佛像，为了远远望去，
　　　显得庄严稳定，为了使其在森林的绿色中更加引人注
　　　目，必须要由我为之贴上金箔……

浮雕师　哎，你年轻。而且你……

石匠　（踌躇片刻）我呀……我要打造高贵、美丽的石像，
　　　使得千年之后的人们，为之观赏、跪拜和流泪。

浮雕师　就凭你？

　　　［众皆耻笑。

栋梁 好啦好啦，要想吹牛，尽可以吹下去。可是，别忘
了，我们只是一名平凡的工匠，各善其事，各事其
主。为此，往往使得眼睛变成全盲。至于国王一类
人，都是一些满脑子充满疯狂想象的人物。他们出格
的恶行和超然的善举，犹如湄公河的洪水冲决"国
王"的堤堰，既能淹死民众，又能为田地施肥。我等
即便模仿，也只不过是一条小溪，立即就会干涸。我
们自身不可与神仙类比。我们既不可焦急地手指燃烧
的蓝天，也不可憧憬俗世绝不存在的美神。那些都不
是我们所要做的事。要牢牢记住，尽可能使黄金入
怀，不必对工作过于执着。繁重的劳动还要靠那些众
多的奴隶和俘虏完成。

石匠 可是……

栋梁 "可是"什么呀？淌鼻涕的小孩子，还是沉默为
好，不许再说什么"可是"。赶快用"可是"擤擤鼻涕
扔掉！

〔众笑。

姑娘 看到啦！（在树上站起来）

儿童B 看到啦！

姑娘 到底看到啦。尘沙飞扬。

〔众站起身来。石匠蓦地对树上的姑娘。

石匠 当心，掉下来怎么办？

姑娘 放心吧，我紧紧拽住树枝了。

栋梁 果然，你这小子，还想要弄我！

　　[说着，一把抓住石匠，众正欲制止，此时被树上清朗的嗓音所吸引，随即罢手。

姑娘 请看呀，巡礼大道遥远的尽头，虽然被绿色森林和云雾遮住视线，但黄烟滚滚，似龙卷升天，那就是尘埃啊。那可是队伍通过扬起的尘土，是兵士凯旋的征象！晴空万里之下，黄烟白尘，稍稍向这边走来……看起来，周围宛若芝麻粒一般……那是什么呀？那像是飞鸟……是秃老鹰吧？但又没有秃老鹰那么庞大。莫非是一群乌鸦，受到队伍惊吓，正向这边奔逃而来？……开始，似电光雷火，倏忽一闪；接着，云雾般的尘埃中，经太阳一照，明光闪耀，看起来像针座，那是长矛，是长矛啊！……还有看似烛火红焰般的东西，那是旗帜，肯定是旗帜！

　　[此时，以儿童 A、B 为首，男女村人 A、B、C、D、E 自下首花道跑上。

儿童A 不快点儿走，就来不及啦。

儿童C 快，快！

村人A 等着你们哪，还那么不慌不忙的。

〔众走向主舞台。

儿童A　（对树上B）已经来了吗？看见了没有？

儿童B　要说来还没有来；要说看见还没有看见。

儿童C　走吧！

　　　〔儿童A、C兴高采烈地挤进正面面向自己这边而
　　　坐的工匠们中。

村人A　瞧，孩子们总是那样兴奋。很早就到这里等着，
　　　实在够累的啊。（落座）

村人B　我们祝贺国王的凯旋，但国王的队伍不该回到一
　　　时间乌七八糟的国内来呀。

村人C　你是说宰相吗？

村人B　不光是他。

村人D　是王太后吗？

村人B　也不光是。

村人E　是说两位王妃吧？

村人B　不光是。

村人A　哎呀，国王一无所知，他那样年轻，那样靓丽，
　　　那样健壮，将这个世界一切幸福全都包揽在自己
　　　身上。

　　　〔此时，鸦声聒噪，掠过头顶。

村人C　哎呀，乌鸦！

癫王台

[众村人、工匠一起仰望空中。此时，下首出现
　跟跄的身影，一位麻风病乞丐上场。众一起看着
　他，不由一惊。乞丐行乞，众拒绝。乞丐自下首花
　道下。

栋梁　那是什么？

浮雕师　麻风病乞丐。

画工　最近在村里时常看到他。

金箔师　他从哪儿来的？

瓦匠　桑原。桑原。

姑娘　听到了吗？听到了吗？乐队最初的鸣奏。

石匠　（侧耳倾听）是的，这是螺号，这是大鼓，这是
　铙钹。

[众一起回望远方，热心等待。

姑娘　终于看到啦，好多金色的黄罗伞、红罗伞……多么
　漂亮啊！金色铠甲队伍第一排，走在国王大象之前，
　黄金盾牌。金色的巨型穿山甲似乎走过来了……听到
　了脚步声。若要说象蹄踏地，响声如雷，那么军队的
　足音似暴雨阵阵，护胸铠甲像电光一闪。士兵们怀念
　故乡，森林田园，左瞧右看，每次转身，胸前甲胄，
　都要随着闪耀。而且，国王……

[音乐渐入高潮，听不见姑娘声音。她同儿童 B 一

324

325

起走向石匠身旁。

[乐队、金光耀眼的荷枪士兵的队列，秩序井然，自上首通过下首。黄金包裹象牙的白象背上，白底镀金的黄罗伞下，安设宝座，上面铺着狮子皮。年轻的国王，身着金色戎装，威风凛凛而立。驭者黑人少年，身着金色衣服，走在象首一边。

[众见之伏地而拜，唯有石匠一人独立。

石匠 国王万岁！国王万岁！

[石匠高呼。大象停步。国王抓起一把金币，朝这边投来。众疯抢，并将拾得的金币高举在手里。

众 国王万岁！国王万岁！

[众高呼。大象再度迈步之际，先高高扬起鼻子。

第二场

[皇宫大厅，摆放着若干黄金椅子。中央王座空席。左右第一王妃、第二王妃分别坐在上首与下首。上首王太后沙发亦空。美酒佳肴、四时水果，摆满几案。奴隶侍立，乐队整然以待。舞女分列于左右。第一王妃和第二王妃不直接对话。侍女 A 立于第一王妃下首，侍女 B 立于第二王妃上首，以便于传话。配有猿、鹿、幼虎等。舞台后方，可以窥见

柬埔寨夜空与森林。皓月当空。

第一王妃 国王一旦莅临，请乐队立即奏乐。开头必须奏出优美的韵律，预先应该做好准备。凯旋的贺筵上若音乐走调，是要当场斩首的啊！……舞女要等待王太后驾临。太后喜欢亲自拍手，暗示舞蹈开始。宰相呢？

〔众未答。

第一王妃 宰相在哪里呀？

〔众皆默然。第一王妃问第二王妃。

第一王妃 宰相呢？

〔侍女 A 对 B，B 再向第二王妃低语。

第二王妃 宰相陪伴国王在蛇神塔入口等待。战争打断了这一传统，从今天起，要重新恢复这个老习惯。

〔侍女 B 对 A，A 再向第一王妃低语。

第一王妃 好奇怪呀，在这座宫廷里，比第一王妃更重要的是妃子中的妃子，那位嫉妒心很深的蛇神。你们见过那位蛇神吗？

〔侍女 A 对 B，B 再对第二王妃低语。

第二王妃 没有，没见过。女人要是见了，眼睛会瞎的……这么说，那位蛇神纳加姑娘现在还很美丽，对吗？很早很早以前，印度王子维查耶纳伽尔（拉丁语：Vijayanagara）渡海来到柬埔寨，正在海滨散步时，被出现于月汐中美丽的少女所吸引，知道她就是蛇神纳加姑娘，遂与之结婚。当时，我们高棉族乃为"月之王朝"，具有每晚升空的月亮静谧、庄严、清澄、慈悲而又忧郁的高贵气质，繁荣昌盛。纵然国王被掠走，蛇神姑娘依旧有恩于我们，尽管她永远占据王妃中王妃的位置。

第一王妃 （无视第二王妃）有恩？什么恩？她曾声言，若是国王一个晚上不去那座蛇塔，一夜不和她见面，国家就会遭受灾祸。然而，国王在外久战未归，这期间不是什么事也没有吗？

　　〔侍女A对B，B向第二王妃低语。

第二王妃 就连攻入这座都城的蛮族，也不敢靠近那座塔顶上的房屋，只有国王才能进入。没有人知道，黑暗中国王如何与她结契。对于这一秘密，国王也缄口不语。不过，国王一心为民，为国祈求稻谷丰穰。今日，又不辞辛劳，挥师凯旋。他这样做首先是想要走进纳加宫殿，完成作为一个丈夫的心愿。

第一王妃 （权高位重地）国王在外长期征战，这段时间，不是什么事也没有发生吗？

　　〔侍女A对B，B向第二王妃低语。

第二王妃 纳加尽管是女人，男人戎马倥偬，她也只得忍耐。不过，今晚上……

第一王妃 不过，今晚上……她将全身心投入期盼已久的夫妻情缘。她将闪耀着火焰般纤细的芯子，胡乱舔舐，鳞片濡染着喜悦和羞耻的红艳，二人始终难舍难分。国王之所以迟迟未来，正是这个原因。当国王难得一次来到我们的寝床之际……

〔第一王妃和第二王妃相互交换眼色。

第一王妃/第二王妃 已经疲惫不堪了吧。

〔音乐声起。第一王妃、第二王妃站立。国王在宰相与随从们的陪伴下，自下首花道登场，停止于花道黄金分割之处。

国王 啊，豪华的晚宴已经准备好啦。等一等，等一等。我也是长年累月，一直梦想着今晚上的祝贺宴会。你说是吗，宰相？

宰相 是，是的。

国王 （手指天空）作为我们王朝象征的月亮，也是光辉的圆月，不是吗？我们大家要喝他个一醉方休，直到那轮明月沉入山后。

宰相 遵旨。

〔国王登上舞台中心，在国王席上就座。

国王 喂——英德拉黛维，拉婕迪拉黛维啊，你们也都像往昔一样美丽！不，看惯了蛮族之后，再见到你们，简直恍如天人！我在战场看到的明月，那就是你们的容颜。

第一王妃 陛下是说月亮有两个？

国王 是的，第一月亮和第二月亮，华美之月和清澄之月。

宰相 陛下，两位王妃殿下都等着听陛下讲述英勇作战的故事呢。

国王 英勇作战的故事吗？啊，我们经历过各种各样的战役，饱受了各种各样的危难，一个夜晚都诉说不完。我们平安归来，犹如一场梦幻，这也全靠观音菩萨的保佑，同时，也不会忘记你们的日夜祈愿。托观音菩萨之福，柬埔寨才能荡灭敌寇，成为一个和平富庶的繁荣之邦。是啊，作战的故事吗……好吧，那就说说我们的大象部队，攻城野战、一举踏平鹿砦的功勋吧。敌人看准我们没有船舶优势，在背倚屏风般悬崖的海边，建筑一道坚固的鹿砦，我们的大象部队虽然抵达鹿砦跟前，但一时抓不住进攻的机会。朕发出侦察命令，测量大海深度，一旦早晨海水退潮，浅滩即将出现时，五十头大象突然排列于海岸，从正面袭击鹿砦。勇敢的大象，陆续在沙滩上留下深深足印，直对鹿砦一组组木桩奔袭而去。大象竟相用头颅撞击、推压木桩；敌军用长枪、弓弩应战。其中有的勇士登上伸得长长的象鼻子第一个突入敌阵。前进！推压！朕也冒着暴雨似的箭矢，（叩击佩刀）挥舞火王之剑，猛砍猛杀。一看，砦门崩塌，朕驱使自己的白象深入敌阵，斩杀那些自高高的鹿砦上跳到象背上的敌兵。陆续派出长枪队攻击敌方要害。最后，火烧敌军行辕。朕退避海岸，远眺整个鹿砦烈火熊熊，遍及每个角落。朕的座象的耳朵，在火焰的照耀之下，不，在烈火映入海水的反射之中，变成两朵硕大的闪烁不定的红兰花！

第一王妃 那是多么勇敢啊！

第二王妃 并且善于保护自身，毫发无损！

国王 一次难得的征战故事，母亲大人没有来听，母亲大人怎么啦？

王太后的声音 （自上首花道幕帘后传来）国王，眼下正在路上。

　　〔音乐开始。宰相急忙走到上首花道入口跪倒在地。王太后在随从陪伴下登场。占卜师跟随其后，站立于花道黄金分割之处。

王太后 祝贺胜利归来，陛下豪情满怀，精神抖擞，为国为民，扫荡顽敌，功勋卓著，请随意举杯畅饮吧，不必顾念着我。我想先站立于远处看看儿子奇迹般的身影，确确实实打心眼里感受着自己的喜悦，然后再慢慢走近您的身边，用手摸摸您。宰相，请看！坐在那里金光耀眼的人就是我的儿子，柬埔寨之神，吴哥窟之月——阇耶跋摩国王[1]。一场战争促使他变得凛凛然刚毅、勇敢，周身散发着青春绝顶般的浓郁的芳香。眼睛、眉毛，美如鲜花盛开。保有一位坚强而英俊的国王，不仅是作为母亲我的个人的自豪，同时也是国家的骄傲。您说对吗，宰相？

宰相 （似有嫉妒感）所言极是，太后陛下。

王太后 （继续走向舞台）请原谅，因耻于出现在英武的儿子的面前，从一大早起，就多次沐浴，整理发型，在化妆上花了好长时间，所以来迟了。

　　〔说着，挽起国王的手。

国王 母亲大人比从前更加年轻美丽，作为和平而富饶之国的象征，朕要呼吁民众一致赞美母亲大人，使之成

---

1 癞王台于十三世纪由阇耶跋摩七世（Jayavarman VII）建造，Jaya 是代表"胜利"的字首，Varman 是代表"保卫、守护"的字尾，Jayavarman 就是"被胜利守护"之意。

为这个永不衰亡之国的吉祥物!

[挽起太后，引其就座于上首座席。

王太后 谢谢。国王仍然保有一成不变之热诚。先王经常说，战争使男人之心更温柔。请吧，请回到座席上吧。为祝贺国王凯旋，哀家应该献上心爱之物。(宰相侍立于太后身旁)……来吧，听到哀家在拍手，舞女们满心喜悦，宛如看不见跳舞的鸟儿，一直念念不忘，此时突然展翅飞翔。

[拍手。

[舞女们跳起罗摩衍那[1]舞。跳完即退场。

国王 美艳的舞蹈，清雅的音乐，对于战场归来的人来说，就是母亲大人费尽心机，及时赠给我们的最好礼物。而且，这玉液琼浆，山珍海错，朕的嫔妃等为主的故里乡人，娇妻美妾，高悬天边的皓月，还有打吴哥窟原野穿过的凉风……所有这些让战场的我们多少次想起? 如今都出现在大家眼前!

第一王妃 还有，国王目之所见，手之所触，犹如被百花引诱的蜜蜂，争先恐后飞向花丛。受到国王的恩宠，

---

1 古代史诗传说故事，一种是古印度史诗，用梵语作成；凡十八卷，另一种是古代巴厘岛史诗。

心中激动难平。

第二王妃　未被国王注意到的人物，也都恭恭敬敬守候在原地等待，眼下，国王春秋鼎盛，面如明月，臣妾多么巴望国王能朝自己瞧上一眼！

第一王妃　人、草木、鸟兽，尽皆如此。

第二王妃　孔雀、鹿、橘树浓荫下的果实，森林里的千百只萤火虫，也都一样。

第一王妃/第二王妃　这些都是属于国王您的呀。

王太后　一切都瞩望于青春年华，国王啊，这才是统治世界的黄金宝剑。

国王　然而，朕也思考过凯旋中走过的每一条道路，绝不是人力所能完成。妃子们，你们听着，首先是靠众神的力量；其次是靠民众的力量。朕越发祈求众神的护佑，为了表示感谢，朕在各地建筑一座座报恩寺，百姓们也必须不惜钱财，乐于施舍许愿。这就是作为国王的一项任务。

第二王妃　所言极是，国王。

　　〔第一王妃和第二王妃互相交换眼色。

王太后　这项艰难的计划还是推到明天去吧，今晚上，国王就一门心思洗浴好了。

国王　不，不用，母亲大人。当世界上绝顶的幸福降临之时，有些计划应当乘兴施行。这项计划犹如啜游于波涛间的带鱼的背鳍，必须行船至幸福之海方能发现它的存在。宰相，明天一早打开仓房，派牛车十辆，运送米粮。

宰相 牛车十辆？

国王 是的，调配十辆牛车为百姓施舍米粮。再打开金库，驮上一头象背的黄金，分散给民众。

宰相 一头象背？

国王 是的。朕不必一一重复自己的语言。把民众集合起来，撒到他们的头上。那是奇迹般的雨！知道吗，民众知道吴哥就是这个世界的极乐净土。

宰相 是，不过这样的舍赠前所未有啊。

国王 瞧你说的，这些东西比起我们从占城带回来的众多财宝、赔偿金、赎金，只不过是小菜一碟。明日早晨，遵照朕的吩咐执行！

宰相 是，明白。

国王 占卜师啊，你也快点儿动手工作。

占卜师 是。（平伏地面）

国王 你快些占卜星月，必须尽早选定建立寺院的吉祥日子。由此向南，对，（指着下首）朕心中很早就有一幅图画：从那段台地开始向南展望，一座大寺院似乎迎面而立。怎么样，占卜一下那个方向。

占卜师 是……可是，国王。

国王 怎么？

占卜师 万一占出那段台地朝南的方向是个凶签……

国王 （笑）到时将凶签改换成吉签不就得了？还不是全
听你的吗？可你不要忘了，出征阿蛮的日子和方向在
你的占卜上都出现了凶签。这怎么解释？我们获得伟
大胜利。蛮族被赶到三十公里边界以外的地方去了！

占卜师 诚惶诚恐。不过，说起星象……

国王 （未等听全）有人在吗？叫栋梁来，叫工匠们都到
这里来。

王太后 （惊讶）国王说些什么呀？怎么能叫那些穷人到
宫里来呢？

国王 观音菩萨的慈悲之心对于穷人也一视同仁。尤其
是，母亲大人，我所建筑的寺院，并非仅仅为皇室着
想，也是为了造福于民众。

王太后 但是，这里的宫廷没有这样的惯例。

宰相 国王陛下，请把那些穷人叫到院子里，国王站在露
台上接见一下就行了。

国王 这种胜利归来的庆功宴会，在神佛面前想折断高翔
天空的大鹏的翅膀吗？你们忘啦，朕是柬埔寨国王！

宰相　遵旨。

王太后　好吧，啊年轻而英俊的国王，当你和穷人谈话时，我们还是佯装不知，若无其事地望着后边吧。妃子们的姿态不是最纯粹吗?

第一王妃　遵照母亲大人的吩咐行事。

〔王太后、第一王妃转身向后，第二王妃没转向后。

王太后　（看着她）喂，第二王妃……

第二王妃　对不起，我遵照国王的做法。（继续正面相对）

王太后　（嗔怒）好吧，随你的便吧。（转身向后）

〔在奉命去招呼的侍女的带领下，以序幕中出现的栋梁为首，其后跟着雕塑师、画工、瓦匠、金箔师和石匠，自下首花道登场。

国王　欢迎，找你们来，没别的事。只因眼下战争结束，为祈求我王国繁荣、人民幸福，要着手开创新事业。为此，必须借助你们的力量。来，到这儿，举起酒杯。

〔众战战兢兢走上舞台，在国王示意下，侍女端来酒杯，斟酒，众畏畏缩缩饮酒。

国王　干完杯（手指下首）看看那边。（众一同望下首）月阴下蓝色的台地，石栏杆依稀可辨。朕少年时代，在那里度过多少个不眠之夜，沉沦于多少次缥缈的梦幻之中啊！如今朕名满天下，威震四方，当年却是个郁郁寡欢的少年儿郎。因为，朕在那座高台之上，曾经设想过自己未来全部的理想。战争、爱情、信仰……想当年，草丛里萤火交飞，月影中蜥蜴藏形。夜间小动物们的鸣叫，不绝于耳。彩云追月，光影离合之间，应该有朕驰骋疆场的幻象，长枪队银光闪耀、大象旗高高飘扬。

第二王妃　我多么向往当时国王那副温柔少年郎的样子啊！

国王　那时候，你还是个小婴儿呢……不管怎么说，后来我成了英雄，正如我在高台上做过的梦。如今，我在梦中取得的胜利，又让我获得了你们两位如花似玉的美女！（转望下首）不久，我将完成我在那高台梦幻中的信仰。大家一起投身于高台之下，在那里建筑一座寺院，各人可以按照自己心中的蓝图设计组合。无须顾虑，不管花费多少钱，我都在所不惜。（众向下首走去）

第二王妃　这个世界男人所能获得的，例如佛、法、僧三宝，国王，您将会一个个得到的。

国王　我有更大的欲望。为什么？因为我还没有继位。

第一王妃　（依旧面向背后）穷人们都下去没有？

国王 还没有。他们马上就会回来。

宰相 国王说"不管花费多少钱都在所不惜",不过,王国应该休养生息一段时间,用于疗救战争创伤。虏获的战利品,实属缥缈,国土并不肥沃,远非良田膏腴。这些望三思而后行……

国王 （不悦）我懂,我懂! ……（大声）栋梁啊,到这边来。

　　［栋梁走过去,俯伏于地。

国王 说说看,怎么样? 你对于那里的寺院作何考虑?

栋梁 百头石象支撑,造型似一朵莲花。庙门嵌镶宝石。所有的窗户上都一律雕刻着孔雀。那将是一座天下无双的大伽蓝呢。

国王 太普通了。那点本事谁都能干好。首先,光是注重设计的华丽,只能遭到吴哥窟的耻笑。知道吗,我打算造一座使得吴哥窟相形见绌的独特的寺院。（栋梁畏缩一旁,一动不动）……浮雕师,过来。

　　［浮雕师上场,叩拜于地。

国王 怎么样? 那里的浮雕你们打算如何刻造?

浮雕师 我们要雕刻国王陛下的大象部队踏平敌方堡垒图的雕塑。一方面是乘载着浩瀚无垠的海的波涛奔驰而来的象群,以及骑在象背上的士兵们生动的表情;于是，大海，连绵无边的海浪，浮雕面上凸显着阳光映射的波峰，一旦走进，就会感到水沫飞洒到身上来了；另一方面，高大的城堡前边，白象背上金色华盖下的陛下，一身金光闪耀的铠甲，威风凛凛，英勇果断地下达命令……

国王　等一等，这么说你们只想建成一座为朕表彰勋功的寺院吗？要为慈悲，要为吊慰战死者之灵，要为王国之百姓，要为一心敬仰观世音菩萨，这些都不可忘记。（浮雕师叩拜）画工师怎么样？瓦匠师怎么样？还有金箔师（三人叩拜），你们都怎么想呢？

画工　我要极尽丹青之妙，在殿堂内描绘一幅《极乐图》。要让嘎鲁达[1]飞上蓝天。

国王　又是印度的神吗？

瓦匠　我要在屋顶上铺满绿色的琉璃瓦，好似太阳照耀下的密林……

国王　这是寺院，不是游乐场。

金箔师　为了陛下参拜方便，我要在道路和走廊上贴满金箔，仿佛是紫磨金地面……

国王　不是朕被参拜，而是神佛被参拜。哎，你们的考

1　Garuda，神鹰，印度神话中的神鸟，神所乘之物。印尼国徽中的鹰隼。

虑，仅仅就是这些吗？在朕的脑里，泛起了一种未成形的想法，它已经闪射着光芒。作为国王的思想，总是类似黄金色的雾霭，总是只重其形，而忽略细部。例如，决定战争胜利的是士兵，这个世界为他们建筑伽蓝也是应尽的义务。唯有作为国王的心中，才会笼罩着此种模糊不清的金色的雾霭，而使之成形的，全靠优秀的臣下。但其形状必须和国王心中闪烁不定的影像毫无二致……还有人未到场吧？石匠呢？叫他到这里来。

　　〔石匠上场叩拜。

国王　怎么样？你对那座建筑有什么考虑，只管说出来听听。

石匠　是，我的想法还不够成熟。如今，认真审视一下那块被月光照耀的土地，随即浮现出一种奇怪的想法。

国王　什么奇怪的想法？

石匠　观世音巨大的脸庞，面对四面八方，沐浴着青白的月光。只有那张巨大的脸庞，睡眼蒙眬，拈花微笑。对于俗世，犹如颇具神秘感的静谧的梦幻。

国王　（兴味骤起）嗯？

石匠　我体察国王陛下的心思，满怀祈愿，打造众多观世音的面颜，犹如雕制巨大的果篮。一旦开始盛载巨大的面庞，就立即感到寺院快要建成了。

栋梁　孩子似的心理。

浮雕师　因为老是围着女人的屁股转。

画工　凭着那点技术，连那样的画面都想象不出。

瓦匠　不用一块砖瓦的建筑。

金箔师　你小子对金箔怎么打算？

国王　安静，安静。（对石匠）说下去看看，那座寺院究竟是什么样子？

石匠　我还没有想清楚。月夜里只是出现群立的观世音的面庞，至于整个寺院的形状如何，我完全不知道。

栋梁　你瞧瞧，所以……

国王　住嘴！（对石匠）你的想法很有趣。嗯，（思忖着）实在有意思。随着你所描绘的画面，朕心中的金色雾霭，开始缓缓成形了……是的，从今天起，将你交给栋梁了。你就照着自己的想法干吧。

石匠　哦，把我交给栋梁？

栋梁　陛下，这未免太……

国王　过去的栋梁，要在各方面帮助年轻的新手栋梁，工匠们各守其职，熟悉新手栋梁的意图。好吗？这是本王的命令。绝不要呵斥年轻一代，万不可妨碍工作。

石匠　（感激地）陛下，叫我说什么好呢？

国王 不必感谢。取得的成果就是最好的感谢。

石匠 我决心建造一座千年不朽，为万人所瞻仰、叩拜和流泪的高贵而壮丽的寺院！

栋梁 你是说很大……

国王 你说什么？（斜睨）

栋梁 哦哦。（叩拜）

石匠 我发誓，我在此秉受王命，白昼像梦幻闪耀，黑夜似梦幻迷蒙。立志于地面建造一座最美的寺院，然后再建一座。借以表达对陛下的感谢与忠诚之意。这是我最庄严的誓言。我有一颗掌上明珠——心爱的姑娘。但在建成这座寺院之前，我立誓绝不结婚。

国王 朕欣然接受这个誓言。年轻人啊，一座建筑，就是一场美梦；你要使这场美梦，变成一桩现实。从而，巨大的岩石和朦胧的梦幻，反反复复，永远循环。好了，你退下吧。十天之内，画一幅草图呈上来。

石匠 知道了。

〔众叩拜后走向左首花道。石匠欲尾随其后，而众工匠想请石匠为先头。栋梁稍作坚持，终于退后一步，让石匠为先，自己随其后。众下。

第二王妃 陛下进行了一次果决的裁断。年轻人不受以往清规戒律的约束，将会建造一座举世无双的美丽的寺院。

宰相　不，这些还不清楚。在那个下等人社会，老板伙计、师傅徒弟一旦毁了规矩，真不知会闹出什么样的乱子啊！还有，那个年轻人像是一个诈骗犯哩。摆出一副凌驾于人的姿态。

国王　（只当耳边风）母亲大人，贱民们都退下了。

　　　〔王太后和第一王妃向这边走来。

王太后　我耳朵全都听见了，那帮人就一定不会发出普通人的声音来吗？

第一王妃　猴子透过橡胶树叶窥探的脸孔，很像人的脸孔。

王太后　耳朵听到的唯有国王的声音，像空中高高飞翔的老鹰的羽翼，光芒闪耀。啊，你什么都喜欢，真是太好了，国王啊。人生兴旺之际，稍感艰难之事也得以实现，一切看似缥缈迷离之事也将会获得成功。我过去曾经看到宫殿塔顶，一只秃鹫俯冲下来攫取猎物，那是一场残酷的搏击！天空湛蓝，矗立塔前的大树上，寄生兰开放着薄紫的小花。秃鹫少年，翎羽强劲，双目炯然。众所周知，秃鹫平素只猎取腐肉，但地面上脚步蹒跚的活山羊，一旦身染恶疾，即使活着，或许也会发出腐臭的气息。瞄准它箭矢般俯冲下来，用利嘴叼啄山羊雪白的脊背，山羊颠扑地面，秃鹫随之凿开山羊桃红色的肚腹。灼热的地表上，寄生兰紫色的花影下，刹那间我看到肚肠涌出，血流遍地。那是为何？此后，我便时常想起。秃鹫为了实现自己的美梦，视神祇和自然之戒律为草芥。如今，我在这个祝贺筵席上，讲述了这个颇为离奇的故事。国王啊，请不必在意。胜利的夜晚，尽可以随心所欲，装点华丽，快乐无限，欢爱至极。啊，拿酒来。孔雀料理，腑膈羽翅，悉数展开，蟠卧于杯盘之上，多么美丽！然而，还有比这好看而不好吃的鸟类料理吗？

占星师 （从刚才起一直在看占星表）太可怕了……

王太后 啊，什么都可以说。

占星师 太可怕了，我要对国王说。

国王 什么？

占星师 刚才不是说到新建的寺院吗？

国王 寺院怎么了？

占星师 那座寺院的正面朝向哪里呢？

国王 对呀，因为是从那里的露台上眺望，开始时考虑是朝北，不过，硬要使得观音的佛面朝向这里，那太可怕了。再说，正面要连接着露台，同这里的露台重合。这么说来，如果朝向后方，又……

占星师　照这么说，寺院的正面只好朝东或朝西了。

国王　是啊。

占星师　刚才占卜一下，西出大吉，请务必朝向西方。西方净土，观世音菩萨朝西而行，也是很自然的嘛……

国王　人人都可以向往西方。然而，观世音为了济度众生，是从净土走来呀。

占星师　所以嘛，那也可以认为是率领众人走向西方啊。再说，吴哥窟也是朝向西方的。

国王　吴哥窟是朝西，为何非要模仿吴哥窟不行呢？建立一座与之比肩存在的寺院，这就是朕的初衷。好了，寺院的正面朝东，懂了吗？

占星师　不过，陛下。

国王　什么？

占星师　要是朝东……如此一来，凶煞之事不断。

国王　为何老说败兴话呢？朕首先为了保有观世音济度众生之志；其次又是有缘由的月亮王朝，遵照高棉传统，定为寺院正面朝东，凭借观世音之佛力，以及本王之武勇，什么样的恶鬼罗刹都能一举扫除尽净！

第一王妃/第二王妃　勇敢之王！

王太后　（拍手）奏乐！跳起舞来！

　　〔音乐声起。运来盘中料理，孔雀翎羽最大开屏。

刚才的舞女，再度从上首下首再上场，翩翩起舞。国王悠悠然坐在中央座椅之上，左右臂膀全部展露出来）

[第一王妃注意到国王两臂皆有红色斑纹。

第一王妃 哎呀！

[说话时，音乐歌舞以及各人动作尽皆停止。

国王 怎么了？噢，这个嘛。

第一王妃 陛下怎么啦？左臂上一块玫瑰花似的红斑。

国王 哦，不记得了。可能是战场负伤，留下的疤痕，变成了红痣吧。

第一王妃 疼吗？

国王 不疼也不痒。

第一王妃 所以嘛，一定是蛇，那位纳加妃子吻过的痕迹。什么战场负伤？唬人罢了。可恨。

[王微笑。音乐舞蹈再起。人影涌动，夜宴渐趋高潮。

—— 幕落 ——

第二幕

第一场

[距离第一幕一年后，癫王台工事现场。下首，显露出巨大的半成品观世音佛面石像。完整的脚手架。周围尽是石材。深处是密林。上首，树林初成，足以隐身。可想而知，上首花道不远就是宫殿。夜，月光朗照。

[青年栋梁凯法和恋人村姑克妞穆，坐在石头上，仰望上首天空。

村姑 今夜是下弦月。云彩流动，看似月亮在飞跑啊。月儿像是在云缝间划行的金色的船，就像国王陛下乘坐的大蛇头黄金舟。跑啊，飞快地翻涌着波涛划向前方。那是到哪里去传递重大的消息吧？

青年栋梁 是去传达咱们恋爱的消息。爱情一天天使我们迷恋，咱俩正准备结婚之际，我主动对国王起誓：在建成这座寺院之前绝不结婚。啊，那是一年前的事啊。一个一贫如洗的石匠，凭借国王的仁慈之心，一举获得栋梁般大的重用，高兴之余，感激涕零，对这

一重大工程，投以无限热情。其实，这样的起誓没有
必要。

村姑　没关系，凯法，我绝不怪你。男人不必勉强，当时
你付出最大牺牲，全力倾注一项有益的工作，真像个
男子汉啊！

青年栋梁　经你这么一说，我反而感到十分愧疚。不过，
当时还算好。一年前，庆祝国王凯旋那个夜晚，对于
我来说，那是生来第一次接受荣誉的夜晚。嗨，叫人
怎么说呢，没想到那是国王命中注定的一天。

村姑　听传说，那天晚上国王就出现了生病的最初征
兆呢。

青年栋梁　一开始，一般百姓都不知道，事到如今，人人
知晓，个个都在传说。是的，那天晚上，我们亲眼所
见，我被提拔为栋梁之后，国王的臂腕上立即出现了
可怕的斑纹癣。而且，当时正逢庆祝国王凯旋的华丽
的晚宴时节。不用说，人们都没有怎么注意。数月之
后，才明白过来，那正是一种征兆啊！

村姑　最初的征兆竟然如此美好？国王那浑圆而劲健的琥
珀色的臂膀上，仿佛刺上了玫瑰花瓣，那确乎像火红
的玫瑰花啊。

青年栋梁　这期间，那瘢痕到处扩散，啊，时至今天，国

王的圣体，一刻一秒，为不治之症所侵蚀。犹如美丽的宫殿渐次被白蚁啮啃，悄无声息，一点点，一丝丝，彻底毁损，再也无法修葺。

村姑　尽管如此，国王的面孔依旧美丽无比。

青年栋梁　时间还不到一年。

村姑　一直戴着帽子，看来头发也受到了侵犯。

青年栋梁　而且，手臂也是一样。近来，国王总是穿着宽大的金襕服，手足绝不显露出来让人看见。仅仅露出一副惨白月亮般的俊美的容颜。啊，好可怜！这灾难偏偏落在如此年轻，如此勇武，如此卓越的国王头上了。

村姑　大家都把那种疾病说成是一种罪愆的报复。但是，国王对敌人，是强大的希娃神的化身；对民众，就是满怀慈悲心肠的观世音的化身。他是不会有罪的。

青年栋梁　他是无慈悲的人。那样一个凛乎难犯、行为豁达的国王，完全变为另一个人了。他总是用忧郁的目光盯着一个地方瞧看。他那朝气勃勃的身姿，发布雄伟命令的口气，都没有了。如今的国王，只巴望快些建成这座寺院。而且，寺院的名字，同样是为了迎接战死英灵们的幽魂而称作巴戎寺院。看来，国王满心希望战死在刀光剑影的战场之上吧。

村姑 这么说来，国王永远葆有年轻美丽的幻想啊。

青年栋梁 国王越发努力促使这项工程尽快完成。但不论如何着急，还得花上两年工夫。我现在担心的是，今后两年，国王将会如何呢？到了那时候，咱俩也要结婚了。

村姑 暂时不想那些事，还是活在目前的快乐之中吧。比起不幸的国王，我们幸福多了。

青年栋梁 可不是嘛。（恢复元气，重新站起）看吧，这就是眼下全力以赴的观音菩萨，再用一个月就要完工了。这样的佛头还有一大群。

村姑 （尽量拉开距离）好漂亮的面庞啊。

青年栋梁 （走到少女身边，双手搭在她的肩膀上）拈花微笑，轻微微的笑容。说起来，那唇角两端似有若无的笑意，实在不容易刻画出来呢。由此，我想起月出，想起森林上空高高升起的明亮的笼月，那就是最初微小的征兆啊。那也不是明朗的满月，而是失去初三锋刃的初五的月亮，浸染般出现于空中的征兆。我想，那正是观音菩萨的微笑啊！为了表现这样的微笑，我费尽心机，一旦获得成功，余下就很简单，可以照样逐一制作了。

村姑 多么沉静而优美的面庞啊。看起来，如此丰满幽丽，如此包容一切、饶恕所有。然而，却又含蕴着几分凄然与寂寞……对吗？

青年栋梁 什么？

村姑 我是说，我曾见过这副面容。

青年栋梁 是观音菩萨的面容吗？

村姑 不是，与这副面容十分相像……不骗你，那就是国王的面庞啊。

青年栋梁 哦？

　　〔此时，地底下响起幽暗的合唱。

青年栋梁 听，这是掘开的地下纳骨堂的歌唱。工期一旦结束，就会出现歌声。这里不可出现女人的姿影。请回去吧。

村姑 可是……

青年栋梁 快，快！

　　〔村姑走向下首。手持鞭笞的牢头首先自中央洞口出现。接着戴着枷锁的囚犯一边唱歌，一边鱼贯而出。牢头向青年栋梁行礼。

青年栋梁 你辛苦了。看到囚犯们疲惫的样子，请让他们先休息一下。用这个，给他们买点好吃的东西吧。

　　〔交给牢头一笔钱。牢头接过来，将一部分揣入怀中，剩下的交给囚犯长。囚犯长向青年栋梁跪拜。

众囚犯由牢头带领，走入下首花道。青年带领——目送着，囚犯们人人向他致意。青年栋梁注意到最后一名囚犯。

青年栋梁　让我看看你的手！

　　〔囚犯给他看自己的手。青年栋梁迅速躲开。

青年栋梁　不得了啦，你生病啦。（对牢头）把他一个人隔离开来，脱去他的衣服烧掉。不要叫他出工了。快把他关进另外的地方，否则会闹出乱子的啊！

　　〔牢头将那人隔离开来，拴上绳子。

青年栋梁　好吧，其他的人交给我吧。

　　〔牢头催促最后那名囚犯走向下首，青年栋梁带领其他囚犯进入下首花道。同他们交肩而过的正巧是躲在观音像背后的老年栋梁以及众多村民。

老年栋梁　看到了？

　　〔众村人点头。

老年栋梁　听到了？

　　〔众村人点头。

老栋梁　终于，囚犯中也出现了病号。这样发展下去，真不知将来会如何。即使过去，村里民众一个月有十天，抛弃家业，投身于巴戎寺院的工程建设。光是这一项，就是个沉重的负担。一旦有人旷工或逃跑，就被追捕问罪，投进监狱。他们白天黑夜都身缠锁链，在黑暗的地下干活。再加上被传染了重病。村子里虽然也流传国王生病的消息，但只要不接触患者就行了。不过一旦身缠锁链就完了。刚才看到没有，青年栋梁脸色都变了。像那样出现的病人，从过去的例子看，不会只出现一个人就结束了。

　　［村民们不安起来，议论纷纷。

老年栋梁　虽说是这样，但都来自高高兴兴迎接来的凯旋的国王，开始时还算好，撒米、撒黄金，大家都把国王当成菩萨，看作观音的化身。然而，一旦开始建筑这座不吉利的寺院，国王的病情传到下层民众的耳朵之后，就不行了啦。国王也不祭祀了，一心扑在建筑这座寺院上。乡村贫穷了，劳役增加了，动不动就增加工程费用，而且高得出乎意料。听说，军队的数目也骤然减少。假若那帮占城族人卷土重来，又将如何呢？很快就支持不住了。即便不攻进来，只要工程还在进行，所有村庄都将死于饥饿和疾病，因癫病而死的人将尸横遍野，这里就会变成金色苍蝇嗡嗡飞翔的天堂⋯⋯怎么样？到这时候，大伙儿还不该好好想想吗？至于那个年轻的栋梁，不必管他。那小子只听国王一人的吩咐，一心想出人头地，见利忘义，瞧不起我这个大恩人。他根本走错了路。说到我的工作，只负责建筑施疗院和大浴场这类不起眼的工程。要不要见见一度被送进那所施疗院，治好病后出院的患者？

　　[众一起摇头。

老年栋梁　一个人没有，是吧？你们所走的道路，如今只有两条：一条是进入施疗院；一条是当囚犯进入地下工地作业场。只有这两条路可以选择。丰腴的柬埔寨原野，贫困而明朗的生活结束了。要懒惰，就尽情懒惰下去。树枝上的水果用来解渴，捕捉的河鱼可以充饥，这种快乐的生活结束了……怎么办？啊？人人都好好考虑一下吧。然后把大家的意见综合起来，带到我这里来，由我亲自去商谈。好吗？明白了吗？

　　[众点头，互相商量，向老年栋梁行礼。老年栋梁
　　一人独自留在舞台上。他仰望着观音像，"喊！"，
　　咽了口唾沫，环视周围，从怀里掏出鸽笛吹着。密
　　林中宰相出现了。

宰相　干得好，我都听到啦。

老年栋梁　谢谢。

宰相　这个。（将包钱的纸包扔过去）

老年栋梁　（恭恭敬敬捧在手里）感谢宰相。

[夜鸟喧哗。此时，上首草丛后面，第二王妃出现了。她看看周围，躲进草丛。

宰相 国王方面的情况我来注意。你专门怂恿民众，让他们丧失对国王的信义。刚才听到的，不说出我的名字，是聪明的。倒也是啊，马齿徒增，及早说出我的名字，反而会怀疑我是教唆犯。自然像喷泉一样，越发使得民众自动涌现出反叛之心。从现在开始，不再谈论国王的事，这才是上策。国王有崇高威望，生病后会赢得众多人同情。眼下当务之急就是将国王，（环视周围，做出杀戮的姿势）这种事现在还不能马上向你们说明白。应该使得民众都自然地认识到这一点。这就是你担负的义务。懂了吗？

老年栋梁 好的，我完全心领神会。

宰相 （仰望观音）首先应该停止这种无用的工程。其中有些人是凭着一颗信仰之心参加这项工程的。要培养人们厌恶劳役的心态。只要不愿参加劳役的人增多起来，随着工程的停滞，病中的国王心情就会越来越焦急。越是焦急，自然也就变得越来越苛敛诛求[1]。就要朝着这个目标前进。等着这一天吧。明白吗？

1 毫不留情，不讲情面。

老年栋梁　明白了。一切听您指挥。

　　〔上首草丛中响起铃声，是第二王妃手镯上的小
　　铃铛。

宰相　等等。

　　〔他制止住老年栋梁，从上首草丛中拉出第二王妃。

老年栋梁　哦，是王妃?

宰相　你退下! 滚开，我叫你滚开。

　　〔老年栋梁慌忙退回下首。

宰相　您都听到什么了?

第二王妃　没什么。我只是到院子里散散心，拜一拜观音
　　像。离开我，太无理了! 我要告诉国王。

宰相　这阵子，第一王妃已经不再接近国王，只有您还在
　　对他忠诚服务，真叫人佩服。

第二王妃　没有必要同你谈论宫内的事。

宰相　（亲切地）您听到了什么?

第二王妃　什么也没有听到。

　　〔此时，浮雕师出现于下首，似乎在寻找什么。看
　　来他忘了东西，正想离开，发现上首的宰相和第二
　　王妃，于是隐身偷听。

宰相　那倒也是。

第二王妃　瞧你这副口气，要知道做臣子的身份。

宰相　您对我说话也无须要威风。

第二王妃　……

宰相　您很清高、谨慎，对国王竭尽忠诚，讨得国王的喜爱。将国王的不幸看作自己的不幸。这都是上天赐给您的美好品德。对人说话耍威风，不符合您的品性。

第二王妃　你对我很了解啊。

宰相　正因为这一点，我很羡慕您。

第二王妃　（惊愕）你说什么？

宰相　因为您明明喜爱除我之外的人，就是不喜欢我。

第二王妃　谁喜欢你？

宰相　我这个人啊，王妃不是我所喜欢的人，或者说不是喜欢我的人。但是我偏偏对这样的人感到欲火中烧。我不爱丑女，也不爱美人，所以我对奇丑无比的丑妇，以及美若天仙的丽女，特别容易燃起情欲。该怎么说呢，所以我对适合于我的女子，从来不肯动一下指头。

第二王妃　不论是好是坏，正因为我是个冷酷的女子，才不会上当受骗。

宰相　我什么时候欺骗您了？

第二王妃　现在！现在你面对王妃满口污言秽语。退下！我会将以上你说的话归纳在一起，向国王报告。

癞王台

宰相　我有办法对付您，使您绝不敢对国王说出您干的
　　　一切。

第二王妃　你说什么？

宰相　我敢肯定，您绝对没有勇气对国王说出您要干
　　　的事。

　　　〔宰相对第二王妃强行施暴，王妃极力反抗，玉梳
　　　掉落。这时，王太后自上首花道上场。

王太后　（扬起手中鞭子）住手！住手！

　　　〔将两人分开，鞭打宰相。

第二王妃　哎呀，您怎么鞭打宰相？

王太后　我有这个权利，我是国王的母亲。

第二王妃　我请您住手。

王太后　为什么要住手？

第二王妃　为了我。您如此打他……

王太后　为了你？别开玩笑啦。

第二王妃　看，他多可怜。

王太后　你是王后，竟然同情侮辱自己的人吗？

第二王妃　不，这个……

王太后　你是想在这里，主动表现出你的善良，但你打错
　　　了主意。其实，我想用鞭子惩罚的是你。

第二王妃　（畏葸地）要打我……

王太后 自己既没有犯罪，也没有受辱。你的眼睛始终表明这一切。我干脆抽打你的眼睛……

〔鞭子瞄准王妃的双眼。

第二王妃 （捂住眼睛）请饶命。

王太后 （毫不顾忌，面对倒在地上的宰相）哎呀，是挺可怜的，脖子上渗出血来了。我为他治疗。

〔说罢，跪在地上，亲吻宰相脖颈上的血。

第二王妃 （惊愕）啊，母亲！（欲离开现场）

王太后 （豹立而起，拽住王妃衣袖）你不能走。你已经熟知事情的真实，再也不能重回圣洁的世界。（对宰相）站起来！

宰相 （站起来）谢谢您一次又一次对我的训诫。王太后陛下，您的鞭子远远超过从前您对我的扶助。

王太后 住口！

第二王妃 母亲！

王太后 你不能走。你在这里听我说。

〔说罢，坐在石头上。

〔下首的浮雕师，悄悄藏起身子。此时，夜鸟高声鸣叫着由下首飞过。王太后、第二王妃、宰相，一同向那里观望。浮雕师慌忙退回下首。

宰相 是谁，有人影……

王太后　人影哪里都有。夜里，人的恶魂做着各种各样的梦，人的影像到处闪动。刚才，那或许就是你的灵魂的阴影。

宰相　我来监视吧。（随即站立）

王太后　就这样吧。（对第二王妃）对啦，正好是夜间涨潮的时候，你要听我的话……你一定明白，国王的疾病给我带来多少苦恼。

第二王妃　我看得出来，母亲。

王太后　多么亲切！我听到了，你都看清楚了。第一王妃最近不见身影，她一概躲避着国王。不过，更叫人悲哀的是，国王的病一味恶化，看样子治不好了。

第二王妃　我向观世音菩萨祈祷，但愿这座寺院落成那天，国王能够完全康复。

王太后　观世音的神力也不可靠。病一天天恶化，这是这个世界最危险的疾病。那孩子如此美丽的身躯……啊，你都看到了，那可是珠宝般的婴儿。他是我的自豪，也是王国的骄傲。那孩子威风凛然，英气勃勃，很早就是王国的希望……现在，他成了什么样子！那神鹿般的长腿被腐蚀，那月光般肌肤平滑的臂腕已经糜烂。

第二王妃　我也与母亲同悲。

王太后 不，哪里能一样呢。那孩子无与伦比的美丽、青春、力量，不仅是王国的宝贝，也是我所生养抚育而成，所以比起那孩子，受到更大打击的是我啊。我的胎生之物固然是真实的月亮，但月亮遭受不治之症月蚀的侵犯，一切都对我表现出恶意，侮辱我、嘲笑我，难道不是这样吗？

　　〔夜鸟高鸣。

王太后 就连夜鸟也来嘲笑我。你听，我所生下的美丽而光荣的世界，虽然回应了生之恩惠，但药物使得美丽的容颜糜烂了，日日夜夜对我展现，深夜间也不让我睡眠。（夜鸟又在啼鸣）就这样，集中声音发出那般嘲笑。已经不行了。世界毁灭了。必须重新再来一次……

第二王妃 再来一次？

王太后 嗯，再来一次。

第二王妃 （感觉到不解的恐怖）您打算怎么办呢？

王太后 我一直在考虑一件事情。那孩子的病已经不能治愈了，身子日复一日颓败下去。我要想办法拯救剩下的那孩子美丽的面影。使得那孩子从悲惨的命运中挣脱出来。再来一次，再来一次。再一次给那孩子幸福……再一次给柬埔寨造就一位美丽、年轻和有力的国王，使他君临其上……仅限于这一次。为了拯救那孩子和我，只限于这一次……

第二王妃　只限于这一次？

王太后　杀了那孩子，我再生一个。

第二王妃　什么？（大惊失色）

王太后　不必惊讶。（萤火虫数量增加，群聚于王太后周围）不是由我完成，而是利用萤火虫的作用，让你去完成。

　　　〔第二王妃大惊欲逃，宰相将她拦住。

王太后　这是什么？这种萤火虫，这肯定是那孩子每天夜里流出的眼泪，淋漓溢出，向我哀诉："请在我保有美丽肌肤之际，将我杀死。"那孩子的眼泪向我苦求……是啊，（对第二王妃）国王信赖你，药物和食品，只有你亲手交给他他才接受。怎么样？就用你的手将那孩子杀了吧。（跪地痛哭）借助你的手。

第二王妃　请站起来吧。太叫人痛惜了！

王太后　（盯住不放）我所能给予那孩子的母爱的证据仅是这一点。拜托了，请把这个给他。（交给她药包）包里装着毒药，只要一口吞下就立即死亡……倘若过了十天国王依然活着，就说明你已毁约，你将被杀死。怎么样？还有，假如你把这件事透露给国王，被怀疑的将是你而不是我。过了十天，要是什么事也没有发生，怎么样？那么你就会死。好啦，你可以走了。

[第二王妃向上首走去。

王太后 （趴在宰相膝头哭泣）终于做出了决定。终于……我那可怜的孩子。可是我再也看不下去了。再也不愿看到那孩子一天天变丑下去……

宰相 趴在我的膝头尽情痛哭吧。好吧，回到宫殿找一间秘密房间，让我慢慢抚慰您悲伤的心情吧。

王太后 请原谅，还疼吗？

宰相 啊，您对我一往情深，这太奇怪。感情残酷，眼泪杀人。您的亲切的心绪连接着残忍的歹毒！

[二人向上首花道走去。月光映照着观世音的面颜。

[片刻，身穿金襕衣、头戴帽子、面孔苍白的国王，自上首踉跄出现）

国王 （仰望观音）啊，月影辉映着您尊贵的面庞，多么清朗！多么感人的微笑！我到这里来，只是为了单独仰望您的面颜，使心灵获得一时的安然。失去了勇气，失去了用之不尽的精力。永远飞翔于天空的青春，那改变世界、宛如每天早晨换洗内衣获得浑身清爽一般的青春，失去了。一天天眼看着身心崩溃的肉体，未来不过是被白皮思坡安大树紧紧抱在怀里，慢慢崩塌的寺庙而已。月亮啊，我的王朝的标识。你的冷光的净化，你的冷血，你的忧郁，这一切为何使我得此恶疾，令我一边活着，一边血肉腐烂下去？我到底做了什么？我没有犯过任何大罪。难道月光想让清泠的光辉照亮我的白骨，才如此这般促使我肉体的衰颓吗？倘若如此，不是还有别的途径吗？例如在战场的原野，决心被乱枪刺死，要不多久就会被老鹰叼食，我的白骨就会受到你的光芒的照耀。观世音菩萨，怎么样？我的健壮的肌体，仅剩下一片的时候，请让巴戎寺得以落成。在巴戎寺建成之前，请务必维持现状，让我和您共同沐浴在月光之下，仰望着您的圣体，留下我青春的面影。不，不，这也许是某种佛缘，细想想，开始计划建立寺院那天，就出现了我肉体崩溃的最初的预兆。当时，我的臂膀浮现出玫瑰色的红斑。说不定那是出现于山顶天空拂晓的明星。红斑也罢，明星也罢，都是一种预兆，明星不久也会被黎明的天空吸收而失去光芒，那颗红斑，也许就是月亮王朝就此终结、观世音慈悲的白昼之光开始的标记。倘若如此，我那被人们交口称赞的美丽的肉体，也只是使得月光增辉的夜晚。而且，随同拂晓的到来，夜的肉体就会如此崩溃下去。不是这样吗？即便不是如此，我的精神的觉醒与肉体的崩溃，正如暗夜和白昼的分界线，开始于同一天。这是不可理解的。而且，随着我的肉体徐徐崩溃，巴戎伽蓝一点点趋于完成，我就是这样徐徐将自身转让给这座寺院。是的，观世音以无限的慈悲肯定也希望如此。这样一来，我将看不到这座寺院的落成。为什么呢？因为我的肉体在迎来最后崩溃的时刻，我才会将一切交割出去。因为我的灵魂的寺院，这座举世无双的寺院，这座巴戎伽蓝完成了。……只有在这个时候，我与观世音才会结为一体。尽管这样，观世音谜一般美丽的微笑，君临于人亡国破之际，是作如何打算呢？此时此刻早已不存在承蒙慈悲的人了，不是吗？……啊，崇敬的、清雅而尊贵的观世音菩萨啊，请求您为我摒除余下的浮世之苦以及日日承受并且时时加剧的灵魂的重荷吧。请求您对我这个从名誉与荣华之峰顶，猝然被撞落在寸草不生的谷底的境涯寄予一点怜悯之情吧。请求您对一个活在黑暗空间，只剩下心跳，苟延残喘于灵魂幽凄的洞穴，零零星星，犹如听到断续滴水声的可怖日子的人，怀有一点关爱之情吧。请求您尽可能于这座寺院在沐浴着庄严的佛光之前，使得这个逐渐贫弱的国家继续保有细水长流般的建筑费用吧。

[说罢跪地叩拜、祈祷，之后留意脚边，拾起第二王妃的梳子。将玉梳对着月亮透视。沉思。此时，下首花道传来响亮的中国音乐。国王侧耳细听，藏起玉梳。以手持火把的随从为先导，乐队随其后，中国大官夫妇乘着轿子上场。

[他们看到国王，停下轿子，大官夫妇下轿，深深鞠躬。

大官　失礼失礼，来得不巧，未曾想到国王陛下正在散步之中。下官乃是南宋特使，名叫刘万福，这是贱内。

国王　如此深夜来访……

大官　哦，因船期耽搁，为俭省时日，利用夜晚休息，先来参谒。

国王　看来似乎有紧急之事。

大官　既然陛下问起，恕下官说明。贵国所产翠鸟翎羽，美丽无比。如今敝国宫廷贵妇必欲得之。所可叹者，交易甚少，不及配购。下官衔主上之命，前来贵国，亲自求购翠鸟翎羽。请予关照为盼。

大官夫人　呈请御览。敝国女子将这种翎羽缝在衣服里，作为发饰，十分珍重。并且这类东西，非贵国所产一概不用。

大官 不管价钱多么昂贵，都要购买几十万双翎羽，为此，同时准备了黄金。请看。

　　〔指示随从，随从端出钱柜打开。金黄灿烂。

国王 啊，观世音的圣恩立即实现了，倘若如此，我的病也会……

大官 哦？

国王 好吧，先到宫殿安歇吧。

　　〔大官夫妇，深深鞠躬。随着中国音乐再度响起，众一齐向上首走去。

第二场

　　〔宫廷内第一王妃居室。下首窗户可以窥见蛇神塔。距前场十天后。

　　〔第一王妃卧于上首帷幕里。第二王妃站在下首。晚霞满天。孔雀、猿猴数目适当。

第二王妃 依然不愿见我吗？

第一王妃 （声音自帷幕内传出）可怕的晚霞啊，我不想出外让身子暴露于晚霞之中。看来，我这人将来肯定会遭到火刑。不过，也太好笑了。第二王妃居然特意前来第一王妃房间拜访。这样不是太丢你面子了吗？……为何要这样？

第二王妃 ……

第一王妃 为何？你不愿回答我。

第二王妃 到你这儿躲一躲。

第一王妃 有人追你吗？

第二王妃 我不能说。

第一王妃 这座宫廷里有人要害你，是吗？

第二王妃 这也不能说。

第一王妃 你既然不愿直接同我说话，你在这里只好受委屈了。那么，你要我做什么呢？

第二王妃 我想在你这儿躲避一两天，可以吗？不管什么人来，你都说没见到过我。明天，我就要乘船逃往国外。侍女们都在为我想办法呢。此外，我还有一个请求……

第一王妃 什么事？

第二王妃 我走了之后，请照顾好国王的疾病。

第一王妃 我……

第二王妃 不，不是指的你，我的意思是找一个忠实执行你的命令的人，好好看护国王的身体。随着病情的日渐危笃，他也越来越任性了。

第一王妃 （不情愿地）知道了。

第二王妃　谢谢。

　　[静场。

　　[不久，帷幕里传出第一王妃深深叹息的声音。

第二王妃　看来你心情不好啊。

第一王妃　不……从这里可以看到，晚霞如火的湖沼，一群白鹭飞来了。翅膀被霞光染红了。白鹭优美的身姿，融合在晚霞之中，看上去犹如疯狂的白衣巫女。记得有人说过，眼睛看到的自然就是和平。自然真正的姿态就是疯狂。

第二王妃　我小时候看到过湖沼，母亲告诉我，那是"患病的湖沼"。今天这样的晚霞之中，湖沼浸染在黄、红、绿、紫、灰五种颜色里，沉淀着，其色彩不住变幻和蠕动。沼泽里露出一些朽木，野猿的啼声早已绝灭，到处看不见生物的影子。

第一王妃　好奇怪，一想到你马上就要离开这里，说起话来亲如姐妹。

第二王妃　要是这样，那就露露面吧。

第一王妃　好吧，那就在那边一起喝喝中国茶吧。（鸣铃）上茶！

　　[第一王妃身穿不露手臂的长裙出现了。左侧会客室已经摆上中国茶。

第二王妃 好吧，趁着即将分别时一身轻松，我想问一声，你为何在国王生病之后，完全躲避不见他呢？

第一王妃 因为我爱他。我不忍心看到那副美丽的身躯崩溃下去。你是知道的，动辄就易于亲近献身的你，心性是很坚强的。

第二王妃 我不景仰国王的身体，而是爱慕他的心胸。

第一王妃 国王的心胸倒有限，和一般的男人没有什么不同。国王特别出众的，仅仅是那高贵的青春与美丽，不是吗？如今，这些全都消失了。因此，我在这里闭门不出，一心追忆他的昔日的面影。

第二王妃 不论未来国王如何，你都不闻不问是吗？

第一王妃 未来？崩溃肉体就像红树根一样盘结一体，你说是吗？此外，还会有什么"未来"可言呢？（激动地）不仅是国王，这个柬埔寨月亮王朝又有什么"未来"？所有的一切，正如被时光的潮水冲刷的岩石一般，被侵蚀殆尽！曾几何时，国王与我，宛如大神毗湿奴（Vishnu）和女神萨拉斯瓦蒂（Saraswati）[1]，男子的凛然气魄同女人的美艳妖冶，合为一体，乃为世上罕见的一对。这样一对已经崩溃，我也只得隐匿

---

[1] 古代印度男女性爱之神。参见印度古典诗集《梨俱吠陀》。

不出。

第二王妃　又听到今晚僧侣们的咒语。

　　[随风传来可怕的锣声及响亮的咒语。

　　[第一王妃连着衣袖端起茶杯，感觉到第二王妃怪
　　讶地看着她，随后又把茶杯放下。

　　[晚霞消退。咒语和锣声继续。

第一王妃　那是傍晚在蛇神塔执勤的声音。

第二王妃　那声音将会持续到深夜，一旦停息，国王就会
　　进入蛇神的房间，一切响声都将终止。

第一王妃　啊！每日每夜，都从那座塔里传出不祥的声
　　音。跟着而来的塔的沉默，更是阴森可怖。蛇神姑娘
　　每天夜里，都要使得自己的丈夫陪侍身旁，为她解闷
　　儿。如此不吉的强忍，如此艰难与困苦，被践踏的骄
　　矜，莫名的嫉妒……倘若这些都是为了丰蕴的收获，
　　倒是可以忍耐下去。然而，自打国王开始执勤之后，
　　事实上一切灾祸接连到来。国王患病，国祚衰微，人
　　心叵测。这些都是国王尽心后的收获。蛇神肯定是个
　　恶女，国王彻底被她迷惑住了。纵然如此，我们一次
　　都未能见过那位蛇神。

第二王妃　我不嫉妒没见过的人，即便嫉妒也毫无作用。

第一王妃　你就是这样的人嘛，所以大家都喜欢你。但

是，我……

第二王妃　你很痛苦吧?

第一王妃　是的，脑子里日夜都离不开那位蛇神。一直在
　　考虑，如何才能把国王从那位纳加（naga）蛇神，那
　　个未得一见的恶女子手里给你夺回来! 我恨她，我恨
　　那个女子，由于受到她的遥控，我们的爱情都受到
　　蹂躏。

第二王妃　没有这回事。我用我的办法爱慕国王; 国王也
　　同样深爱我。

第一王妃　其实我也同样如此。

第二王妃　除此之外，我们还有什么可求呢?

第一王妃　（侧耳倾听）听，那锣声，那咒语，乘着晚风
　　自塔顶传到这里。那声音酷似蛇鸣咝咝。僧众的眼睛
　　想必都看到那青春不老、焰舌闪烁的蛇女……她独占
　　了国王。

第二王妃　她不是独占。首先是你躲避国王，没有争夺
　　爱情。

第一王妃　你还不明白，那个女人的爱，完全俘获了男人
　　的整个身躯。男人的躯体和心灵的角角落落，都被她
　　盖上了印章。男人稍稍动动身子，就立即想起她的爱
　　抚。国王的癫病就是那女子爱的标记。让他肌肉腐

烂，骨骼枯杇，令他对她的爱情片刻都无法忘记。例如，男人打算独自一人在野外道路上自由行走，天边的太阳就会沉没。此时此刻，晚霞、原野，以及地平线正在吃草的象群的剪影，她都要男人想到，这都是她为抚慰男人而设置的地面之物。男人穿的衣服，男人呼吸的空气，全都是她这个女子微粒子般的花笼雾迷……我们能像她那样爱国王吗？

第二王妃　听你诉说，我怎么觉得憎恨国王的不是蛇神纳加，而是你！

第一王妃　我为何憎恨国王？

第二王妃　因为你不像我如此爱国王。

第一王妃　你呀，太放肆了。

　　　〔侍女跑着上场。

侍女　王太后陛下驾到。

第一王妃　什么？马上就到。（对第二王妃）快，快点儿。

　　　〔第二王妃隐身。

　　　〔王太后上。

王太后　第二王妃在哪里？

第一王妃　啊，我不知道。

王太后　她一定躲到宫中什么地方去了。你要是把她藏起来，要考虑后果。

第一王妃 我为何要藏她呢……

王太后 你不要瞒我，明知不说。她的侍女已经说了，说
她要逃往国外。

第一王妃 既然都知道了，（冷淡地）那就请出来吧。

　　　〔给王太后使眼色，将藏匿之处暗示给她。

王太后 你完全背叛了我。

第二王妃 （战栗，抱住王太后的腿）请饶恕我吧。

王太后 我说得很明白，限于十天之内，今天正好是第十
天，你应该下决心了。没想到你竟然逃匿。走，跟
我来！

　　　〔正要把她带走，国王上场。

国王 怎么啦？出什么事啦？

　　　〔众皆肃然。

国王 你们为何都避开我？第一王妃？第二王妃？母太
后？（一一追问）为什么要躲着我？我很可怕还是因
为生病？……为何要躲避？我是柬埔寨的国王啊！
你们都是光明闪耀的皇家一员。那么……为何要躲
开我？（对第二王妃）连你，连你也避开我。我听侍
女说了，你想逃亡国外，是真的吗？不经过你的丈
夫——国王的允许，就这么逃走？就连你都想躲开
我？你昨天，你还一边为我换绷带，一边依偎在我身

旁哭泣。你是一个心地善良的女子。（对王太后）母亲大人，您也对自己亲生的儿子心怀戒备，有意躲避他。柬埔寨灿烂辉煌的国王，在您眼里就是道路旁群蝇相聚的一只山羊的死尸……您不觉得内疚吗？您不感到心疼吗？（转向第一王妃）还有你……丈夫患病不久，你就舍弃他不顾，每天晚上，你都在听歌观舞，尽情享受……

第一王妃 因为您太可怕了。您在不断糟蹋您的身体，这是您的罪过，我并不知情。

国王 你不必找借口。你只需说明白，你无情无义，心胸冰冷。

第一王妃 我说，我之所以躲开您，一是我心中无情，心里太冷，才会这样。我只热爱美丽，而且，现在的您……

国王 现在的我……

第一王妃 既不美丽，也不年轻。你就是个麻风病患者。你硬要我爱你，太没道理！

国王 你不爱我，所以躲开我。

第一王妃 是的，因为我不爱你。

国王 撒谎！

第一王妃 你说我撒谎，你太自负了。

国王　你骗人，（靠近她，抓住第一王妃的一只袖子，上撸，露出指头僵直的可怕的手掌）你们看！

　　〔第一王妃悲号。拉着手，猝然隐遁。王太后和第二王妃惊讶万状。

王太后　哎呀，你也病啦。

国王　母亲大人，这个女人也成了麻风病患者。（对第一王妃）我问你，为何要隐身？非得藏匿起来心里才会产生怜悯之情吗？

第一王妃　为何要怜悯你？

国王　你现在是和我一样的人了。眼下，你才是我真正的妃子。

第一王妃　（捂脸）不对。

国王　怎么不对？

第一王妃　不对。我要是麻风病患者，一个人就足够了。你要是麻风病患者，一个人也足够了。两人相亲相爱，啊，这才是我盼望已久的爱情啊！

国王　我们为何要彼此憎恶？

第一王妃　不是彼此憎恶，而只是我憎恶你。为了避免火焰般的麻风病人之爱降临，我才躲开身子。躲开身子，就得不看见你，就得躲避着你。这样一来，就越发证明你是个麻风病人。你要是个麻风病人……那么，你懂吗？我就不是一个麻风病人了。

国王 你是多么固执己见。假如你的美丽的身姿一旦崩溃，我依然爱着你呢？

第一王妃 你要是还爱着我已经崩溃的丽姿，我绝对不答应你。不过，你一定会这样的，对吧？趁着我还美艳如花，你还是及早恨我才高兴。每天早晨，我都对镜叹息，我依旧妖媚妖娆，我依旧兰心蕙质。我的美艳，还会使国王痛苦无比！

国王 啊——！

第一王妃 请看！知道我的病情之后，你已经不会痛苦了。不论如何隐蔽，都能看到你双目充满喜悦，两眼光芒四射。你太残酷了。这就是麻风病患者的爱吗？我已经不能再爱你了。

国王 你直到如今都在爱我吗？

第一王妃 是的，在我能够给你痛苦的时候。

国王 而且，我没办法使你痛苦。

第一王妃 不，那位蛇神女子纳加每天夜里都和你在一起。

国王 妒忌了？

第一王妃 我不妒忌眼睛看得见的人。

国王 妒忌了？（笑）

第一王妃 你为何要笑？

国王 只有纳加蛇神一人，知道我是麻风病患者而绝不会躲避我。（欲离开）

第一王妃 （追过去）到哪儿去？

国王 每天规定的时限到了。纳加在寝床上等着我，我必须马上回去。她是我唯一的妃子。（快速离去）

第一王妃 国王！

第三场

〔紧接前场。蛇神塔最上层神殿。中央火焰高扬。

〔国王走进来，躺在舞台寝床上等待着。

〔不一会儿，响起蛇鳞拖曳之声。咝咝舌音渐渐临近。

国王 来啦，不必以为耻。亲爱的纳加，我的永远年轻的新娘子，到我这儿来！美丽、滑腻、光辉碧绿的、大海海潮而生下的你！那潮水将我卷送而来。你就是我的慰藉。这个世界只有一个女子同我休戚与共，悲欢相从。纳加啊，不要用火焰般的芯子烧灼我的身子。喂，纳加啊，你那样高兴，那样鸣响着喉咙。可爱的、清纯的、亲切的纳加啊。今天晚上，请你用冷绿的鳞光卷裹着我，带我到那浩渺无边的海洋，那怒涛汹涌、无忧无虑、大海尽头的遥远之国。你既不懂同情，也不懂嫉妒，只知道爱，一直用大海无限的爱治愈我……纳加啊，如今的我，如何才能使你获得同样的慰藉？你宛若一支牧笛，用芯子发出高鸣而不气喘。你为何沉溺于喜悦？纳加啊，你不害怕我吗？你不嫌弃我吗？纳加啊，你始终露出少女般光艳柔美的颈项。我的永恒的新娘子啊！热烈、亲切而多情的纳加啊！

〔蛇鳞声与舌唑声片刻继续。

〔突然，门扉"呀"的一声开启，第一王妃跑进来。

国王 （愕然）你不能到这里来！你将受到神罚！可怕的灾祸就要降临到你的头上！

第一王妃 神罚已经下来了。灾祸已经降临了。此外，还有什么更可怕的呢？

国王 出去！这里不是女人待的地方。

第一王妃 那不是女人吗，你的床上？

国王 那是神女，看不见的女子。这里禁止世间女子。

第一王妃 我不是世间女子，（说罢露出袖中的手臂，犹如龙爪）请看！我的手臂，已经变成蛇神的手臂。

国王 出去！出去！

第一王妃 不，（进入寝床）我爱你。从今天晚上起，我不再离开你，决不离开你。我要做个永葆青春的蛇神姑娘，睡在你身旁。

　　〔说罢，欲缠住他，国王站起身躲闪。

国王　你要干什么？

第一王妃　你要躲开我？只因你是麻风病患者？

国王　你违反了纳加神圣的仪式。

第一王妃　我是纳加，我是纳加。今天晚上，前一个纳加即将灭亡，新的纳加每个夜晚都将睡在你的床上，伺候你，陪伴你。拥抱全部的你，你的一切都是属于我的。如今，我已经成为蛇神纳加，就在你的眼前……

　　〔第一王妃一步一步后退，跳入火焰之中。经火烤发生悲鸣，随即化作灰烬。

　　〔国王愕然倒下。室内高高响起蛇鳞拖曳声及芯子的咝咝声。

　　〔房门打开，王太后与宰相奔入。

王太后　国王，国王，在哪里？

宰相　王妃确实向这里跑来了。

王太后　（看到国王）啊，没有死，是昏迷倒下了。或许看到了什么。

宰相　（缓缓拔出剑）现在如果杀掉国王，人人都会认为是蛇神所为，还可以将罪行转嫁给第一王妃。眼下不可错失良机。趁他昏迷之际，一剑刺杀，便是大爱。请转过身去面对前方，一眨眼就收拾好了。此后，就会回到一切幸福与繁荣，巴戎寺院的建设也将停止。我们可以使得柬埔寨王国回到昔日繁华。此外，您还可以生育出比现在的国王更加英俊、更加强健有力的新国王来。这些就只有托我的福才能办到。

王太后 （哭泣）你想干什么就干什么吧，这本来也是我的心愿。我只是可怜我的孩子……我要想尽办法让他苏醒过来。

[王太后转过身来，宰相欲刺杀国王，王太后拔出匕首，猛然刺向宰相后背。宰相惨叫倒地，国王随声苏醒过来。

国王 纳加……纳加……

宰相 （使尽最后气力）国王……

王太后 是我救活了你。国王啊，这个人想杀你，手里握着造反的刀剑。

国王 母亲大人……我的妃子……

宰相 您的妃子向我出卖了操行。

国王 （摇晃宰相身子）哪个妃子？快说，哪个妃子？

宰相 第二王妃。就在完成一半的寺院工地观世音面前。那个晚上，我侵犯了她……

国王 所以，当时拾得一把玉梳……说！说呀，你怎么对她……

　　〔宰相死亡。

王太后 他死了，他是个阴险狡猾的坏人，但他没有说我一句坏话。他是个很守规矩的男人。而且，第一王妃……

国王 （茫然）她已经变成蛇神纳加了。

—— 幕落 ——

第三幕

第一场

[距离上一幕一年后，白昼。

[以宫殿为背景的癫王台。中央停着金色灿烂的轿子，只露出双眼的癫王坐在轿子里，身边围绕着青年栋梁、士兵、侍女等。第二王妃稍稍拉开距离侍候。

[幕启。远方传来套在牛脖子上木铎咣当咣当的响声，众侧耳细听。其中不时有牛叫与石匠们的斧凿声混合其中。

第二王妃　请看，（指众客席）他们全都完工了。打从第一王妃自焚后整整一年，请看那里，您一定会满心高兴。宰相身亡后，叛乱绝迹了。您的国家充满了沉静而衰微的和平。村民们一批批逃亡，走在都大路上的人影也稀少了。然而，多亏青年栋梁，众工匠艰苦努力，终将实现建成巴戎寺的美梦！不过，还要花一年时间。对吧，栋梁？

青年栋梁　夜以继日苦干过来了，其后还需一年。

第二王妃　再过一年，就要举行柬埔寨新国王继位庆典，创建寺院的国王将与佛寺化为一体。后世，这位国王将作为神佛的化身供奉在寺院，展现自己伟大的功劳。到那时候，国王就会与神佛化为一体，参拜巴戎寺的人，也很难分清哪是观世音，哪是国王。就是说，国王已经变成观世音。这个也关系到你栋梁的努力。

青年栋梁　是的，我明白。我将不惜献上身命为实现国王的梦想努力工作。

国王　（声音沙哑）是什么声音？那声音混在建筑工事的斧凿声里，听起来明朗、亲切，像是一种铃声。

青年栋梁　我想陛下不至于不知道"贵人"的作为吧。牛主们在拉运石料的牛脖子上系上木铎，即使在歇晌时把牛群散放于森林之中，也能听到铃声，知道牛在哪里。

国王　是吗？这铃声听起来实在可爱……瘤子突起的黑牛，在石头堆里时隐时现。石料的断面在太阳照射下光明耀眼。是的，所有一切，皆伴随劳动者涌现出活力，随劳动本身而突显欢喜。那番心情从这里就能观察得出。虽说是为送母亲大人才来到这里，但毕竟是抵达这里有此感觉，所以倍感荣幸。

第二王妃 不过，陛下，您不可长期晒太阳，御医曾经这样嘱咐过。

国王 （未回答）时隔很久好容易出来。饱尝黑暗，饱尝月光，明丽的白天穿越棕榈和椰子树的微风令我愉快，耳畔漂流的昆虫的羽音给我欣喜。（对青年栋梁）那个时常搅乱你的上一代老栋梁怎么样了？

青年栋梁 宰相夭亡时，他逃往国外了。

国王 是吗？这样一来，你的工作会顺当一些。这些暂不管了，另外，宫内的占卜师很久也没露面了。

第二王妃 那位占卜师也早已逃走了。

国王 （愤激地）我不是说了吗？你不能直接跟我说话！

第二王妃 （双膝跪地）请原谅我吧。

国王 让你留在我身边，就只管待在附近就行了，这也是你提出来的。为了赎罪，你应该严守规则，不可直接同我会话。我与你不可能回到以往那般亲密。

第二王妃 知道了。

国王 那么，那位占卜师……

青年栋梁 是逃走了。

国王 是吗？他为什么要逃？这个愚蠢的家伙。就是他指出巴戎寺朝东是凶相。他完全有资格居功自傲。

青年栋梁 请陛下原谅，有件事相求。

国王　什么事？

青年栋梁　究竟发生了什么事，我们这些下属很难察知。然而，王妃一直关心陛下的贵体，论其贞淑，这个世界无人能够与她比拟，职员们也都一律这么看待。陛下为何对她如此残酷无情？请求陛下体谅王妃的一腔深情！

国王　住口，你给我住口！你犯了僭越之罪。你作为一介职员，擅自议论皇家私事，再说下去，绝不轻饶！

青年栋梁　是，我不说了。

第二王妃　栋梁，你的心情我很理解。但不可忘乎所以，多管闲事。

青年栋梁　请原谅，我确实是多管闲事。

国王　你一心只管工程建设。哎呀，（瞠目）那块石头的断面，怎么放出银白的火焰而崩塌了？啊！那块石头，那块石头也眼看就要崩塌……

青年栋梁　怎么回事呢？

国王　石头要崩塌了。看不清石头和泥土的分界限了。啊，肉瘤黑牛在融化，牛的体形也膨胀起来，变得模糊不清了……

青年栋梁　国王！打起精神来。什么变化也没有，牛群在摇头转圈儿，石匠们奋力挥动刀斧，雕刻绿色蔓草花纹。

国王　真的是这样吗?

青年栋梁　是的。

国王　那么说,眼看就要来临了。

[众黯然。

[乐队音乐迫近。柬埔寨音乐和中国音乐交汇一起,
混合编奏,曲调热烈。

第二王妃　啊,是母亲大人陪着来了,和中国大使一道
光临。

[众匍匐于地,王太后、中国大官夫妇、乐队,后
面跟着一群民工,抬着一只大箱笼上。

大官　国王,今天看到陛下比平时更健壮,祝贺陛下健康
长寿。因有王太后光临,陛下亲自送行到达这里,真
是极尽孝心啊,下官等也深感光荣。好啦,就让下官
夫妇一行在这里拜别吧。承蒙陛下之恩,我与贱内在
贵国居住一年,日日得到无微不至的关怀与照顾,对
此深表谢忱。王太后也亲身体现了贵国对敝国的盛情
礼仪,又特意陪伴下官一行一道回国,表达了贵国最
高礼仪,将成为两国友谊之纽带,值此回国之际,在
此一并表示衷心感谢。此外,祝巴戎寺顺利建成,祝
贵国繁荣昌盛。

大官夫人　作为女子，胡乱说上几句吧。贵国的东西都是吸引人心之宝。请看，这一箱笼内两档皆为翠鸟羽毛，约有十万只之多。使得柬埔寨甚至忽然变成无翠鸟之国了。回国之后，天子、皇妃，指不定会有多么高兴呢。况且，这么多的象牙、犀角、蜜蜡、树脂、宫中仕女画不可缺少的颜料——雌黄，还有众多的龟甲。臣妇将不会忘记贵国旱季，难得捕获龟鳖。

大官　是啊，是啊。回想起看到那么多稀罕之物，深感真是一次愉快的旅行！

大官夫人　向龟穴内喷射烟火，硬是将龟熏烤出来，随即唤过狗来将龟咬住，就像猎兔啊。（笑声朗朗）可有意思啦。龟在狗嘴里噼啪作响，拼命挣扎，实在好玩呀！

大官　放尊重些，不可放肆大笑！

大官夫人　请饶恕。不过，全世界潇洒度日月的国家，一贯是敝国流仪。这个世界到处有不幸，不幸充满全球各个角落。不过，吃喝宴饮，高声朗笑，并不意味蔑视不幸。臣妇等即使身卧病榻也毫不害怕。臣妇从国内带来好多护身符，病魔只是瞅准世界上那些逃避欢情与快乐、一味幻想和追求其他事情的人，专让他们不得安宁。

大官 你看你看，我再三说过，言语谨慎，谨慎！

大官夫人 对不起，皆因在贵国住了一年，每天看到的都是美好、靓丽、愉快之事。请记住愚妇这些饱览贵国风物、乐而忘返的旅人。这里国民亲切、食物美味、水果丰饶，不论去哪里，都可以心情愉快地骑着大象往返。天真悦目的舞女，婀娜多姿，一生都会留在心里。真是太感谢啦。

大官 好啦，就到这里吧。承蒙开放交易之福，使得下官为国王所关切的巴戎寺建筑事业稍尽微力，尤其令人高兴非常。（看着客席）啊，大有进展！同吾等刚刚到来时比较，大不一样了。临别之前，吾等也想向工匠们表示祝贺。栋梁，能否拜托把工匠中的要人召唤到这里来呢？

栋梁 明白了。

〔众下。

王太后 国王啊，分别的时刻来了，请原谅我吧。承蒙刘万福大人夫妇热情召请，我决定到南宋之国居住，想必你会认为我这个母亲太无情了，不过这也是刘先生的一番美意，他怕我这样下去准会发疯，诚心想救我一把啊！纵使发狂也应待在儿子身边，或许是做母亲的义务；但是你看着一个发狂的母亲，其悲哀之情可想而知。这么说还不如早些将身体健朗的母亲送往异邦，心里会好受些。我不能再这样下去了。（哭泣）还有，我不再喊你国王，我没有勇气眼看着可爱的儿子的结局。请你原谅我的一颗纤弱的心吧。

国王 这样很好，还是离开的好。走吧，到国外去过快乐的生活，忘掉这里的一切吧，唯有被忘却，才是我这个麻风病患者的心愿！

　　　［这期间，全体浮雕师，在青年栋梁带领下上场。

王太后 （跪地哭泣）请原谅，我的孩子。我不是丢下你不管，我在同自己战斗。但是，我很清楚，作为我全部生命的依据，力求使得美丽而勇敢的国王的面影受到爱护，获得永恒！这就是我的幻想。除此之外别无他途。在我的记忆中，始终闪耀着你在凯旋之日那副光辉灿烂的真蜡·瓦尔曼王的英姿！

国王 母亲大人不相信观世音的慈悲吗？

王太后 不相信。不管如何想相信，还是不能相信。自打建筑那座寺院之日起，这个国家的不幸也跟着同时开始。

国王 假若……假若我就是观世音呢？

王太后 （遥望客席）可不是嘛，观世音那副慈眉善眼的面孔，确实很像你那丰美的容颜。然而，（接着是空漠而长久的微笑）那件事……那件事……

国王　我也将请求刘特使夫妇，请他们多加照料，使得母
亲大人能够安度一个幸福的晚年。

大官　这一点不用挂念。

大官夫人　一切都交给我等吧。

国王　听到这话我就放心了。好，祝愿母亲大人身体
安康。

王太后　等等！出发前，我有一句话要说。否则，我内心
里将于途中追悔莫及。

国王　什么事，母亲大人？

王太后　我在蛇神房间里刺死宰相时，不是这么说的吗：
我刺杀宰相，因为他想刺杀国王，是为了救助昏迷中
的你。

国王　是的，时至今日，我不会忘记母亲的救命之恩。假
若当时被刺死，虽然可以免除浮世忧患，但无法实现
观音菩萨的心愿。

王太后　你说得对。宰相是想谋反，他早有企图，这回瞅
准机会，想亲自下手刺杀你。刹那之间，我一剑刺中
他的背部……这些都是真的。但是，我必须告诉你，
我和宰相动机不同，我一直想把你杀死。

国王　哦？

王太后　我很想重新生下个你，为了使你得以复活，我一门心思趁着你依然美丽将你杀死。（汝澜）请你谅解吧。当时或许我已发狂。但不论内心多么眩惑，总也想不出好的解决办法。作为母亲，其发狂的心态总是幻想着一切。例如，很想打碎夜空中的月亮；想将百万头大象切成碎片，做醋腌香肉……我把那件事托付给了第二王妃。

　　　〔众惊讶地看着第二王妃。

王太后　宰相企图对她施行强暴，第二王妃拼命反抗，这时正巧被我碰见了。我威吓她：必须在十天之内毒死国王，否则我将把你杀死。随即给她一包毒药。十天过去了，王妃身感性命不保，正要逃往国外之时，就发生了那件事情。王妃始终对你忠贞不渝！

国王　那么，宰相临死前都说了些什么呢？

王太后　那是个坏人，满嘴都是谎言。那些卑劣的谎言，只是因为得不到王位而泄私愤，永远给你增添痛苦。

国王　那么，为何不早些对我说呢？

王太后　问题就在这儿，孩子。杀死宰相后，这一年来，我一个人思来想去，昼夜孤寂，一直同近乎狂乱的心情做斗争。也就是那个时候，我打算移居南宋之国。但我始终担心的是，我离开后是否有人照顾你，为你送终。假若没有一个可以安心托孤的人，我还是不能离开这里。打从那时候起，一年来我始终盯着第二王妃不放。对于第二王妃来说，也许是严酷的考验吧，不知何种缘故，她一直被国王疏远，没有机会为自己正名，洗却耻辱。但她依旧安心待在你身旁，以此为幸。她为你尽心尽力毫无索取，照顾你。我看她对你一片忠诚，终于安下心来。若把我儿托付给这个王妃，将稳如磐石，因为她就是别人无可企及的一面镜子。

国王　是吗？是这样的吗？但是当时拾的那只玉梳……

浮雕师　对不起……

青年栋梁　喂喂，当着王太后的面……

王太后　有话只管说吧。以往，这个国家也有贵贱之别，如今在柬埔寨只有两种人：健康的人，还有麻风病患者。

浮雕师　对不起，那天晚上，我把一件很重要的工具忘在工地上了。我回去寻找，好不容易碰到一幕难得一见的情景，于是躲在观音像背后观察。宰相向第二王妃求爱……不，当时正要施行强暴，作践她。王妃拼死抵抗，梳子也掉了，头饰纷乱，我为她担心死了。但王妃出色地维护了自己的操守，毫无疑问，我都全部看在眼里。其后的一年，王妃却受到陛下的冷遇，实在不明其因。刚才听太后一番言语，我无论如何不能再继续沉默下去了……

国王　是吗？

浮雕师　不光是这些。王太后也很优秀，在两人扭打成一团的时候，手拿皮鞭出击，用鞭子连续抽打宰相，救出了王妃。

王太后　好了，不要再说了。

浮雕师　此外，表现优秀的王太后大人，对着宰相脖子上被鞭打的伤口连连亲吻。太后出自对臣下的关切与爱抚，惩罚归惩罚，关爱归关爱，以至于出色地亲吻宰相的脖子……

王太后　好了，回去吧。

浮雕师　是。

王太后　这回，心头的暗云总该拂去了吧？国王啊，我安心将你托付给王妃，去国离乡，请时时记住即将发狂的母亲吧。

国王　好吧，也请您把我忘却，祝您永远康健。

大官夫人　再见，国王，王妃！

第二王妃　诸位一路平安！

王太后　再见！

　　　　[音乐再起。众前往花道。——片刻。

国王　　（久久思索之后）过来，王妃。

第二王妃　是。

国王　　今后劳你继续照顾我。这个世界还是有真情在，我
　　　　受教了。

第二王妃　（痛哭）国王，我很高兴。

　　　　[——片刻。

国王　　好吧，栋梁啊！赶走分别的忧伤，使今日变成欢乐
　　　　的日子。快把那里的姑娘叫到这里来。

栋梁　　哦……（踌躇）

国王　　别犹豫了，快点叫过来。

青年栋梁　是。……喂——克妞穆！

　　　　[向下首呼喊姑娘的名字。

村姑　　凯法！可以去那里吗？

青年栋梁　陛下叫你过来。

国王　　欢迎你，美丽的姑娘啊，应该做你丈夫的那个男
　　　　人，曾经发誓，在没有建成巴戎寺院之前，绝不和心
　　　　上人结婚。这是一个男子汉的誓言！我对他的立誓给
　　　　予嘉许。然而，寺院还得一年之后才可落成，而今时
　　　　机已经成熟，我作为国王发布命令，打破栋梁誓言，
　　　　命令你们马上就地成婚，当着我的面举办婚礼！

村姑　凯法！（紧紧抱住他）

青年栋梁　你干什么呀？

国王　你说她干什么？你们今日喜结良缘，永做夫妻！

青年栋梁　（感激地）陛下！

国王　（对众工匠）叫他们都来陪席，快叫他们去请可靠的祈祷师和洗礼师[1]为你们祈祷和施行洗礼。给新郎新娘穿上结婚的服装。（对侍女）快，快给他们两人换上婚纱礼服。给新郎穿上金线绲边的红色高领礼装；给新娘盘发髻，给她戴上独角仙翅膀做成的宝冠。婚礼可以省去第一天和第二天庆典仪式，从第三天新郎拜访新娘家开始。一切都按照惯例进行。还有，第二王妃啊！

（以下转述自贵珀莱、艾维利奴合著，大岩诚、浅见笃合译《柬埔寨民俗志》一书）

新郎打坐在屋子中央花席上，掌心向上，对列席者施行三鞠躬。新郎座席前边，放着小型的坐垫，新郎一坐下，立即将胳膊支撑在上头。正面也放着相同的小

1　原文为梵语音译阿阇梨，祈祷师，洗礼师等。一般由有德行的高僧担任。

型坐垫，那是新娘的座席。再稍稍向前，准备着三个盆子，第一个盆子盛着棉线；第二个盆子盛着槟榔树的花和果实；第三功德盆子是空的，留给出席婚筵的宾客投入贺礼钱。

乐队演奏《奈阿克夫人》曲。新娘子头戴独角仙羽翅制作的三重宝冠，盘着发髻，在几位女子陪伴下走出洞房，默默无言地坐在花席自己的席位上。新郎新娘开始同席而坐，二人前屈横坐，俯伏着身子，弯曲的膝盖向左突出。手挽手，腕子抵在小座垫上。就这样，目不旁视。姑娘有时耍点儿小聪明，故意抬头高过丈夫，似乎特意显示一下，未来的家庭一切由她指挥。

乐队演奏《情意缠绵的蛇神》曲。众列席者在新婚夫妇身边围成圆圈。祈祷师将棉球递给主洗师，那棉球便由前排的人一一传递着解开来。趁着解开的棉线还没有缠在新郎新娘的身子之前送给他们。接下来，祈祷师递给主洗师三根蜡烛，每一根蜡烛都分别竖立在金属圆盘的莲花瓣尖端。圆盘边缘绑附着两枚蒟酱叶子。这只圆盘接连三次被放在绷紧的棉线上，人们接到圆盘，就朝新婚夫妇吹送蜡烛火焰。

典礼结束后，新婚夫妇起立，各自将两手伸给祈祷师。祈祷师一边口诵祝词；一边在他们的手腕上分别套上棉线环儿。然后从一只盆里取出槟榔花瓣，撒向新郎新娘。乐声高亢。

[突然，一位青年士兵跑上，浑身鲜血淋漓。

士兵 （气喘吁吁）陛下！士兵们都逃亡啦！不愿跟着跑的就像我这样。这样下去，国家要灭亡的啊！

国王 不必担心，哪怕没有一兵一卒，观世音的慈悲之心也会保佑这个国家的。

士兵 陛下万岁！陛下万岁！（高呼着死去）

国王 （双手合十）他将作为光荣的阵亡战士，供奉于吴哥寺。好吧，继续下去！祝贺仪式继续进行！无所畏惧，让喜悦和幸福高高响起！

[由此，亲朋好友会集一处，口里唱诵着祝词，一边为新郎新娘腕子上套上棉线圈儿；一边向他们身上撒槟榔花。他们向空盆子里投贺礼。

[音乐的旋律渐渐趋向高昂，铜锣声变得急速起来。跳舞的男子双脚卷起新婚夫妇坐过的花席子，大声喊道："有人要这张席子吗？谁买了这张席子，谁就能发大财。有人买吗？"

[新郎买了这张席子。

[新婚夫妇好不容易退场了，两人屈身进入最里头的房间。此时，新媳妇走在前边，新女婿手持着新媳妇围巾的一端。就像当年柬埔寨最初的国王，跟随在将王国赠予他的蛇神王女儿的后面。

[舞台相机转暗。

第二场

[距前场一年后。与前场同一高台的对面。舞台深处似乎可以望见巴戎寺。眼下，那座寺院隐约于幕后，依稀可辨。

[舞台一端，与前一幕相同的轿子，背着观众放置于舞台中央，自然看不见轿内情景。旁边站着第二王妃。

第二王妃 自那之后又过了一年，巴戎寺院终于落成了！多么壮观的寺院啊，全世界没有比这更美丽更独特的寺院了。

国王的声音 （轿内断断续续传来嘶哑的喘息）然而，我要死了。

第二王妃 您要打起精神来，我永远在您身边，照料您。我怎么可能让国王您死去？

国王的声音 我明白。我要死了。

第二王妃 （按住眼角）不，国王，精神萎靡，就会加重病情。再说，您生前终于看到巴戎寺建成，这本身就表明疾病的失败。寺院既然已经落成，也为观世音的慈悲争光。您的病情将如剥落层层薄纸，一天天好起来。这也是我照料您的应有的酬答。

国王的声音 不，我要死了。我很早就明白，巴戎寺落成的一天就是我死去的日子……王妃啊，存留于内心的遗憾，就是我的眼睛看不见已经建成的佛寺的姿影。半年前，我双目失明，我的失明的两眼，再也看不到一直令我向往的巴戎寺壮丽的美景。我的面前只有一片黑暗，既没有色彩，也没有形态。我不认为死是我第一次遇到。若问为何会这样，那是因为这个世界只有连续不断的黑暗！拜托啦，王妃啊，很想借助你的眼睛，就像我自己的眼睛观察一切。请用你的语言描画一下巴戎寺大伽蓝每一个角落，就像我亲眼所见，满目璀璨！

第二王妃 我明白了。好吧，我现在就给您看巴戎寺。请看，这就是世界上无与伦比的巴戎寺。可以说它将永存至末代，只可以同阇耶跋摩国王的英名共在！

〔音乐。喧闹的鸟鸣。幕起。

〔巴戎寺院光辉灿烂出现于眼前。

第二王妃　请看，群立的观音的容颜，一边雕刻着日斜的
阴影，一边闪露出神秘的微笑。宛若盛开的鲜花，重
重叠叠，各自向外放射着慈悲之光。五十座高塔林
立，各自雕刻着一百七十二个巨型观音面颜。正中央
高高耸立着圆筒状高塔，统领寺院一切。观世音明净
的前额上，一律叩戴着浮雕细密的宝冠。宝冠上连缀
小小的阿弥陀佛。每座塔都附有陡峭的阶梯，像站立
的梳子。这些阶梯都遮盖着观世音菩萨的半个面孔，
绿蜥蜴眠卧于阶梯或观音菩萨微笑的唇边。整个寺院
的形态，简直就像一堆石料柴火，经白昼烈焰般的太
阳点燃，熊熊燃烧起来。每个雕砌细微的形状，似乎
都有一定的法度，每个角落都能导入火与空气。就是
这样。如此奇妙复杂的形态，为了便于信仰的放火，
施行一番极为精密的组合，其目的就是一旦着火，绝
不熄灭。观音的宝冠上站立着鹦鹉，蝴蝶盘旋于回廊
黑暗的入口。这座寺院打从建成后，所有的景色都变
了。这个世界不可能有的精致石材的固体，变天宇为
净土之天空，变森林为净土之森林。这座佛寺简直不
像是人工所建筑的寺院。巨大的给人带来痛苦的海啸
退去之后，遗留在俗世的欢笑的白珊瑚般的郁结，将

会不断在人心中唤醒弘誓之海[1]的潮声……人们全都走了。

国王的声音 确实如此。这潮声也会传到我的耳朵里，听到的如今或许只有我和你两个人。

第二王妃 是的。

国王的声音 众多的民众！每天早市的喧闹！

第二王妃 是的。市面上只有沙尘微微飘卷。

国王的声音 无数的家臣、侍女。

第二王妃 是的。宫殿里除我之外空无一人，猿猴嬉闹于各处的锦衾裀褥上面。

国王的声音 那位健壮而忠诚的栋梁也告假了。

第二王妃 那对年轻夫妇，携带众多的赏赐，出外做蜜月旅行了。他遵照与国王的约定，终于建成巴戎寺，心里满怀无限喜悦。

国王的声音 这很好。参加工事的人全都……

第二王妃 俘虏们解散了，各自回归自己的家乡。

国王的声音 （呻吟）啊……

第二王妃 国王，您很痛苦吧？

国王的声音 痛苦很快过去了，有件事托付于你。

---

1 佛教用语，菩萨普度众生的誓愿。

第二王妃 什么事?

国王的声音 过去你有没有这个嘱托你务必接受。

第二王妃 我从未违背过您的话语。

国王的声音 那好,我想一个人死,我知道你对我情深似
　　　　海,但是,就让我一个人死去。你现在马上离开。

第二王妃 哎呀,你都说些什么呀?唯有这件事,我不能
　　　　答应……

国王的声音 这是国王我的嘱托,丈夫的命令。给我快快
　　　　离开这里!

第二王妃 我怎能舍下您而不顾呢?

国王的声音 理解我吧,我将面对巴戎寺,独自一人同巴
　　　　戎寺相对而死。让我一个人待着。这是你所能做到的
　　　　对我最后的爱。

第二王妃 (泣不成声)我不能,我绝对不能!

国王的声音 快,啊,死神已经迫近,那奔驰的蹄音清晰
　　　　可闻。快走!离开!哎呀,你要是不走,你以往的意
　　　　愿全部化为乌有!这关联着的我目前的怨恨,你愿意
　　　　这样吗?

第二王妃 国王……

国王的声音 好,走吧。

第二王妃 是……

〔悲泣而去——片刻。鸟鸣。

国王的声音 （痛切地）巴戎寺……我的巴戎寺……我
的……

〔巴戎寺院以及回廊等，背后出现相同林立的观音
像。若能收容全部道具，则可以看到顶端国王的身
姿，那是饰着黄金三角带光艳美丽的裸体，洋溢着
翠碧欲流的青春魅力。那就是国王的"肉体"。轿
子里濒死的国王的声音，即国王的"精神"。

肉体 国王啊，赴死的国王，能看到我的姿影吗？

精神 你是谁？在那里呼唤我的是谁？自寺院顶端呼唤我
的年轻而严凛的声音。那确实是惯熟的呼喊。是谁？
是谁在叫我？

肉体 是我，知道吗？能看到我的身子吗？

精神 看不到。我的两眼都瞎了。

肉体 两眼？为什么精神还要眼睛？不用眼睛即可看到，
不正是精神为之自豪的一面吗？

精神 你说话毫无感情，你是谁呀？

肉体 我是阇耶跋摩国王。

精神 傻瓜，那是我的名字。

肉体 我们具有同一个名字。国王啊，我是你的肉身。

精神 那么说，我呢？

肉体　你是我的精神，立志建成这座巴戎寺院的精神。如此而已。从深处灭亡的并非国王的肉体。

精神　我的肉体腐败了。发出那种高亢自豪、声震寰宇、青春悦耳的嗓音的已经不是我的肉体了。

肉体　瞧你说的。你的肉体不可能因为一次病害而彻底泯灭，它洋溢着青春的光焰，充满力量，如黄金铸造的雕像，永远不朽。可怕的疾病不过是精神的梦幻，胜利的国王，年轻的健儿，你的肉体怎么会容忍病魔的侵犯？

精神　然而，肉体又有什么用呢？它怎么可能永远不朽？规划巴戎寺，建设巴戎寺，是为了在地面上造就一物，留名末代，千年之后，人们见了灵魂也会受到震撼。如此美丽，如此庄严，建成这座寺院的不是石头，石头只是一种材料，建造佛寺的是精神！

肉体　（放声大笑）那个精神已经看不到巴戎寺了，不是吗？因为那个精神只能依靠肉体的眼睛。

精神　不，不一定要看见。落成的巴戎寺已经闪烁于精神之中了。

肉体　闪烁于精神之中？那也是置于黑暗之中，只不过是一根就要熄灭的烛火。想想看吧，假如为了闪烁于精神之中即可满足，又有什么必要动用那么多人工，花上那么长时间，建造一座如此杂乱无章的石堆？

精神 不，精神必定向往定型。

肉体 那是因为你原本没有形状。所谓形状，一直以我美丽的肉体为标本。你是用你麻风病患者的肉体做标本，建造这座寺院的吗？

精神 混账，麻风病患者的肉体，算得了什么？

肉体 你说算不了什么？你受的折磨还少吗？

精神 那不算什么，精神才是一切。

肉体 崩溃之物，无形之物，盲目之物……你认为这是什么？这就是精神的形体啊。你不只是同麻风病没关系，你的存在本身就是麻风病。精神啊，你天生就是个麻风病患者。

精神 清澄与锐敏是这个世界的尽头。窥视这个世界的力量，就是建设巴戎寺的力量。肉体没有这么大的力量。你不过是被肉槛监禁的奴隶。

肉体 你是说你比我更自由，对吧？你那是不能跑不能跳的自由，不能歌唱，不能大笑的自由，也没有战斗的自由。

精神 我可以跳越千年时空；你只能在空间跑动。

肉体 空间里有光明，百花盛开，蜜蜂嗡嘤。一个美丽夏天的午后，至为永恒。比较起来，被你称为时间的东西，就是一条既潮湿又阴暗的地下道。

精神　哦，巴戎寺，巴戎寺，我的遗产，我的爱……

肉体　为何留存后代？为何作为遗产？巴戎寺属于现在，永远光辉的现在。什么爱？你有过一次因为被爱而变得美丽吗？

精神　我要死了……我的发声一句句都成了痛苦的压力。啊，我的巴戎寺！

肉体　死了好，灭亡好。每天一早清爽的呼吸，广阔胸膛饱吮的晨风，肉体一日的开始，水浴、战斗、快跑、恋爱，畅饮世界一切美酒，来它个一醉方休！让形体美相互竞争，相互欣赏，挽颈而眠，直至一天的最后。让那天肉体的船帆，满满鼓胀着芬芳的潮风而奔驰！自有企图，那就是你的疾病。自有作为，那就是你的疾病。我触舻般的胸脯，在阳光下闪耀，海水被无情的青春的船桨搅动，哪里都无法抵达，哪里都找不到目标。犹如停滞于空中的蜂鸟，抖动着五彩的羽翅，眼下正在高空搏击。这让我无法效仿，这就是你的病体。

精神　巴戎寺……我的……我的，巴戎寺。

肉体　精神溃灭，就像一个王国。

精神　溃灭的是肉体……精神……是不死的。

肉体　你要死去。

精神　……巴戎寺。

肉体　你要死去。

精神　哦……巴……戎……寺。

肉体　怎么啦？

精神　……

肉体　怎么啦？

精神　……

肉体　死了。

　　［群鸟齐声喧闹。

肉体　（自豪地举起一侧手臂）看吧，精神死了。令人眩惑的蓝天啊！孔雀椰子啊！羽翼美丽的鸟群啊！被它们守卫的巴戎寺啊！我再度领有这个国家。青春不灭，肉体不死……我胜利了。为什么？因为我就是巴戎寺。

—— 幕落 ——

一九六九年四月六日

作者的话

《癞王台》后记

一九六五年十月，我访问了柬埔寨吴哥窟，默然坐在热带的太阳下，仰望年轻癞王美丽的雕像。我心中很快完成了关于这一题材戏剧的构思。其后，由于舞台条件难以实现，没有上演的机会，执笔也就搁置下来。前后经过四年，考虑到北大路欣也君，在所有方面无不适合剧中主角的要求，况且，他已经演出过《阿拉伯之夜》[1]，其中《黑岛王故事》以及《黄铜之都》两场的场景，都适用于《癞王台》。这样，可以先请他作为试验演出[2]而登台。就这样，四年后获得在"帝剧"[3]上演的机会，这时才开始动笔。

按照我的设计，年轻的阇耶跋摩七世（Jayavarman Ⅶ）国王，具有因"绝对"而形成的不幸的性格。就是说，这出戏不是麻风病的戏，而是"绝对病"的戏。

绝对的爱——蛇神姑娘，绝对的信仰——巴戎寺，这两

---

1 原文为 Arabian Nights，话剧《阿拉伯之夜》，据说是德国剧作家罗兰·施梅芬根据《一千零一夜》故事改编。
2 原文为英语：tryout，尝试，试验。
3 帝国剧场的简称，位于东京都千代田区丸之内，日本最初西式剧场。建造于 1911 年，东京大地震中焚毁，后再建。1966 年经东宝公司改建，面目一新。

者对于国王来说，地面上必须拥有。他所有的一切，可以说都是不确定的相对的存在。国王如此的性格，不能不为周围的人所感知。绝对的爱，就会唤起地上的女人（第一王妃）的嫉妒，进一步因第二王妃的贞淑而被柔和地效仿，用软硬两种方法加以搅乱，终于因为第一王妃的死，而受到地上之爱的侵犯。一方面，作为绝对信仰的巴戎寺的建造，尽管受到地上政治、经济的影响，依旧排除一切障碍，完成了计划。这时候，国王已经无法亲眼看一看这座佛寺了。

国王的悲剧（再说一遍），实际上不是麻风病人的悲剧，而麻风病则暴露了国王的悲剧或者说国王疾病的本质。作为"绝对疾病"的麻风病，将被此病侵犯的国王的精神，完全体现出来了。因此，他的发病绝非偶然的罹患，而是国王的命运。地上不存在治愈此种病患的药。最终可以治愈此病的，只有依靠永远不朽的美丽肉体的康复，别无他法。作为国王即身崇拜（Devuarajia）[1]具体体现的巴戎寺的意义就在这里。只有如此，国王的美丽肉体才如此宣示：巴戎寺就是我！

为了突破大剧场对戏剧的种种限制，既要做好各项服务，又要写作这出戏的终场。为此，我充分灵活运用大规模的舞台机构，汇集一切可能，写完了这出戏。

---

1 Devuarajia，梵语：神即王，诸神之王的意思。

译后记

《三岛由纪夫戏剧十种》出版了，作为译者，我感到由衷的高兴，此时的快乐甚至超过三岛长短篇小说和游记散文出版的时候。

　　其实，日本文坛早就有一种共识，这种共识，不太为我国翻译界所认知，或者说认知甚少。那就是，从文人的资质上说，比起小说，三岛由纪夫更是一位戏剧作家。写小说纵然离不开想象和虚构，但最终多半落脚于现实生活的基础之上。相较而言，小说家（散文更是如此）想象的天地相对有限，虚构与幻想受到制约，而舞台虽小，却可以充分发挥想象，为三岛这位文学骑士提供更广阔的天地，任其上下左右自由驰骋。

舞台的道具、演员的台词和布景装置，也都是富于装饰性的虚设，这些也只能通过剧场内演员、乐队，以及观众之间的互动所产生的欢乐气氛而发挥效用，获得长久的魅力。

三岛一生创作了哪些戏剧，我一时说不清楚。能乐、歌舞伎、影视剧、现代话剧、芭蕾舞剧……都是三岛随时涉足的领域，而且在这些领域都取得了惊人的成果。仅就成书，试举出几种初刊版本：《近代能乐集》（1956）、《鹿鸣馆》（1957）、《蔷薇与海盗》（1958）、《萨德侯爵夫人》（1965）、《朱雀家的灭亡》（1967）……

创作戏剧，自然是为了演出，最终应该回到舞台上去。对于那些习惯于阅读小说的读者来说，叫他们阅读戏剧会有一定的难处。但三岛戏剧是"可读的戏剧"，它会给您带来阅读的欢愉与感动。其实，"读戏"也是理解作家创作思想的一个重要途径。但话又说回来，这不等于说，三岛戏剧只适合于阅读，三岛也不是写作 Lesedrama（专供阅读的剧本）的作家。

好在本书所选录的剧目中，大部分都附有作者本人的《自作解题》，这对我们的"阅读"大有裨益。这里，我只想就《黑蜥蜴》作为重点，谈谈我对这出戏以及三岛戏剧的理解和认识。

　　《黑蜥蜴》发表于 1961 年《妇人公论》，收录于《三岛由纪夫戏曲全集》（新潮社，1962 年 3 月），这个名称是 1969 年 5 月牧羊社出版时决定下来的。戏剧《黑蜥蜴》取材于作家江户川乱步的小说《黑蜥蜴》。当时，三岛受电影制作者吉田史子将这篇小说改写为系列剧目的嘱托，随之引起少年时代的阅读兴趣，提议将此作改写为舞台剧，得到原作者的欣然应允。吉田提议，原作中地点由大阪转移到东京，通天阁转移到东京塔。情节上以黑蜥蜴与明智小五郎的"恋爱前景"为主轴，增强幽玄与魔幻色彩，使之带有成人戏剧的颓唐之感，强化病态的唯美意味等。此外，还有诸多要求，如"大时代的感觉""歌舞伎般的对白""借助多样化，以弥补故事的不自然"……

　　1962 年 3 月，《黑蜥蜴》上演于东京产经会堂，导演松浦竹夫，演员水谷八重子、芥川比吕志等。初演时，担当黑蜥蜴这一角色的水谷八重子大获成功。此外，三岛观看寺山修司的《毛皮的玛丽》之后，对丸山明宏（美轮明宏）高超的演技深感惊讶，决定《黑蜥蜴》再演时，自己将同美轮共同登台。从此一锤定音，每次上演该剧，总是由他们两人黄金搭档，分别扮演男女主角。

　　由小说到戏剧，自然是全新的再创作，是脱胎换骨的改造。戏剧《黑蜥蜴》较之小说更加洗练、凝重，强化了三岛文学创作的底色，使得三岛戏剧的创作愈益纯熟。

在美轮明宏的感召下，当时戏剧界的大腕儿演艺家坂东玉三郎、松坂庆子、麻实礼和中谷美纪等，也都不甘后人，各自创造了属于自己的"黑蜥蜴"……

大约十年前，我应上海译文出版社之邀首译三岛，就是由戏剧开始的。我按出版社责任编辑李建云女士提出的剧目，首先翻译了《萨德侯爵夫人》《长刀之夜》（后者因故未出），后来才陆续翻译他的长短篇小说以及游记散文。数年前，一页 folio 重新出版三岛戏剧系列，紧接着雅众文化也出版了三种——《萨德侯爵夫人》《鹿鸣馆》和《早晨的杜鹃花》。

我一直喜欢戏剧，尤其钟情于古典历史剧，中学时代连续阅读了郭沫若的《高渐离》《孔雀胆》《棠棣之花》《蔡文姬》《武则天》等，春秋人物信陵君和如姬婶嫂之间清纯的爱情、盛唐女皇武则天的果决与大气，以及上官婉儿对她的无私崇仰，都曾给我深深感动，使我更加沉迷于中华悠久的历史文化之中。

《萨德侯爵夫人》不单是三岛文学中的佳作，也是现代话剧界的明星之作。上译版一出现就获得读者的广泛好评，同时也深受戏剧专家的赞赏。剧中精彩的台词，一直活跃于读书界青年朋友口里。

目前，三岛长短篇小说，以《绿色的夜》为标志，我的翻译基本告一段落，今后是否继续投入，只能相机行事了。要是还有余裕，再打算译一两部，自然也包括戏剧，比如《热带树》等。

由这次新译的剧目中，朋友们或许可以注意到，我在三岛各个戏剧领域中都想尝试一下。能乐、歌舞伎、现代舞台剧，都有涉及。歌舞伎脚本《熊野》一篇，就是我向古典戏曲挑战的一例。为了译好这篇精短戏剧，我重读了《西厢记》《牡丹亭》和《桃花扇》的精彩片段。对原文中的各种词语形态（俳谐、方言、野语、俚词、街巷俗语、民谣传说等），都在所谓"意译"方面有所创制。不当之处，请专家学者批评指正。

感谢中国工人出版社·尺寸的李骁先生和宋杨女士，从联络到组稿，从策划到编排，他们都给予我有力的支持和热心的指导。没有他们的付出，此书是不可能顺利出版的。在这里，我向两位编辑表示衷心的谢意。

目前，三岛终生的师友，作家川端康成作品的翻译，在中华大地方兴未艾。国内出版界的热烈景象，同日本社会奇异的平静，形成鲜明对比。不久前，我曾路过一家书店买

译后记

书，顺便询问一位女店员，知不知道日本有一位诺奖获奖作家川端康成，那位小姐嫣然一笑，"王顾左右而言他"。

难怪，不仅川端，还有一些作家、艺术家，较之他们故国，好多都是由我们中国人推上去的，比如东山魁夷，比如渡边淳一。

2023 年，川端文学进入公版，译家蠭起。我已暂时摆脱川端译事后的缠绕与羁绊，重新回到三岛戏剧，准备做一些力所能及的完善工作。

知我者，二三子。

陈德文

2023.2.18，春阴之日

图书在版编目（CIP）数据

三岛由纪夫戏剧十种·下 / （日）三岛由纪夫著；陈德文译.
—北京：中国工人出版社，2023.3
ISBN 978-7-5008-8002-8

Ⅰ.①三… Ⅱ.①三… ②陈… Ⅲ.①剧本－作品集－日本－现代 Ⅳ.①I313.35

中国版本图书馆CIP数据核字（2023）第035823号

三岛由纪夫戏剧十种·下

出 版 人	董 宽	
责 任 编 辑	宋 杨 李 骁	
责 任 校 对	赵贵芬	
责 任 印 制	黄 丽	
出 版 发 行	中国工人出版社	
地 址	北京市东城区鼓楼外大街45号 邮编：100120	
网 址	http://www.wp-china.com	
电 话	（010）62005043（总编室）	
	（010）62005039（印制管理中心）	
	（010）62379038（社科文艺分社）	
发 行 热 线	（010）82029051 62383056	
经 销	各地书店	
印 刷	北京盛通印刷股份有限公司	
开 本	787毫米×1092毫米 1/32	
印 张	13.375	
字 数	240千字	
版 次	2023年5月第1版 2023年5月第1次印刷	
定 价	78.00元